Der „Soundtrack meines Lebens" erinnert an einen Songtext aus der Rubrik:

Was ich immer schon mal sagen wollte,
mich aber nie getraut habe...

„Dein süßer Duft vernebelt mir die Sinne
Du bist die schönste Blume im Revier
Dein Nektar schmeckt von allen am besten
Bleib doch bitte heute Nacht bei mir"

Marsecco - Du kriegst von allem nicht genug

Der „Soundtrack meines Lebens" erinnert an einen Songtext aus der Rubrik:

Man muss nicht immer so viele Worte machen...

„Ich lieb dich nicht, du liebst mich nicht, aha!"

Trio – Da da da

Der „Soundtrack meines Lebens" erinnert an einen Songtext aus der Rubrik:

Was man nicht viel schöner sagen kann...

„Halt mich, halt mich fest
Tu so, wie wenn das jetzt für immer so bleibt
Weil du Heimat und Zuhause bist
Weil bei dir mein Bauchweh aufhört!

Philip Poisel– Halt mich

Die Deutsche Nationalbibliothek verzeichnet diese Publikation in der Deutschen Nationalbibliografie; detaillierte bibliografische Daten sind im Internet über dnb.d-nb.de abrufbar.

TWENTYSIX – der Self-Publishing-Verlag
Eine Kooperation zwischen der Verlagsgruppe Random House und BoD – Books on Demand

Herstellung und Verlag:
BoD – Books on Demand, Norderstedt

© November 2020 Markus Zang

ISBN: 9-783740-771232

Der Autor

Markus Zang ist Jahrgang 1963, im „richtigen" Leben Familienvater und erfolgreicher Unternehmer, aber vor allem ein weltoffener und kreativer Freigeist. In seiner Freizeit bestimmt die Musik seinen Rhythmus und der ist alles andere als monoton. Wer in jungen Jahren mit Rock`n Roll, Glitter-Rock, Hard-Rock, Synthie-Pop, New Wave, Punk, Heavy-Metal, Reggae, Ska, Country & Western, Schlager, Musicals, Klassik und Opernarien groß geworden ist, der wird alles, nur nicht langweilig.

Seit über zehn Jahren komponiert und textet er in seiner Freizeit deutschsprachige Popsongs, aber irgendwann stößt man auch hier an seine Grenzen. Die Karriere als Buchautor musste sich unweigerlich daran anschließen. Nach seinem Erstlingswerk „Der Tod ist kein Arschloch" im Jahr 2019, folgten in 2020 zwei Bücher mit Kurzgeschichten, von denen Sie nun das zweite Buch in Händen halten. So wie es aussieht, dürfen wir uns auch in den kommenden Jahren auf weitere „Wuscheltier-Kurzgeschichten" freuen und es ist nicht auszuschließen, dass er nach zwei CD`s mit seiner Band Marsecco auch musikalisch nochmals aktiv wird.

Frei nach Udo Jürgens:

„Mit 66 Jahren, da fängt das Leben an,
mit 66 Jahren, da hat man Spaß daran"

Na dann...

Zur Einstimmung

Sind wir nicht alle ein bisschen „wuschelig"? Wir empfinden unser Leben auf unterschiedlichste Art und Weise und jeder von uns geht anders damit um. Was für den einen vollkommen logisch und nachvollziehbar ist, empfindet ein anderer vielleicht als verrückt oder unmoralisch und das macht das Zusammenleben nicht immer einfach. Wer mit seinen Überzeugungen und Entscheidungen besser durchs Leben kommt und dabei sein persönliches Glück findet, wird sich zeigen.

Diese Kurzgeschichten verbinden auf unterhaltsame Weise die teils spannenden, traurigen, komischen oder auch skurrilen Erlebnisse meiner Protagonisten, mit vielen bekannten Songs und ihren wunderbaren Texten. Diese Geschichten machen Lust, mehr über sich selbst und das Leben nachzudenken, sich und andere Menschen besser verstehen zu wollen oder das eigene „kleine Glück" zu finden. Es kann durchaus sein, dass sie in diesen Geschichten Ihre Freunde, Ihre Kollegen, Ihren Partner oder vielleicht sogar sich selbst wiedererkennen. Das ist gewollt und steigert den Unterhaltungswert dieses Buches ungemein.

Die Auswahl der über 120 Songs erfolgte übrigens nach dem „Grundprinzip des Lebens", also vollkommen willkürlich, keinem Schema folgend, zufällig, ja manchmal sogar chaotisch und trifft ganz sicher nicht jedermanns Geschmack. Wie so Vieles im Leben ist auch dieser „Soundtrack" kein Wunschkonzert, aber dafür macht er mächtig Laune. Wer die Menschen, das Leben und die Musik liebt, wird hier sein kleines Glück finden...

Dieses Buch will aber mehr als nur unterhalten. Es will neugierig machen auf das, was sich all die Musiker da draußen an Texten ausgedacht haben. Wenn ein Musiker einen Text schreibt, dann kann man in der Regel davon ausgehen, dass sich dahinter entweder ein persönliches Erlebnis verbirgt oder etwas „Wichtiges" ausgesprochen werden soll. Okay, vermutlich trifft das nicht auf alle Texte zu, aber es steckt oft unsagbar viel „Herzblut" in jedem einzelnen Wort und ich bin mir nicht sicher, ob wir Hörer das auch immer so wahrnehmen und wertschätzen, wenn der eine oder andere „Lieblingssong" im Radio so an uns vorbeiläuft.

Ich war so frei und habe versucht die englischsprachigen Texte ins Deutsche zu übersetzen. Oftmals fanden sich brauchbare Übersetzungen im Internet und manchmal musste ich selbst mein altes Schulenglisch bemühen. Vermutlich wird es mir an der einen oder anderen Stelle nicht so gut gelungen sein, daher bitte ich die Englischlehrer unter Ihnen um Nachsicht.

Vielleicht werden Sie zukünftig bei dem einen oder anderen Song etwas genauer hinhören und sich dafür interessieren, was der oder die zu sagen hat. Das sollte natürlich nicht nur für die Musik gelten. Wenn es mir mit diesem Buch gelingt, Ihr Interesse für Liedtexte zu wecken oder Sie neugieriger darauf zu machen, was Ihnen ihr Gegenüber wirklich zu sagen hat, dann macht mich das glücklich. Los geht`s ...

Markus Zang

Der "**Soundtrack meines Lebens**" erinnert an

Seite 15

Nicole – Ein bisschen Frieden
John Lennon - Imagine
Rodgau Monotones – Die Hesse komme

Seite 22

Frida - **I know there`s something going on**
Sugarhill Gang - Rappers delight
Genesis - I know what I like
Flatsch - Kaufhaus
Herbert Grönemeyer - Kaufen
Fergal Sharkey - A good heart

Seite 31

Talking Heads - **Once in a lifetime**
Slade - Far, far away
Bob Marley - One love
Marsecco - Morgen
Fleetwood Mac - Go your own way

Seite 39

The Police - **De do do do de da da da**
Trio - Da da da
Stefan Remmler - Alles hat ein Ende,
                    nur die Wurst hat zwei

Seite 48

Queen - **I want to break free**
Foreigner - I want to know what love is
Christina Stürmer - Millionen Lichter
Queen - Bicycle race

Seite 57

Cyndi Lauper - **Girls just want to have fun**
Yes - Owner of al lonely heart
Sinèad O`Connor - Nothing compares 2 U

Seite 66

Boomtown Rats - **I don`t like Mondays**
Doris Day - Que sera
The Who - My generation

Seite 76

Big Country - **Fields of fire**
Jerry Lee Lewis - Great balls of fire
Midnight Oil - Beds are burning
Billy Joel - We didn`t start the fire

Seite 86

Jimmy Soul - **If you wanna be happy**
Helge Schneider - Käsebrot
Helge Schneider - Es gibt Reis, Baby
Sailor - A glass of champagne
Madonna - Material girl
Prince - Kiss

Seite 94

Philip Poisel - **Wo fängt dein Himmel an**
Tina Turner - You`re simply the best
Beck - I`m a loser baby
Herbert Grönemeyer - Alkohol

Seite 100

The Corrs - **What can I do to make you happy**
Prince - When doves cry
Grauzone - Eisbär
Foreigner - Cold as ice
Louis Armstrong - Beautiful world

Seite 108

Buggles - **Video killed the radio star**
The Eurythmics - Sweet dreams
Nelly Furtado - All good things come to an end
Janis Joplin - Mercedes Benz

Seite 116

Extreme - **More than words**
Del Amitri - Driving with the brakes on
Bruce Springsteen - Hungry heart

Seite 125

Marius Müller-Westernhagen - **Dicke**
Meat Loaf - You took the words right out ...
Queen - Fat bottomed girls
Marius Müller-Westernhagen - Willenlos

Seite 133

La Bionda - **One for you, one for me**
John Paul Young - Love is in the air
Bernie Paul - Oh no no

Seite 142

Ivan Rebroff - **Wenn ich einmal reich wär**
Simply Red - Money`s too tight to mention
Beatles - Money, that`s what I want
Liza Minelli - Money makes the world go round

Seite 153

Markus - **Ich will Spaß**
DAF - Der Mussolini
Extrabreit - Annemarie
Nena - 99 Luftballons
Crackers - Pornokino

Seite 162

Tears for fears - **Shout**
Bobby Mc Ferrin - Don`t worry, be happy

Seite 172

Rio Reiser - **König von Deutschland**
Fleetwood Mac - Little lies
Pink Floyd - Money
Genesis - Land of confusion

Seite 179

Tina York -
Wir lassen uns das Singen nicht verbieten
Mark Forster - Chöre
Rodgau Monotones - St. Tropez am Baggersee

Seite 186

Gotje - **Somebody that I used to know**
Pe Werner - Das Lebkuchenherz
Police - Every breath you take
Police - Roxanne

Seite 193

Band Aid - **Do they know it`s Christmas?**
Wham - Last Christmas
Die Prinzen - Küssen verboten

Seite 201

Steppenwolf - **Born to be wild**
Herbert Grönemeyer - Männer
Climax Blues Band - Couldn`t get it right
Queen - I want it all
Herbert Grönemeyer - Halt mich
Supertramp - Dreamer

Seite 211

Ideal - **Blaue Augen**
Gunter Gabriel - Hey Boss ich brauch mehr Geld
Die Prinzen - Millionär

Seite 218

Abba - **The winner takes it all**
David Bowie - Heroes
The Clash - I fought the law

Seite 226

Whitesnake - **Here I go again**
Freddie Mercury - Living on my own
Sabrina Setlur - Freisein

Seite 234

Meat Loaf - **Bat out of hell**
Tony Marschall - Schöne Maid
Kings of Leon - Sex on fire
Salt`n Pepa - Let`s talk about sex
Juli - Perfekte Welle

Seite 242

Sportfreunde Stiller - **Applaus, Applaus**
Marsecco - Du bist so wunderbar verrückt
Wir sind Helden - Die Zeit heilt alle Wunder
Lotte & Max Giesinger - Auf das was da noch kommt

Seite 249

Billy Joel - **A matter of trust**
Blondie - Heart of glass
Soft Cell - Tainted love

Seite 257

Shakira - **Waka waka**
Jane Birkin & Serge Gainsbourg - Je t`aime
Donna Summer - Love to love you Baby
Rod Stewart - Do you think I`m sexy?
Madonna - Like a prayer
Prince - Sexy motherfucker

Seite 264

Johannes Oerding - **Kreise**
Adriano Celentano - Azzurro
Van Halen - Why can`t this be love?
U2 - I still haven`t found what I`m looking for
Elton John - Circle of life

Für alle „Musikfreaks" habe ich am Ende jeder Kurzgeschichte die offiziellen Chartplatzierungen der Songs in Deutschland, UK und den USA aufgeführt. Mich hat bei der Recherche so einiges überrascht und ich bin gespannt, ob Sie mit Ihren Einschätzungen besser liegen. Vielleicht machen Sie sich einen Spaß daraus und tippen anhand unserer vorgenannten Songliste einfach mal „ins Blaue", wo die jeweiligen Songs in den Charts gelandet sind. Die Auflösungen folgen im Buch.

Jetzt aber viel Freude mit dem „Soundtrack meines Lebens", bei dem Sie vielleicht nicht unbedingt Ihre persönlichen Lieblingssongs, aber wahrscheinlich ganz viele Erlebnisse Ihres eigenen Lebens wiederfinden...

Ein bisschen Frieden

„Es kann der Frömmste nicht in Frieden leben,
wenn es dem bösen Nachbar nicht gefällt"

Nicht, dass ich besonders fromm wäre, aber ich habe tatsächlich so einen Nachbarn. Dem gefällt überhaupt nichts, weder meine Gartenhecke, mein Rasen, mein Apfelbaum, meine Grillgewohnheiten und über meine Frau hat er auch schon abfällige Bemerkungen fallen lassen. Über seine eigene Frau übrigens auch, aber er ist halt so. Mein Nachbar Karlheinz ist ein „Nörgler vor dem Herrn". Es vergeht keine Woche in der wir nicht aneinandergeraten. Es ist nie etwas Weltbewegendes, sondern es sind immer nur Kleinigkeiten, aber was will man von so einem Kleingeist auch anderes erwarten?

Es gibt Menschen, die fühlen sich offensichtlich nur dann wohl, wenn sie über andere meckern können und sich aufregen dürfen. Manchmal glaube ich die machen das nur, um von sich selbst und ihren eigenen Problemen abzulenken. Ich erwähnte ja schon seine Frau, aber da gibt es sicherlich noch viel mehr. Karlheinz ist während seiner Wachphasen in einem „Dauererregungszustand" und schimpft fast ohne Unterbrechung gegen seine liebgewonnenen Feindbilder. Dazu gehören diverse Politiker, Wirtschaftsbosse, Gewerkschaften, die Kirche im Allgemeinen, der Papst im Besonderen, natürlich die Fußballmillionäre, das Finanzamt und neuerdings auch unser Bundesgesundheitsministerium. Wenn man sein Kommunikationsverhalten als „Dauererregungszustand" beschreibt, dann würde ich sein Verhältnis zu seinem

Nachbarn auf der anderen Seite, der „Nord-West-Front", wie Karlheinz die Grundstücksgrenze gerne nennt, als „Dauererektion" beschreiben. Was die Beiden sich in den letzten Jahren schon gefetzt haben, ist unbeschreiblich. Vor ein paar Wochen hat sein Nachbar allerdings kapituliert, nachdem er Karlheinz schon zwei Herz-OP`s zu verdanken hatte.

Daraufhin hat die Frau seines Nachbarn die „psychologische Kriegsführung" übernommen und auf eine sehr spezielle Art zurückgeschossen. Man muss sich das mal vorstellen, da hat diese Frau doch tatsächlich an jedem warmen Sommertag in ihrem Garten die Stereoanlage aufgebaut und Karlheinz mit *„Ein bisschen Frieden"* von Nicole beschallt. Natürlich nicht in Zimmerlautstärke, sondern „volle Pulle", sodass selbst ich das noch durch die Wände gehört habe. Am Anfang habe ich mich darüber noch amüsiert und fand das ziemlich originell, aber musste diese Frau ausgerechnet Nicole „ins Kanonenrohr laden"? Da sitzt du im Sommer bei 30 Grad im Schatten auf deiner Terrasse und Nicole singt:

„Wie eine Blume am Winterbeginn
und so wie ein Feuer im eisigen Wind
wie eine Puppe, die keiner mehr mag
fühl ich mich an manchem Tag
Dann seh' ich die Wolken, die über uns sind
und höre die Schreie der Vögel im Wind
Ich singe aus Angst vor dem Dunkeln ein Lied
und hoffe, dass nichts geschieht

*Ein bisschen Frieden, ein bisschen Träumen
und dass die Menschen nicht so oft weinen
Ein bisschen Frieden, ein bisschen Liebe
dass ich die Hoffnung nie mehr verlier"*

... und als ob das nicht schon „gaga" genug wäre, hat Karlheinz jedes Mal am Gartenzaun gestanden und alle Flüche dieser Welt nach drüben gebrüllt. Fühlt sich so etwa „ein bisschen Frieden" an? Aber Karlheinz wusste sich zu wehren und hat fortan mit AC/DC zurückgeschossen. Da tönte dann abwechselnd *„Highway to hell", „Hells bells"* und *„TNT"* über die Grundstücksgrenze und das wiederum löste etwas aus, mit dem ich niemals gerechnet hätte. Meine Frau und ich wohnen nun schon seit über 30 Jahren hier und wir haben es trotz aller Bemühungen nie geschafft ein Straßenfest zu organisieren.

Plötzlich schossen uns die Müllers, drei Häuser weiter die Straße runter, mit *„Imagine"* von John Lennon ihre „Friedensbotschaften" über den Zaun und John`s Worte waren ganz sicher an Karlheinz gerichtet:

*„Stell dir vor, es gäbe keinen Besitz mehr
Ich frage mich, ob du das kannst
Keinen Grund für Gier oder Hunger
Eine Menschheit in Brüderlichkeit
Stell dir vor, alle Menschen teilen sich die Welt
Du wirst vielleicht sagen, ich sei ein Träumer,
aber ich bin nicht der Einzige
Ich hoffe, eines Tages wirst auch du einer von uns sein
und die ganze Welt wird wie eins sein"*

Nett gemeint, aber Karlheinz fühlte sich dadurch nur noch mehr provoziert und er lief stundenlang mit seiner „Dauererektion" wie ein angeschossenes wildes Tier zwischen seiner Stereoanlage und seinem CD-Regal hin und her, immer auf der Suche nach neuer Munition.

Als die Nachbarn an seiner „Süd-Ost-Front" wegen Ruhestörung mit der Polizei drohten, lies Karl-Heinz von Bob Marley seine eigenen „Drohbomben" abwerfen und die Botschaft war eindeutig: *„I shot the sheriff"*. Daraufhin habe ich mich genötigt gefühlt auch etwas zu unserem spontanen Straßenfest beizutragen. Also habe ich meinen angestaubten Ghettoblaster aus dem Keller geholt und von einer alten, selbst aufgenommenen Musikkassette *„Stop the cavalry"* von Jona Lewie ins Rennen geschickt. Immerhin war das ein friedliches Weihnachtslied und es sollte mein aktiver Beitrag zur Deeskalation sein.

Es dauerte nicht lange, da mischten sich dann auch die Kramers ein. Die wohnen zwar nicht in unserer Straße, konnten aber trotz rund 200 Meter Luftlinie Entfernung über eine Blumenwiese alles ganz deutlich hören. Die Kramers gehören übrigens zur Kategorie „Altrocker" und daher war ich sehr gespannt was sie zu bieten hatten. Ist das nicht total spannend, wenn man auf diese Art zum ersten Mal erfährt, welchen Musikgeschmack die Nachbarn haben? Wow, ich hätte nicht gedacht, dass sich die Kramers so klar positionieren, aber schon wogten die Gitarren von Guns `n Roses über die Blumenwiese zu uns rüber und Axel Rose schrie Karlheinz an, er sollte doch gefälligst an der Himmelstür anklopfen. Ich muss schon sagen, „Knockin'on heavens door" war eine mutige Wahl, aber sie passte wie die Faust auf's Auge. Ich hätte gerne mehr davon gehört, aber so langsam wurde es auf unserem ungeplanten Straßenfest etwas chaotisch.

Es versammelten sich immer mehr Menschen in ihren Gärten oder auf der Straße und jeder fühlte sich aufgefordert etwas dazu beizutragen. Plötzlich vermischten sich Fragmente der Wildecker Herzbuben mit denen der Sex Pistols oder Grandmaster Flash, die dann wieder von Nicole oder AC/DC übertönt wurden. Die kleinen Lautsprecher meines Ghettoblasters kamen da schon lange nicht mehr mit. Dann kam mein ältester Sohn plötzlich auf die Idee seine neuen Aktivboxen auf unserer Terrasse aufzubauen und die hatten echt „Wumms". Meine Fresse, was für ein bombastischer Sound, da werden die Nachbarn jetzt aber staunen. Dann überraschte mich mein Sohn allerdings vollends, denn was er an „Munition" zu bieten hatte, würde alle anderen verstummen lassen. Also alle Knöpfe auf zehn und los geht's mit:

„Was kommt denn da für'n wüster Krach
aus Darmstadt, Frankfurt, Offenbach?"

und was soll ich sagen, ich hatte recht! Die Rodgau Monotones als „Friedensstifter" – unglaublich! Spätestens beim Refrain sang das ganze Wohnviertel gemeinsam „Erbarme, zu spät, die Hesse komme" und überall sah man tanzende Menschen in ihren Gärten.

Als ob alle nur darauf warteten, wurden schon mal die Schnäpse aus den Barschränken geholt und als die Stelle kam „Was hatt`n da de Papa da, der hat e Flasch Grappa da de Papa" wurde kräftig eingeschenkt und die Gläser wanderten über die Gartenzäune. Mein Gott, was haben wir gesoffen. Mit zunehmendem Alkoholkonsum verlor Karlheinz seine „Dauererektion" und er wurde nach und nach richtig locker. Zum ersten Mal in der Geschichte unserer Nachbarschaft haben wir zusammen gefeiert und dabei fielen sogar die „Stellungslinien" an seiner „Nord-Ost" und an der „Süd-West-Front". Selbst die Kramers kamen über die Wiese gelaufen, mit Picknickkörben und Bierkästen bewaffnet und wir versammelten uns alle bei Karlheinz im Garten.

Am Ende lagen dutzende Menschen, mehr oder weniger betrunken auf seinem gepflegten Rasen, sahen in den rosa schimmernden Sonnenuntergangshimmel und sangen gemeinsam:

„Dann seh' ich die Wolken, die über uns sind
und höre die Schreie der Vögel im Wind
Ich singe aus Angst vor dem Dunkeln ein Lied
und hoffe, dass nichts geschieht

Ein bisschen Frieden, ein bisschen Träumen
und dass die Menschen nicht so oft weinen
Ein bisschen Frieden, ein bisschen Liebe
dass ich die Hoffnung nie mehr verlier"

Geht doch...

Der „Soundtrack meines Lebens" erinnert an:

„Ein bisschen Frieden"
von **Nicole** aus dem Jahr 1982

Top-Platzierung in den Charts in Deutschland: Platz 1
Platzierung: UK Platz 1 / USA keine

„Imagine"
von **John Lennon** aus dem Jahr 1971

Top-Platzierung in den Charts in Deutschland: Platz 18
Platzierung: UK Platz 3 / USA Platz 6

Hinweis: Nach seinem Tod im Jahr 1980 schaffte es die Single in UK nochmals auf Platz 1 der Charts

„Erbarme, zu spät, die Hesse komme"
von **Rodgau Monotones** aus dem Jahr 1984

Top-Platzierung in den Charts in Deutschland: Platz 22
Platzierung: UK keine / USA keine

... und da waren noch:

AC/DC - Highway to hell, Hells Bells, TNT
Bob Marley - I shot the sheriff
Jona Lewie - Stop the cavalry
Guns `n Roses - Knockin` on heavens door
Wildecker Herzbuben - Herzilein
Sex Pistols - Anarchy in the UK
Grandmaster Flash - The message

I know there`s something going on

„I said a hip, hop, a hippie to the hippie
To the hip hip hop, you don't stop
The rockin' to the bang bang boogie
say up jumps the boogie
To the rhythm of the boogity beat"

Sugarhill Gang

Marcel behauptet, die Sugerhill Gang wären die legitimen Gründer von Facebook. Das klingt im ersten Moment ziemlich verrückt, aber Marcel hat da seine ganz eigene Theorie und die finde ich echt spannend. Wer hat Facebook gegründet? Richtig, Marc Zuckerberg! Sugarhill, Zuckerberg, verstehste? Und dann dieser „Schwachsinnstext", bei dem zwar alle mitsingen wollen, aber keiner schert sich darum, was er da überhaupt singt. Die Inhalte sind egal, Hauptsache es macht Spaß und alle machen mit. Genauso wie bei Facebook, behauptet Marcel, nur dass da weniger gesungen, sondern mehr geschrieben wird. Irgendwie ist da was dran an seiner Theorie.

Marcel geht übrigens noch viel weiter mit seinen Verschwörungstheorien und meint, Facebook sei „ein Werk des Teufels" und eine von den zehn Seuchen über die schon in der Bibel geschrieben wurde, eben nur übertragen in die Neuzeit. Ich finde diese Behauptung ziemlich gewagt, aber das schlimme an diesen Verschwörungstheorien ist, dass sie immer so spannend klingen und man einfach zuhören muss, weil sie ein bisschen „Pep" und Abwechslung in den ansonsten langweiligen Alltag bringen. Es ist ja nicht so, dass ich Marcel das alles einfach so glaube, aber ich höre ihm eben gerne zu, wenn er so vor sich hin schwadroniert. Das hat schon einen hohen Unterhaltungswert.

Ich habe ihn dann gefragt, welche denn die anderen neun Seuchen sind und er antwortete, wie aus der Pistole geschossen: *„Google, Twitter, Instagram, Netflix, Amazon, Tik Tok, Parship und Modern Talking".* Ich wollte ihn schon fragen, was denn bitteschön Modern Talking mit „Seuchen" zu tun hätten, aber nach einem kurzen Moment des Innehaltens habe ich meine Frage zurückgezogen. Aber selbst, wenn ich Modern Talking mitzähle, waren es nur neun und nicht zehn. Marcel meinte daraufhin, dass die nur ein „Platzhalter" wären, denn es würden ganz bestimmt noch andere Seuchen über uns kommen, denn das mit der Digitalisierung käme jetzt erst so richtig in Fahrt.

So richtig auf Kriegsfuß steht Marcel mit diesen Algorithmen. Er behauptet, dass Google schon jetzt alles, wirklich alles über jeden von uns wüsste und die ganzen Informationen hintenrum an Amazon und Parship verkauft werden. Marcel behauptet übrigens auch, die Band Genesis wären die legitimen Gründer von Amazon, denn die sangen bereits im Jahr 1973 *„I know what I like in your wardrobe".* Das Wort „Genesis" hat ja an sich schon was Biblisches und da lag dieser Verdacht natürlich nah. Ich finde es trotzdem ziemlich weit hergeholt. Damals war Jeff Bezos übrigens 11 Jahre alt als er das hörte und der Rest ist Geschichte.

Ich selbst bin davon überzeugt, dass Google und Amazon nicht alles über mich wissen, denn warum sollten sie mir sonst von ihrer selbst beauftragten „Algorithmen-Mafia" jede Woche Emails zukommen lassen, in denen sie mir eine Penisverlängerung oder einen Vibrator anbieten? Marcel hatte da sofort ein paar Antworten parat, aber die gehören hier jetzt nicht hin.

Ich selbst bin sowieso eher „oldschool" unterwegs und kaufe gerne in der Stadt ein. Vielleicht liegt es daran, dass ich früher so oft auf den Konzerten der Offenbacher Band Flatsch war. Die machten mit ihrem Song „Kaufhaus" so richtig Lust auf Wühltische und Schnäppchenjagd. Unvergessen ihre Live-Performance mit der Aufteilung des Saales in linke und rechte Hälfte. Die einen brüllten:

„Was mer hat des hat mer
Dadubida!"

… und die anderen brüllten zurück:

„Unn hat mers net dann fehlt's ei'm
Yeah!"

Damals ging man noch gerne ins Kaufhaus, da kam man wenigstens ab und zu an die frische Luft. Da ging es mir und den anderen so wie Herbert Grönemeyer:

„Ich hab`schon alles, ich will noch mehr
Alles hält ewig, jetzt muss was Neues her
Möcht`im Angebot ersaufen
Mich um Sonderposten raufen

Hab' diverse Kredite laufen, oh, es geht mir gut
Oh, ich kauf' mir was, Kaufen macht so viel Spaß
Ich könnte ständig Kaufen gehen
Kaufen ist wunderschön
Ich kauf', ich kauf', was, ist egal
Kaufen ist wunderschön"

Dieses Bad in der Menge der Kaufsüchtigen, diese Hetzjagd nach dem günstigsten Schnäppchen, dieses Gedränge und Geschubse an den Wühltischen, dieser Geruch von Angstschweiß, weil ein anderer schneller zupacken könnte und und und. DAS nenne ich Leben pur, aber all das hat Jeff Bezos nicht zu bieten. Trotzdem hat er sich in den letzten Jahren zum Alleinherrscher der Konsumwelt aufgeschwungen und wäre die schlimmste aller zehn Seuchen, sagt Marcel. Allerdings könnten ihm in den nächsten Jahren die Chinesen mit ihrem Online-Shopping-Portal Alibaba den Rang des „Welt-Diktators" abspenstig machen. Dann müssten Modern Talking eben ihren Platz räumen, aber noch wäre es nicht so weit, sagt Marcel. Ich vermute, dass sich Dieter Bohlen darüber freuen wird, wenn er sich noch ein wenig länger in den Top Ten halten wird.

Ich habe Marcel natürlich auch danach gefragt, warum er Parship als eine Seuche einstuft, weil ich persönlich sie eher als harmlos und unwichtig empfinde. Ich kann und will seine durchweg emotionalen Antworten hier jetzt nicht ungefiltert wiedergeben, zumal ich Marcel versprochen habe, diese doch sehr persönlichen Informationen streng vertraulich zu behandeln.

Nur so viel sei gesagt: Es liegt nicht an Parship selbst, sondern eher an dem, was Marcel dort erlebt hat. In seinem persönlichen „Seuchen-Ranking" steht Parship ganz weit oben. Ich kann nur so viel dazu sagen, dass die Angebote die er von dort bekommen hat, wohl genauso daneben lagen und überflüssig waren, wie meine Angebote für eine Penisverlängerung. Marcel hat nach rund einem Dutzend „Katastrophen-Dates" die Parship-Adresse als Spam gekennzeichnet und konnte sich somit vor weiteren Demütigungen schützen. Jetzt hat er endlich auch wieder mehr Zeit für seine Verschwörungstheorien.

Bei Twitter muss er nicht mal große Vorarbeit leisten, denn seitdem Donald Trump so oft twittert, läuft dieser Dienst automatisch unter der Rubrik „Werk des Teufels". Da bleibt ihm jetzt mehr Zeit für Instagram. Was er mir dann allerdings über Instagram erzählt hat, hat mich tief in meinem Innern erschüttert. Das war so unglaublich, dass ich mich nicht traue darüber zu schreiben, denn ansonsten werden mich die Algorithmen suchen und sie werden mich finden und bestrafen. Nicht auszudenken, was dann mit mir geschieht. Ganz bestimmt werden die Algorithmen dafür sorgen, dass mein Account bei Amazon gesperrt wird oder Netflix mir meine Lieblings-Serien verweigert. Damit würden die mich vom Leben abnabeln und ich müsste einsam auf meiner Couch sterben. Zumindest ist es das, was mir Marcel in diesem Zusammenhang andeutet. Das muss man Marcel echt lassen, seine Verschwörungstheorien sind spannender als das reale Leben.

Als wir uns näher mit Amazon und Google beschäftigt haben, kam von mir natürlich auch gleich die Frage nach Alexa und Siri? Sind diese beiden „Frauen" etwa auch ein „Werk des Teufels"? Marcel verneinte das vehement, aber auf meine Frage, ob die beiden wenigstens als Seuche durchgehen würden, versteinerten sich seine Gesichtszüge zu einer schiefen Grimasse. Marcel hatte es in seinem Leben offensichtlich nicht leicht mit Frauen.

In jungen Jahren hatte er keine Freundinnen, dann erst mit über 40 Jahren die ersten Annäherungsversuche im Rahmen dieser Online-Dates, über die wir jetzt aber kein Wort mehr verlieren sollten und dann noch seine Passion für Verschwörungstheorien. Das alles zusammen genommen war keine gute Mischung. Irgendwie fehlen ihm in seiner Vita die positiven Erlebnisse, mit denen er Frauen gegenüber hätte Vertrauen aufbauen können.

Vielleicht erging es ihm wie Feargal Sharkey in „A good heart"?

„Denke ich zurück
an all meine Kindheitsträume
dann war meine Vorstellung von Liebe
nicht so albern, wie es schien
Wenn ich jetzt nicht beginne zu suchen
werde ich auf der Strecke bleiben,
denn ein gutes Herz
ist in dieser Zeit schwer zu finden
Ich weiß, es ist ein Traum
und ich will dafür kämpfen
denn ich weiß, am Ende ist es die Sache wert

*Ein gutes Herz, ist schwer zu finden in dieser Zeit
drum gehe bitte sanft um mit diesem meinem Herzen"*

Ich habe mich all die Jahre gefragt, warum sich Marcel schon sein halbes Leben so gnadenlos in diese Verschwörungstheorien reinsteigert? Liegt das am Ende nur an seinem übersteigerten Misstrauen gegenüber der Welt da draußen? Irgendwie habe ich das Gefühl, dass Marcel sich ständig von allen Seiten angegriffen fühlt und er sich mit diesen „Rundumschlägen" einfach nur wehren will. Vor lauter Aktionismus merkt er überhaupt nicht, dass es die Welt da draußen gar nicht mal so schlecht mit ihm meint.

Nicht, dass es ihm am Ende so ergeht, wie es Frida in ihrem *„I know there's something going on"* besingt:

*„Ich kann sehen, dass es nicht mehr lange dauert
Du wirst kalt, wenn du so weitermachst
Du weißt, du hast dich verändert
und deine Worte sind Lügen
Das kannst du nicht leugnen"*

Frida hat das Lied gesungen, kurz nachdem sich ABBA aufgelöst hatten und ich glaube, dass sie da mit ihrem Benny noch eine Rechnung offen hatte, aber soweit ich weiß, ging es da nicht um banale Verschwörungstheorien, zumindest nicht um solche, wie sie Marcel interpretiert. Aber das stimmt schon, dass Menschen irgendwann einmal „kalt" werden, wenn sie all ihr Vertrauen verlieren.

Ich sollte mit Marcel vielleicht weniger über seine Verschwörungstheorien sprechen, sondern mehr über das, was im Leben so richtig Spaß macht. Dann kommt er sicher auch auf andere Gedanken.

Musik ist ein erprobtes Mittel zur Stimmungsaufhellung, also die Nadel in die richtige Rille, Lautstärkeregler aufdrehen, die Hüften in die richtige Position bringen, langsam anfangen zu wippen und schön laut mitsingen:

„*I said a hip, hop, a hippie to the hippie*
To the hip hip hop, you don't stop
The rockin' to the bang bang boogie
Say up jumps the boogie
To the rhythm of the boogity beat"

Man muss im Leben nicht immer alles hinterfragen...

Der „Soundtrack meines Lebens" erinnert an:

„Rappers Delight"
von Sugarhill Gang aus dem Jahr 1979

Top-Platzierung in den Charts in Deutschland: Platz 3
Platzierung: UK Platz 3 / USA Platz 36

„I know what I like"
von Genesis aus dem Jahr 1974

Top-Platzierung in den Charts in Deutschland: Keine
Platzierung: UK Platz 21 / USA keine

„Kaufhaus"
von Flatsch aus dem Jahr 1976

Schade Jungs, leider keine Einträge... (trotzdem geil!)

„Kaufen"
von Herbert Grönemeyer aus dem Jahr 1983

Auch diese Single hat es leider nicht in die Charts geschafft... (obwohl sie es verdient hätte)

„A good heart"
von Feargal Sharkey aus dem Jahr 1985

Top-Platzierung in den Charts in Deutschland: Platz 4
Platzierung: UK Platz 1 / USA Platz 74

„I know there`s something going on"
von Frida aus dem Jahr 1982

Top-Platzierung in den Charts in Deutschland: Platz 5
Platzierung: UK Platz 43 / USA Platz 13

Once in a lifetime

Irgendwie passt dieser Song von den Talking Heads an diesem Morgen zu meiner Stimmung. Es ist Freitag und ich bin mir ziemlich sicher, dass meine schlechte Laune in rund acht Stunden nicht deswegen automatisch besser wird, nur weil das Wochenende eingeläutet wird. David Byrne singt im Radio in seiner typisch „rotzigen" Art:

„Vielleicht findest du dich
in einem dieser langweiligen Reihenhäuser?
Vielleicht findest du dich
in einem anderen Teil dieser Welt?
Vielleicht findest du dich
hinter dem Steuer eines riesigen Automobils?
Vielleicht findest du dich
in einem schönen Haus mit einer schönen Ehefrau?
Und vielleicht fragst du dich selbst:
Okay, wie bin ich überhaupt hierhergekommen?"

In diesem Moment frage ich mich das auch. Seit nunmehr 15 Jahren bin ich mit Vera verheiratet, bin stolzer Besitzer einer dieser „Hasenställe", wie mein Kollege Clemens meine „Reihenhaus-Scheibchen-Villa" spöttisch nennt und sitze hinter dem Steuer eines familientauglichen VW Passat Kombi. Über die Frage nach dem schönen Haus und der schönen Ehefrau will ich gerade nicht nachdenken, aber ich kann David Byrne spontan zurufen, dass ich mich derzeit viel lieber in einem anderen Teil dieser Welt finden wollte.

Weit, weit weg oder wie Slade es damals in den 70ern gesungen haben *„Far, far, away".* Slade haben schon damals - und da war ich gerade mal geboren - davon gesungen, wie ich mich heute fühle:

„Ich bin weit, weit weg
mit dem Kopf in den Wolken,
aber der Ruf der Heimat ist laut,
noch immer viel zu laut"

Ich empfinde meinen emotionalen Zustand gerade als sehr belastend, denn ich sitze hinter dem Steuer eines viel zu großen Automobils, würde mich gerne in einem anderen Teil dieser Welt wiederfinden, habe es aber nur mit meinem Kopf bis in die Wolken geschafft, ignoriere verbissen die Frage nach dem schönen Haus und der schönen Ehefrau und leide darunter, dass der Ruf der Heimat lauter ist als mein Fernweh. Okay, es bleibt die Frage, wie ich überhaupt hierhergekommen bin?

Diese Fragen nach dem „Wie" und dem „Warum" machen mich immer total fertig. Das ist doch alles nur schmerzhafte Vergangenheitsbewältigung, da kann ich doch sowieso nichts mehr dran ändern und nur, weil mir mein Kopf ggf. erklären kann, wie und warum es so gekommen ist, fühle ich mich deswegen noch lange nicht besser. Vera wirft mir schon mein halbes Leben vor, ich würde viel zu viel nachdenken und ständig nur grübeln. Recht hat sie, dass Nachdenken und Grübeln am Ende nichts nutzen, das sehe ich doch an meiner unbefriedigenden Gesamtsituation!

Was habe ich mir damals viele Gedanken gemacht, ob, wann und warum ich Vera heiraten sollte? Ich habe monatelang jede Nacht gegrübelt, ob ich wirklich dieses finanzielle Risiko des Hauskaufes eingehen soll? Ich habe mir über 20 Autozeitschriften und Testberichte organisiert, wochenlang Zahlen, Fakten und Meinungen gesammelt, nur um beim Autokauf die richtige Entscheidung zu treffen. Und jetzt, jetzt fahre ich einen mausgrauen VW Passat Kombi, obwohl mein Herz schon immer an einem alten britischen Roadster in „Racing green" hängt. Ich wohne in einem zu 30 Prozent abbezahlten „Hasenstall" in einer Reihenhaussiedlung meiner Heimat, weil ich dachte, dass es mir weniger finanziellen Druck und somit weniger Angst macht, als wenn ich etwas mehr nach den Sternen greifen würde. Ich fahre jeden Morgen zu einem sicheren und sauberen Arbeitsplatz, den ich von Herzen gern gegen ein schmutziges Abenteuer am Ende der Welt eintauschen würde. Über Vera will ich jetzt nicht weiter nachdenken, das ist ein Thema für sich und manchmal ist es ganz gut, wenn man mit seinem Kopf in den Wolken und nicht zuhause ist.

Liegt es tatsächlich nur an diesen vorgelebten Rollenklischees meiner Eltern, dass ich mich heute an Stellen wiederfinde, die ich auf meinem Flug durch die Wolken nicht wirklich im Blick hatte? Ich habe in all den Jahren nicht ernsthaft in Erwägung gezogen etwas daran zu ändern. Mein Leben ist so normal, dass es schon fast wehtut.

Warum haben die Talking Heads niemals ein Lied geschrieben in dem sie uns nicht nur fragen, wie wir dahin gekommen sind, sondern uns auch erklären, wie wir da wieder wegkommen? Es gibt so viele Lieder in denen immer nur Fragen gestellt werden oder die singen alle nur davon, wie sie sich damit fühlen, aber kaum einer kommt mit vernünftigen Antworten und klaren Handlungsempfehlungen um die Ecke.

Angeblich soll Musik entspannen, aber so gerne ich die Melodie und den Rhythmus von *„Once in a lifetime"* mag, so sehr leide ich unter dem Text. Hör auf mich zu fragen und gib mir endlich Antworten! Ich habe in meinem Leben viel zu oft nachgedacht, gründlich analysiert, alle Optionen abgewogen und habe dann doch nichts geändert. Warum habe ich nur so viel Zeit und Nerven vergeudet, um dann doch die falschen Entscheidungen zu treffen?

Bob Marley sang damals mit Inbrunst *„No woman, no cry"* und meine Freunde und ich dachten, na klasse: *„Keine Frau, kein Geschrei!"* Das war endlich mal eine klare Empfehlung für`s Leben und für uns die logische Schlussfolgerung aus dem eigenen Erfahrungsschatz, auch wenn es Bob wohl anders gemeint hat. Aber selbst so einfache Botschaften habe ich damals hinterfragt. Wie kann Bob Marley nur so etwas singen, dann aber mit so vielen Frauen gleichzeitig zusammen sein? Bob hatte nach inoffiziellen Veröffentlichungen im Internet neben seinen 11 leiblichen noch rund zwei Dutzend weitere Kinder, die ihm aus seinem Umfeld angedichtet oder genauer gesagt unterstellt wurden.

Der Typ war in seinem kurzen Leben mit so vielen Frauen zusammen, dass ich mich frage, wie er dabei überhaupt noch Musik schreiben oder auf der Bühne stehen konnte?

In *„One love"* behauptet der doch rotzfrech:

„Eine Liebe! Was ist mit dem einen Herz?
Lass uns zusammenkommen und uns gut fühlen
wie es am Anfang war (eine Liebe!)
So, wie es am Ende sein sollte (Ein Herz!)"

Ob der das jeder einzelnen seiner Frauen zärtlich ins Ohr geflüstert oder sogar mit seiner Klampfe vorgesungen hat? Bob hat sich ganz bestimmt nicht so viele Gedanken gemacht wie ich. Der hat es vermutlich einfach gemacht, ohne seinen Kopf einzuschalten. Wer braucht schon seinen Kopf, wenn er ein so großes Herz hat und wenn es auch nur „ein Herz für Kinder" war. Der ist einfach weitergezogen, war immer auf der Suche nach der *„einen Liebe"* und wenn ihm die Frauen oder was auch immer zu viel Schmerz bereitet haben, hat er eben ein „Tütchen" geraucht.

Bob hat bestimmt nicht in einer Reihenhaussiedlung in Kingston Town auf Jamaika gewohnt und sich damit zufriedengegeben, dass er stolz hinter dem Steuer eines „dicken Buick" sitzt und seine Großfamilie durch die Gegend chauffiert. Der war mit seinem Kopf ständig in den Wolken, die er sich mit seinen Joints selbst geblasen hat. Tja, selbst ist der Mann!

Nicht so wie ich. Letztens hat mir ein Freund eine CD von Marsecco geschenkt und er meinte es sicherlich gut mit mir, denn die CD ist echt klasse. Allerdings hat mir gleich das erste Lied den „emotionalen Gnadenschuss" gegeben. Warum singen die sowas? Das will doch keiner hören, auch wenn es sich bei mir gerade genauso anfühlt. Lust auf eine schwerverdauliche Kostprobe?

„Tausend Worte sind gesagt
Tausend Fragen sind gefragt
Keine Antwort die hier passt
Wieder mal nichts angefasst
Tausendmal sich selbst geschworn`
Tausendmal den Kampf verlorn`
Tausend Zweifel inhaliert
Tausend Ängste abonniert
Das Vertrauen fliegt davon
Am Ende bleibt die Illusion
Was hätte alles können sein"

Wenn ich so etwas höre, dann spüre ich ein unbändiges Verlangen mich einfach an einen anderen Ort auf dieser Welt zu „beamen" um neu anzufangen. Einfach alle Probleme zuhause lassen und befreit von allem nochmals so durchstarten, wie ich es mir vorstelle. Wenn ich mir jetzt allerdings vorstellen soll, was ich anders oder besser machen wollte, komme ich schon wieder nur ins Grübeln. Es ist ein Teufelskreislauf!

Ich kann aber nicht einfach so weggehen, denn egal wo ich auch hingehe, werde ich immer wieder der „Quelle allen Übels" begegnen, nämlich mir selbst.

Da können mich Fleetwood Mac noch so oft musikalisch dazu auffordern *„Go your own way",* aber wenn du selbst nicht weißt, welchen Weg du überhaupt gehen willst und ständig nur am Grübeln bist, dann kannst du auch gleich auf der Couch hocken bleiben.

Im Grunde genommen ist es völlig egal in welchen Wolken ich gerade unterwegs bin, denn meine Heimat wird mich wohl immer wieder einholen und ein ums andere Mal tönt Noddy Holder von Slade durch meinen Schädel:

„Ich bin weit, weit weg,
mit dem Kopf in den Wolken
Aber der Ruf der Heimat ist laut,
noch immer viel zu laut"

Mein alter Vater ist in den letzten Jahren ziemlich schwerhörig geworden, aber er scheint deswegen nicht besonders unglücklich zu sein. Vielleicht ist es ja ein Segen, wenn einen die Heimat zwar laut ruft, man sie aber nicht mehr hören kann. Das könnte vieles leichter machen.

So betrachtet kann ich es kaum abwarten älter zu werden...

Der „Soundtrack meines Lebens" erinnert an:

„Once in a lifetime"
von Talking Heads aus dem Jahr 1980

Top-Platzierung in den Charts in Deutschland: Keine
Platzierung: UK Platz 14 / USA Platz 91

„Far, far away"
von Slade aus dem Jahr 1974

Top-Platzierung in den Charts in Deutschland: Platz 8
Platzierung: UK Platz 2 / USA keine

„One love"
von Bob Marley aus dem Jahr 1984

Top-Platzierung in den Charts in Deutschland: Platz 3
Platzierung: UK Platz 5 / USA Platz keine

„Morgen"
von Marsecco aus dem Jahr 2017

Platzierung in den Charts in Deutschland: (noch) Keine

„Go your own way"
von Fleetwood Mac aus dem Jahr 1976

Top-Platzierung in den Charts in Deutschland: Platz 11
Platzierung: UK Platz 38 / USA Platz 10

De do do do de da da da

„Das bedeutet gar nichts und ist deswegen auch nicht falsch"

ist die deutsche Übersetzung einer Textzeile dieses Liedes von Police. Vielleicht ist es gar nicht so dumm, wenn man sich rhetorisch nicht immer gleich festlegen lassen will. Das erspart einem viel Ärger und Spott, wenn es sich später herausstellen sollte, dass es „Bullshit" war. Ist Ihnen auch schon aufgefallen, dass wir immer mehr Anglizismen und Symbolwörter in unserer Sprache verwenden, nur damit wir uns im Zweifelsfall damit herausreden können, dass wir dieses Wort einfach nur versehentlich verwendet haben oder ggf. überhaupt nicht wussten, was es genau bedeutet? Erst einmal alles raushauen und wenn es dann eng wird, gibt es ja den Notausgang des vorgeschobenen Missverständnisses. Diesen Notausgang nutzen Politiker doch jeden Tag.

Ich selbst bin der festen Überzeugung, dass etwas nur dann aus einem Mund herauskommen kann, wenn es vorher in einem drin war. Ob das letztendlich aus dem Kopf, dem Bauch oder dem Hirn entstammt, ist dabei vollkommen irrrelevant, die Quelle ist immer die gleiche. Es vergeht keine Woche ohne einen rhetorischen Ausrutscher eines Politikers, der für Aufregung sorgt. Kaum ausgesprochen, geht der Shitstorm schon als Tsunami durch die sozialen Netze und spätestens in den Abendnachrichten werden uns deren Aussagen als angebliche „Fake-News" präsentiert.

Dann lässt uns ein betroffen und seriös dreinschauender Pressesprecher ausrichten, dass es die X oder der Y natürlich so nicht gemeint haben und wir sie oder ihn offensichtlich alle nur falsch verstanden oder fehlinterpretiert haben. Wenn allerdings die allermeisten Menschen das anders verstanden haben, weil es im Grunde genommen eindeutig und klar ausgesprochen wurde, dann bedarf es schon mehr als nur eine halbherzige Gegendarstellung. Mir fällt dabei auf, dass die Politiker immer seltener selbst Rede und Antwort stehen wollen und sie in solchen Fällen gerne einen anderen vorschieben, der dann auf nervige Nachfragen verlauten lässt, dass hierüber bereits alles gesagt wurde. Immer schön aus der Schusslinie raushalten. Ich glaube, das lernen die schon im ersten Semester ihres Studiums der Politikwissenschaften.

Aber Gottseidank gibt es ja noch Christian Ehring, Max Uthoff, Oliver Welke, Dieter Nuhr und andere „seriöse" Politikjournalisten, die sich diesen Themen auch Tage danach immer wieder gerne annehmen. In deren Sendungen bekommen die Zuschauer dann alles in mundgerechten, appetitlichen Häppchen in den offenen, staunenden Mund geschoben, bevor sich dieser nach dem ersten spontanen Lacher wieder schließt. Verdauen muss das natürlich jeder selbst.

Das Witzige dabei ist, dass sich die meisten Zuschauer später viel mehr an diese „Comedy-Versionen" erinnern, als an das, was die Politiker tatsächlich gesagt haben. Es soll Politiker geben, die nach ihrem Verriss in einer Comedy-Sendung populärer waren als vorher.

Das lässt zumindest den Verdacht zu, dass jeder „Depp", wenn er sich nur medientauglich blöd und peinlich genug anstellt, eine effiziente, flächendeckende und nebenbei auch kostenlose Propaganda von Deutschlands beliebtesten Fernsehshows erhält. Das hätten sich die Betroffenen alleine niemals leisten können und das, ganz nebenbei bemerkt, finanziert mit unseren öffentlich-rechtlichen Gebührengeldern.

Auf jeden Fall bringt so etwas viel Aufmerksamkeit und nebenbei bestimmt auch ein paar zusätzliche Stimmen bei der nächsten Wahl. Alle vier Jahre das gleiche Dilemma. Die meisten Menschen wissen doch sowieso nicht, warum sie die oder eine andere Partei wählen sollen. Wer bitteschön beschäftigt sich denn ernsthaft mit einem Parteiprogramm, bevor er oder sie ein Kreuzchen auf dem Wahlzettel setzt? Da ist es doch viel wichtiger, dass ein Politiker sympathisch ist und was macht einen Menschen sympathischer, als wenn er hin und wieder für einen Spaß zu haben ist. Nehmen wir doch nur mal Karl Lauterbach.

Sorry Herr Lauterbach, aber sie müssen deswegen für dieses Beispiel herhalten, weil sich derzeit kein anderer Politiker zu diesem Vergleich mehr aufdrängt als sie. Karl Lauterbach dürfte spätestens nach seinen „gefühlten" zehn Talkshowauftritten pro Woche in Verbindung mit Covid-19 (alleine dreimal bei Markus Lanz), doch nun wirklich allen Menschen bekannt sein. Was war der Lauterbach früher doch für ein langweiliger, unscheinbarer Typ, der nur deswegen aufgefallen ist, weil er als einziger in Berlin eine bunte Fliege am Hals getragen hat. Jetzt spielt er regelmäßig in der „Heute Show" den lustigen Sparringspartner für bescheuerte Interviews in Fußgängerzonen und schon kennt ihn ganz Deutschland. Übrigens sieht er jetzt viel peppiger aus, denn die Fliege bleibt im Schrank. Wenn die SPD schlau ist, stellen die den Lauterbach als ihren nächsten Bundeskanzlerkandidaten auf. Bei dem fragt schon lange keiner mehr nach politischen Inhalten. Da reicht es doch alleine zu glauben, dass das ein „Super-Typ" von nebenan ist, so einer wie du und ich. Wer in „Comedy-Shows" viel Blödsinn labern darf, dem nimmt man es auch nicht gleich krumm, wenn er es hin und wieder im Bundestag genauso ordentlich krachen lässt. So etwas ist schnell passiert, wenn man am Abend zuvor noch ungehemmt rumalbern durfte. Das war dann natürlich nicht so gemeint, haha, war doch nur ein Späßchen. Zur Not muss am nächsten Tag eben wieder der Pressesprecher ran und eine Stellungnahme vorlesen.

In einer Zeit, in der in vielen Ländern dieser Welt Komödianten, Entertainer, Schauspieler und sogar Clowns zu politischen Anführern gewählt werden, darf man sich schon wundern, warum nicht auch bei uns so Typen wie Mario Barth und Carolin Kebekus zur neuen „Dream-Team-Doppelspitze" für die nächste Kanzlerkandidatur gekürt werden. Ich will jetzt aber nicht zu politisch werden, das gibt nur wieder Ärger.

Bleiben wir bei der Musik. Immer dann, wenn ich diesen Song von Police im Radio höre, schleicht sich mir das deutsche Pendant in meinen Kopf. Wer erinnert sich nicht an *„Da Da Da"* von Trio, aus der Zeit der „Neue

Deutsche Welle"? Erst haben sie die drei schrägen Typen aus dem hohen Norden unserer Republik belächelt und dieses Lied als lustigen Schwachsinn abgetan und Jahre danach galt der Song plötzlich als Meilenstein des Dadaismus. Wer hätte das gedacht? Wie ich das damals in einer Musikfachzeitschrift gelesen habe, musste ich erst einmal im Lexikon nachschlagen, was Dadaismus überhaupt bedeutet:

„Der Begriff Dada(ismus) steht im Sinne der Künstler für totalen Zweifel an allem, absoluten Individualismus und die Zerstörung von gefestigten Idealen und Normen."

Wow, das klingt nach Anarchie, das klingt nach Mario Barth und Carolin Kebekus, das klingt nach politischem Umbruch, das klingt nach: *„Ich lieb dich nicht, du liebst mich nicht, aha!"* Ist es etwa das, was wir wollen? Ich denke nicht. Mein Freund Bastian sagt immer: „Die Welt ist krank und es gibt zu wenig Liebe!"

Die Welt allgemein als krank zu bezeichnen, ist für mich nicht aussagekräftig genug, da muss man schon genauer hinschauen. Es ist doch nicht die Welt an sich, sondern es sind die Menschen und was sie aus ihrer Welt gemacht haben. Ich bin mir schon lange nicht mehr sicher, was die größeren Probleme in unserer Welt sind: Die Verschmutzung unserer Umwelt oder die Verschmutzung unserer Gedanken? Zu wenig Liebe und Mitgefühl füreinander oder dass Menschen immer weniger an ihre eigenen Fähigkeiten glauben und deshalb immer mehr nach dem Staat rufen?

Vermutlich ist alles gleich schlimm, denn das eine lässt sich nicht vom anderen trennen. Etwas zu trennen, ist immer mit Schmerz verbunden und damit meine ich nicht nur die Trennung zweier Menschen die sich vorher geliebt haben, sondern da gibt es leider noch viel mehr.

Im Grunde genommen erleben wir diesen „Trennungsschmerz" fast rund um die Uhr, in dutzenden kleinen Alltagssituationen. In dem Moment, wenn wir eine Sache oder ein Verhalten beurteilen, trennen wir, vereinfacht ausgedrückt, in gut und schlecht. Wir urteilen und bewerten in unseren Gedanken so oft, dass es uns schon fast nicht mehr auffällt. Ein paar Beispiele gefällig?

Nehmen wir mal an, Sie finden, dieser Käse schmeckt ausgezeichnet, aber ihr Tischnachbar behauptet, der Käse schmeckt ekelhaft ranzig. Sie glauben, die aktuell regierende Partei wird zukünftig Gutes bewirken und ein anderer behauptet das Gegenteil. Und jetzt? Jetzt verwenden sie all ihre Energie darauf den anderen davon zu überzeugen, dass sie recht haben. Der versucht das natürlich auch mit ihnen. Mit jeder Auseinandersetzung trennen wir uns ein Stück mehr voneinander. Streit trennt, nimmt allem die Liebe, löst am Ende jede Verbindung und das alles nur, weil man den Geschmack von Käse unterschiedlich wahrnimmt. Okay, das klingt jetzt etwas überzogen, aber wir wissen doch alle worum es hier geht. Letztendlich ist es immer unsere rein subjektive Wahrnehmung einer Sache oder eines Gefühls und nur so wird es auch zur Wahrheit, nicht mehr und nicht weniger.

Es gibt aber keine allgemeingültige Wahrheit auf dieser Welt, also warum sollten wir dann unentwegt darüber streiten? Am Ende streiten wir so intensiv und dauerhaft, dass wir nicht mehr miteinander sprechen wollen und dann ist die Trennung endgültig. Was sich daraus entwickeln kann, können wir jeden Tag in den Abendnachrichten sehen. Das braucht kein Mensch.

Die besten Ideen für Verständnis, Zusammenhalt und Friedensbemühungen in unserer Zivilisation kommen übrigens direkt aus dem Rheinland, denn dort sagt man landläufig: *„Jedem Tierchen sein Pläsierchen!"* Die sagen auch: *„Es kütt, wie et kütt!"* was übersetzt heißt: „Es kommt, wie es kommt!" Das verstehe ich. Die lassen jeden Menschen möglichst so, wie er ist und regen sich nicht weiter über die Zukunft auf. Soweit die Theorie, aber bevor sich die Rheinländer über die praktische Umsetzung streiten, trinken sie lieber ein Kölsch zusammen. Wobei man als Düsseldorfer jetzt natürlich wieder darüber streiten könnte, ob es unbedingt ein Kölsch sein muss. Egal.

Die Astrophysiker haben ihre eigenen Theorien und Erklärungen zum Thema Trennung. Die behaupten, dass wirklich alles im Universum irgendwie zusammenhängt. Alles ist eins und es gibt keine Trennung. Die erklären uns das mit klitzekleinen Atomen, Schwingungen, Licht, Sphären, schwarzen Löchern und allen möglichen Fachausdrücken, die ich echt nicht verstehe. Mir ist das alles viel zu kompliziert und komplex und macht mir nur unnötige Kopfschmerzen, sobald ich versuche darüber nachzudenken.

Ich bin schon als Kind vollkommen daran verzweifelt, wenn man mir im Physikunterricht die Unendlichkeit unseres Universums erklären wollte. Gottseidank hat mich Jahre später der ehemalige Sänger von Trio, Stefan Remmler, aus meiner tiefen Verzweiflung wieder rausgeholt und endlich für klare Verhältnisse gesorgt. Mit seinem Lied: *„Alles hat ein Ende, nur die Wurst hat zwei"* fand ich wieder zu alter Sicherheit zurück.

Das sind doch klare Aussagen, mit denen jeder was anfangen kann. Von dieser Wurst hätte sich Police mal 'ne Scheibe abschneiden sollen, dann hätten sie auch nicht singen brauchen: *„De do do do de da da da. Das bedeutet gar nichts und ist deswegen auch nicht falsch".*

Ich denke, dass Stefan Remmler wahrscheinlich ein richtig guter Bundeskanzler wäre. Der ist nicht nur ein Mann des Volkes und der einfachen Worte, nein, er sagt auch die Wahrheit!

Der „Soundtrack meines Lebens" erinnert an:

„De do do do de da da da"
von The Police aus dem Jahr 1980

Top-Platzierung in den Charts in Deutschland: Platz 15
Platzierung: UK Platz 5 / USA Platz 10

„Da da da"
von Trio aus dem Jahr 1982

Top-Platzierung in den Charts in Deutschland: Platz 2
Platzierung: UK Platz 2 / USA Platz 33

„Alles hat ein Ende, nur die Wurst hat zwei"
von Stefan Remmler aus dem Jahr 1986

Top-Platzierung in den Charts in Deutschland: Platz 3
Platzierung: UK keine / USA keine

I want to break free

Es gibt keine Zufälle. Manuela und ich haben uns gerade eben noch wegen eines total belanglosen Themas gestritten und ich bin anschließend regelrecht geflüchtet. Genug ist genug, ich kann diese ewigen Diskussionen nicht mehr ertragen oder besser gesagt, ich will sie nicht mehr ertragen. Entweder fängt sie damit an oder ich und es ist nicht die Frage ob, sondern nur wann? Wie es ausgeht, wissen wir beide. Es geht nie um was Wichtiges, sondern immer nur um Kleinigkeiten über die man wahrscheinlich auch kaum streiten würde, wenn man ansonsten eine „gute" oder wenigstens halbwegs stabile Beziehung miteinander hätte. Ich traue mich hier bewusst nicht von Liebe zu sprechen, zumindest nicht zwischen Manuela und mir. Wenn man erst einmal intensiv darüber nachdenken muss, warum man mit jemanden zusammen ist, sollte man aufhören zu glauben, man hätte eine gute Beziehung.

Nun sitze ich im Auto und es läuft dieser Song von Queen: *„I want to break free"*. Das ist kein Zufall. Ich habe vor wenigen Minuten die Tür von Manuelas Wohnung zugeschlagen und bin sozusagen auch irgendwie ausgebrochen. Aber selbst jetzt, nach meiner Flucht, fühle ich mich nicht frei. Manuela sitzt mir immer noch im Nacken und hackt auf mir rum. Warum ärgert mich das so? Warum verletzt es mich so? Eigentlich bin ich doch schon seit Monaten emotional auf Distanz gegangen, sozusagen ein Abschied auf Raten. Jedes Mal denke ich mir, das war`s. Nach jedem Streit schwöre ich mir, endgültig Schluss zu machen.

Es wäre so einfach, ich müsste es ihr noch nicht einmal am Telefon sagen, sondern bräuchte ihr nur eine WhatsApp zu schreiben. Nur ein kurzer Satz und hintendran ein paar traurige Emojis mit Tränen oder so und schon ist man getrennt. Machen das nicht alle auf diese Art? Auszubrechen ist aber nicht so leicht wie es manchmal scheint, denn bei Beziehungen reicht es eben nicht, einfach nur die Tür hinter sich zuzuschlagen.

Im Nachhinein bin ich sehr froh darüber, dass Manuela und ich uns über all die Jahre nicht dazu aufraffen konnten zusammenzuziehen. Bei ihr war es die Nähe zu ihrem Arbeitsplatz, den sie nicht aufgeben wollte und bei mir war es, ja was war es bei mir? Ich habe ihr so viele vorgeschobene Gründe genannt, dass ich nicht einmal mehr weiß, worum es mir wirklich ging. Wenn es einen wahren Grund gegeben hätte, wüsste ich das aus dem Stegreif. Ich war wohl komplett im „Abwehrmodus" und wollte nur meine Freiheit nicht aufgeben.

„I want to break free". 1984 gab es zu diesem Song ein etwas skurril anmutendes Video, in dem Freddie Mercury mit Schnauzer, Perücke und Minirock einen Staubsauger durchs Bild geschoben hat und allein das empfand ich rein optisch schon zum Davonlaufen. Freddie war der Zeit allerdings weit voraus, denn wer konnte damals schon ahnen, dass wir rund 35 Jahre später diese Diskussionen über unsere Geschlechter führen, von denen nun außer männlich und weiblich noch ein paar andere zur Auswahl stehen. Bisher dachte ich immer, das wäre so gottgegeben und wenigstens darüber bräuchte ich mir nicht den Kopf zu zerbrechen.

Jetzt auf einmal soll ich darüber nachdenken und muss ggf. eine Entscheidung treffen, aber natürlich nur dann, wenn ich unsicher bin. Ich hasse Unsicherheit. Ich hasse Entscheidungen. Warum gibt es nur immer so viele Alternativen und Möglichkeiten? Kann das Leben nicht hin und wieder etwas einfacher sein? Was nutzt es denn auszubrechen um frei zu sein, wenn ich dann mit meiner Freiheit nicht umzugehen weiß oder dadurch für mich alles nur noch viel komplizierter wird? Freiheit bedeutet immer auch Verantwortung für das zu übernehmen, was ich frei entschieden habe und ich habe keine Lust auf Verantwortung, das ist mir alles viel zu stressig.

Wenn du im Knast sitzt brauchst du dir keine großen Gedanken zu machen was du am Nachmittag zum Essen einkaufen willst oder ob dir beim nächsten Date mit einer Frau ein schwarzes oder blaues Sakko besser stehen würde. Da wachst du morgens auf und kannst sicher sein, dass dein Tag komplett geregelt und durchgeplant ist. Keine Überraschungen, keine Alternativen und keine Entscheidungen. Das gibt Sicherheit. Vielleicht nennt es sich deshalb auch „Sicherheitsverwahrung". Ganz ehrlich: Ich mag mich auch gerne sicher fühlen.

Ich bin mir schon länger sicher, dass die Beziehung zu Manuela nicht gut enden wird, aber trotzdem lasse ich mich immer wieder darauf ein und gehe zurück, zurück in mein „Gefängnis". Vielleicht will ich überhaupt nicht ausbrechen, weil mir dann mein geregelter Ablauf fehlt?

Bei Manuela weiß ich wenigstens, was mich erwartet. Ich komme zu ihr, wir fangen an zu reden, wir streiten uns und dann gehe ich wieder. Das ist fast schon ein liebgewonnenes Ritual und Rituale geben uns Menschen Sicherheit.

Was soll ich denn sonst in meiner Freizeit anfangen? Im schlimmsten Fall muss ich mich mit mir selbst beschäftigen und dann habe ich richtig Stress. Jede freie Minute müsste ich mich dann mit Entscheidungen quälen und könnte das noch nicht einmal auf meine Partnerin abwälzen. Ich will das nicht. Bei Manuela weiß ich wenigstens, was ich an ihr habe. Es ist alles so vorhersehbar und das gibt mir Sicherheit.

Vielleicht ist das auch für sie der Grund, warum sie mir nach jedem Streit meine „Zelle" wieder aufschließt und mich reinlässt? Vielleicht geht es ihr genauso? Es gibt offensichtlich Menschen, bei denen lässt man sich gerne an die Kette legen. Ist das nicht pervers? Eben noch habe ich mit Freddie zusammen aus vollem Hals *„I want to break free"* gesungen und im gleichen Moment will ich wieder zurück an die Kette. Ist meine Angst vor der Freiheit und der Verantwortung etwa so groß, dass ich auf alles andere freiwillig verzichten will? Freiwillig bedeutet doch nichts anderes, als etwas aus freiem Willen zu tun. Man stelle sich nur mal vor, ein Mensch würde nur deswegen eine Straftat begehen, weil er mit seiner Freiheit und diesen ständigen Entscheidungen im Leben nicht klarkommt und die Sicherheit hinter einer verschlossenen Tür sucht. Hat sich überhaupt jemals ein Psychoanalytiker mit dieser Theorie beschäftigt?

Manuela und ich scheinen vielleicht doch mehr Gemeinsamkeiten zu haben, als ich bisher dachte, auch wenn es nur diese perverse Grundhaltung bezüglich der Freiheit ist. Wenn sie es anders empfinden würde, dann hätte sie unsere Beziehung doch schon längst beenden können, das hat sie aber nicht.

Ich glaube der Radiosender will mich jetzt ärgern, denn kaum hat Brian May von Queen seinen Schlussakkord gespielt, dudelt jetzt *„I want to know what love is"* von Foreigner aus dem Lautsprecher. Die größten Hits der Achtziger. Will mir Lou Gramm etwa einen Fingerzeig geben und mich ganz sanft darauf hinweisen, dass zwischen Manuela und mir doch so etwas wie Liebe im Spiel ist? Nein mein lieber Lou, so einfach ist das nicht. Mag sein, dass du erfahren hast was Liebe ist, aber wenn ich so aussehen würde wie du und dann auch noch so samtweich singen könnte, hätte ich sicherlich auch solche schönen Erfahrungen mit Frauen gemacht. Wenn du aber bis vor ein paar Minuten mit Manuela auf der Couch gesessen hättest, würdest du jetzt was ganz anderes singen, das kannst du mir glauben.

Dann schon lieber Freddie und sein Auftritt als „Diverser", wie man das heutzutage nennt. Zumindest glaube ich, dass man das so nennt, denn so richtig verstanden habe ich das bis heute nicht. Bei Freddie war das damals in den 80ern viel einfacher, da gab es viel weniger Entscheidungsdruck in Sachen Geschlechter, denn es gab nur zwei Optionen, Mann oder Frau. Er war eben schwul und stand dazu. Ein Mann, der Männer liebt und sich vielleicht gerade deswegen einen Spaß daraus gemacht hat, für einen Videoclip einen Rock und eine Perücke anzuziehen. Ich frage mich gerade, ob das ein Heterosexueller damals auch gemacht hätte? Freddie ist auf jeden Fall ausgebrochen, aus einem Käfig, den unsere Gesellschaft für jede Gruppe von Menschen bereithält, die sich nicht so verhalten, wie es die Gesellschaft für „normal" empfindet. Noch viel weniger normal und somit provozierender, war damals dieser Videoclip von Queen zu ihrem Song *„Bicycle race"*, in dem in guter alter „Drei-Schwedinnen-in-Oberbayern-Manier" ein Haufen hübscher Frauen splitternackt auf dem Fahrrad durch die Gegend fuhren. Für das Jahr 1978 war das extrem gewagt, nur leider war ich damals noch viel zu jung, um mir das anschauen zu dürfen.

Im Moment genieße ich es hinter meinem Lenkrad zu sitzen und an all die nackten Frauen auf den Fahrrädern zu denken, das lenkt mich von Manuela ab. Bei solchen Gelegenheiten muss ich nicht großartig darüber nachdenken und eine Entscheidung treffen, ob ich jetzt an diese nackten Frauen denken soll oder nicht, ich tu es einfach. Manchmal ist das Leben auch einfach, zumindest dann, wenn ich nicht gerade mit Manuela auf der Couch sitze. Wenn ich jetzt so darüber nachdenke, sitzen wir tatsächlich fast nur noch auf der Couch. Früher haben wir wenigstens ab und zu mal darauf gelegen. Es gab tatsächlich mal eine Zeit, in der wir nicht so oft gestritten haben, ich glaube immer dann, wenn wir Sex hatten. Okay, nach dem Sex gab es auch häufiger Anlässe für Diskussionen, aber das gehört jetzt nicht hierher.

Selbst beim Sex hatte ich Entscheidungs-Stress. Sollte ich jetzt besser oben oder doch besser unterrum weitermachen, mehr oder weniger küssen, heftig und hart oder doch besser zärtlich und überhaupt, warum schaut sie mich die ganze Zeit so komisch an? Ich hasse Entscheidungen. Es ist kompliziert. Manchmal haben Manuela und ich zusammen einen Pornofilm auf DVD angeschaut, das hat uns beiden irgendwie gut gefallen. Einfach mal nur die anderen machen lassen. Wir haben dann händchenhaltend, einträchtig nebeneinander im Bett gesessen und uns darüber gefreut, dass wir einfach nur stressfrei zuschauen durften und wir waren uns immer einig, dass man bei sowas keine Flecken auf der Bettdecke hinterlassen sollte. So betrachtet hatten wir nicht immer unterschiedliche Ansichten, es gab also auch ein paar Gemeinsamkeiten. In diesen Pornofilmen gab es hinterher nie Streit darüber, ob er es ihr auch richtig gut besorgt hat oder die Frau auch tatsächlich gekommen ist. Allerdings endeten die Filme immer dann, wenn der Typ mit rotem Kopf und glückselig grinsend ausgeblendet wurde. Im Nachhinein hätte ich schon gerne erfahren, ob diese „Hengste" hinterher auch Ähnliches zu hören bekommen haben, wie ich von Manuela. Wenn mich aber noch nicht einmal der Sex mit Manuela verbindet, was bleibt dann noch?

Ich fahre jetzt schon gefühlte 20 Minuten um den Block, weil ich mir vorgenommen habe eine Entscheidung zu treffen, bevor ich aus dem Auto steige. Irgendwann muss ich das entscheiden und wenn nicht jetzt, wann dann?

Ich hasse Entscheidungen, aber ich hasse es noch viel mehr die Umwelt zu verpesten, also fahre ich rechts ran, schalte den Motor aus und verfalle in einen regelrechten Trance-Zustand. Wie bescheuert ist das, alleine im Dunkeln in seinem Auto zu sitzen und mit sich selbst über etwas diskutieren zu wollen, von dem man ganz genau weiß, dass man die Antwort schon längst kennt, aber am Ende dann sowieso nicht den „Arsch in der Hose hat", es auch konsequent umzusetzen?

Genau in diesem Moment kommt die Rettung aus dem Radio von einer Österreicherin, dieser Christina Stürmer. Sie singt von den *„Millionen Lichtern"* und dass es auch ganz viele in meiner Stadt gibt, die nur darauf warten, dass sie mich finden, um wieder „Licht" in mein Leben zu bringen. Ist das nicht toll? Ich muss nicht selbst suchen, sondern ich werde gefunden. Ich muss mich nicht entscheiden, sondern das Schicksal tut das für mich, ohne all den üblichen Stress. Herrlich, jetzt muss ich nur noch vor die Tür gehen, damit ich vom „Licht" auch gefunden werde. Yeah, *„I want to break free!"*

Ich habe schon die Hand an der Türklinke und will aussteigen, raus aus meinem Käfig, raus ins Leben, in die Freiheit, um die „Erleuchtung der Liebe" zu finden, von der Christina Stürmer so begeistert singt. Ich brauche nur rauszugehen. Ich könnte aber auch sitzen bleiben.

Ich hasse Entscheidungen.

Der „Soundtrack meines Lebens" erinnert an:

„I want to break free"
von Queen aus dem Jahr 1984

Top-Platzierung in den Charts in Deutschland: Platz 4
Platzierung: UK Platz 3 / USA Platz 45

„I want to know what love is"
von Foreigner aus dem Jahr 1984

Top-Platzierung in den Charts in Deutschland: Platz 3
Platzierung: UK Platz 1 / USA Platz 1

„Millionen Lichter"
von Christina Stürmer aus dem Jahr 2013

Top-Platzierung in den Charts in Deutschland: Platz 23
Platzierung: UK keine / USA keine

„Bicycle race"
von Queen aus dem Jahr 1978

Top-Platzierung in den Charts in Deutschland: Platz 27
Platzierung: UK Platz 11 / USA Platz 24

Girls just want to have fun

Ich wollte als kleines Mädchen immer so sein wie Cyndi Lauper, so schrill, so bunt, so frech, so voller Energie und Lebensfreude. Jetzt bin ich 48 und Lehrerin. Das Einzige, was mir von meinen damaligen Idealen heute noch begegnet, sind freche Kinder, die hin und wieder auch ganz schön schrill sein können. Einzig geblieben ist die orangerote Tönung in meinen ansonsten „straßenköterblonden" Haaren, die mich noch ein wenig mit Cyndi verbindet. Mehr ist offensichtlich nicht geblieben.

Meine beste Freundin Barbara und ich konnten es als Heranwachsende kaum abwarten, bis wir zum ersten Mal an einem Sonntagnachmittag zur „Kinderdisco" in die kleine Sporthalle durften, die unser Turnverein einmal im Monat veranstaltete. Mit 13 war es dann so weit. Ich hatte extra noch etwas länger ausgeharrt, weil Barbara erst drei Monate nach mir Geburtstag hatte, denn beste Freundinnen müssen so etwas zusammen machen, das war früher so. Mein Gott, was haben wir uns damals „aufgebrezelt". Wir sahen aus wie „Bordsteinschwalben" die versehentlich kopfüber in einen Farbkasten gefallen sind. Netzstrümpfe, Minikleid, Schleifchen im Haar und mindestens drei Lagen Schminke im Gesicht. Ich kann mich gut daran erinnern, dass mich mein Vater „so" nicht vor die Tür gehen lassen wollte. Meine Mutter stand ganz ruhig daneben und hat nur abwechselnd gütig gelächelt und traurig geguckt.

Diesen melancholischen Blick meiner Mutter werde ich wohl niemals vergessen. Ich glaube, dass sie uns darum beneidet hat, dass wir all diese verrückten Dinge tun durften, für die sie und ihre Generation als Jugendliche noch Hausarrest oder sogar Schläge bekommen haben. Aber es war eine Kinderdisco und somit musste meine Mutter zuhause bleiben.

„Girls just want to have fun" war unsere Hymne und wir sangen sie regelmäßig auf dem Weg zur Disco. Wenn ich nur daran denke, ist mir das heute noch peinlich. Zwei durchgeknallte, grell bunte Teenager, die an einem ansonsten ruhigen und todlangweiligen Sonntagnachmittag, lauthals grölend Richtung Ortsmitte zur Kinderdisco gezogen sind. Barbara und ich hatten unsere guten Gründe, warum ausgerechnet dieses Lied unsere Hymne wurde. Da gab es diesen Text im Lied, der auf Deutsch ungefähr folgendes bedeutete:

„Mancher Junge nimmt sich ein schönes Mädchen
und möchte es vor dem Rest der Welt verstecken
Ich möchte lieber eine sein,
die auf der Sonnenseite geht
Oh, Mädchen wollen einfach Spaß haben"

Genau, „scheiß auf die Jungs", „scheiß auf die hübschen Mädchen", denn wir wollten uns nicht im Schatten der Jungs verstecken, wir wollten auf die Sonnenseite des Lebens und tun was uns Spaß macht. Cyndi hat uns mit ihrem Lied die Entscheidung leicht gemacht, denn was hätten wir sonst auch tun können, da Barbara und ich alles andere als schön waren.

Auch wenn wir uns an diesen Sonntagen unsagbar „schön" hermachten, um auf der Tanzfläche nicht ganz unbeachtet zu bleiben, so überfiel uns spätestens um 19.00 Uhr, wenn die letzte Platte aufgelegt wurde, die traurige Erkenntnis, dass viel nicht immer viel hilft. Unter unserer grellen Schminke und der bunten Fassade waren wir immer noch dieselben von unzähligen Selbstzweifeln geplagten 13jährigen Teenager. Wer so wenig Selbstwertgefühl in sich spürt, der baut sich vor lauter Unsicherheit ganz viele Schutzwände um sich herum, sodass man bloß nicht verletzt werden kann. Bevor eine von uns nicht zum Tanzen aufgefordert wurde oder den ganzen Nachmittag wie „bestellt, aber nicht abgeholt" rumstand, sind wir lieber gleich zusammen auf die Tanzfläche gesprungen und hatten unseren Spaß. Wir gaben den Jungs keine Chancen uns zu verletzen. Ob uns dieser Trick für`s Leben was gebracht hat, würde ich heute im Rückblick anzweifeln.

Barbara und ich haben uns letztens wieder mal auf ein Glas Wein bei mir verabredet. Sie ist all die Jahre meine beste Freundin geblieben, denn uns verbindet immer noch sehr viel. Unsere spätere Jugend und die Zeit, in der viele Frauen um uns herum heirateten und Kinder in die Welt setzten, könnte man in etwa so beschreiben, wie ein Sonntagnachmittag in der Kinderdisco: „Wie bestellt und nicht abgeholt".

Natürlich gab es in unserem Leben auch die eine oder andere Situation, in der uns ein Mann nicht nur zum Tanzen aufforderte, sondern uns auch mit nach Hause nehmen wollte. In letzter Konsequenz haben wir dann meistens doch gekniffen, weil keine von uns beiden die erste sein wollte, die die „Sonnenseite" verlässt. Wir waren eben beste Freundinnen.

Barbara hatte mir zu unserem gemeinsamen Weinabend eine von diesen „Kuschelrock-CD`s" geschenkt, die es nun fast schon seit drei Jahrzehnten gibt. Manchmal frage ich mich, was sich die jungen Leute heutzutage schenken? Früher war das einfach: Alkohol, Zigaretten oder eine Schallplatte, später dann CD`s. Da hattest du immer was in der Hand und die anderen haben sich drüber gefreut. Wenn du heute jemanden eine Schachtel Zigaretten zur Einladung mitbringen willst, dann musst du vorher all die grässlichen „Horror-Fotos" von amputierten Raucherbeinstümpfen oder schwarzzerfransten-Lungenflügeln zukleben, um deinem Gastgeber nicht gleich den ganzen Abend zu versauen. MP3 Dateien kann man auch schlecht mit Schleifchen drum überreichen. Bleibt nur noch der Alkohol. Kein Wunder, dass die jungen Leute so viel saufen.

Früher musstest du eine sehr ruhige Hand haben, wenn du die Nadel deines Plattenspielers in die richtige Rille legen wolltest. Diese filigrane Handarbeit konntest du einfach nicht besoffen ausführen, da musstest du als Gastgeber immer halbwegs nüchtern bleiben. Heute stellst du bei deinem Smarthone die Playlist zusammen, drückst auf den Knopf und dann geht`s fröhlich in den nächsten Vollrausch.

Auf jeden Fall saßen Barbara und ich den ganzen Abend auf der Couch und haben nicht viel geredet.

Wahrscheinlich schwelgten wir beide in Erinnerungen an verpasste Chancen oder an unsere Verehrer, deren Lockungen wir im Nachhinein gesehen, gottseidank widerstanden haben. Es wird im Alter nicht unbedingt leichter mit diesen Themen umzugehen, nur weil du über die Jahre immer reifer und vernünftiger wirst. Je mehr dein Kopf ins Spiel kommt, desto chaotischer werden deine Gefühle, aber war das jemals anders?

Als junge Mädchen hätten wir uns fröhlich kichernd, kopfüber in jedes Abenteuer stürzen können und keiner hätte es uns vergönnt. Der Jugend verzeiht man ihre Fehler. Die Jungs durften sich „ihre Hörner abstoßen" und wir Mädchen durften so viele „Frösche küssen" wie wir wollten, auch wenn von Anfang an klar war, dass der sich niemals in einen Prinzen verwandeln lässt. Barbara und ich haben das aber nicht gemacht und heute frage ich mich warum? Wollten wir besser sein als diese selbstverliebten „Hühner", nach denen sich fast alle Jungs rumgedreht haben? Hatten wir vielleicht nur Angst davor, dass wir von der „Sonnenseite" auf die „dunkle Seite der Macht" wechseln, ohne auch nur zu ahnen, was uns dort erwartet? Vielleicht haben wir so lange daran gezweifelt und uns das eingeredet, bis wir selbst daran geglaubt haben. Wenn sich zwei Freundinnen ihr ganzes Leben lang in ihrer Geisteshaltung wechselseitig bestätigen, dann kann das schnell zur gemeinsamen Überzeugung reifen. Auf jeden Fall sind wir dann irgendwann dermaßen voreingenommen und vorsichtig mit neuen Bekanntschaften umgegangen, dass die Kerle von uns mehr Misstrauen als Liebe empfangen haben.

Dementsprechend ging es aus. Barbara hat mit dem Suchen endgültig aufgehört, nachdem ihre Beziehung mit Johannes vor knapp 10 Jahren krachend gescheitert ist. Die beiden waren nur vier Monate zusammen, aber Johannes hatte ihr mit diesem echt fiesen Finale den letzten Rest an Vertrauen genommen. Es steht mir nicht zu darüber zu urteilen, da müsstet ihr die beiden schon selbst fragen.

Während ich so darüber nachdenke, tönt *„Owner of a lonely heart"* von Yes aus den Lautsprechern. Wie kommt so ein Song nur auf eine Kuschelrock-CD? Eigentlich müsste Barbara jetzt anfangen von ihren Erlebnissen und ihrem Gefühlschaos von damals zu erzählen, aber sie hält sich nur an ihrem Weinglas fest und wir beide starren Löcher in die Wand. Dieses Lied von Yes trifft uns bis ins Mark. Manchmal wäre es besser, wenn man die Liedtexte nicht versteht, aber wir sind nun mal beide Englischlehrerinnen und Jon Anderson singt oberschullehrerhaft:

„Komm' endlich in die Gänge. Du lebst ständig nur in den Tag hinein und machst dir keine Gedanken um die Zukunft. Beweise endlich, was in dir steckt. Erkenne dich selbst, du triffst selbst die Entscheidung, welchen Weg du einschlägst, das kann dir keiner abnehmen, da ist nichts zu machen. Rüttel' dich selber wach, du hast es selbst in der Hand, so ist das nun mal.

Ein einsames Herz
ist immer noch viel besser als ein gebrochenes Herz

Du sagst, du traust dich nicht. Du bist schon so oft verletzt worden. Du bist dabei dich selbst zu verlieren, Komm' mir bloß nicht auf die Mitleidstour. Es gibt wirklich keinen Grund alleine zu bleiben. Sei einfach du selbst, gib deinem freien Willen eine Chance, du musst einfach nur an den Erfolg glauben. Egal, zu welchem Ergebnis du kommst, am Ende wirst du immer der Besitzer eines einsamen Herzens sein. Wahrscheinlich wirst du durch Höhen und Tiefen gehen, aber du kannst noch mal von vorne anfangen.

Besitzer eines einsamen Herzens. Betrüge dich nicht selbst. Akzeptiere es einfach und nimm es an. Ein einsames Herz ist immer noch viel besser als ein gebrochenes Herz."

Nachdem uns Yes mit „*Owner of a lonely heart*" einen Grundkurs in Paar-Psychologie gegeben hatten, musste ich schnell die zweite Flasche Wein aufmachen. Diese schwer verdauliche musikalische Essenz aus mindestens zehn Lebensratgeber-Büchern konnten wir nicht so leicht wegstecken. Auch wenn das nicht unbedingt zu zwei verbeamteten Endvierzigerinnen passt, aber wir haben uns nach diesem Lied regelrecht „die Kante gegeben" und ob es so nicht schon schlimm genug war, setzte uns die „Kuschelrock-CD" mit dem nächsten Song noch einen drauf.

Sinèad O`Connor gab uns mit dieser genialen, tieftraurigen, von Prince komponierten Ballade „*Nothing compares 2 U*" den Rest.

Sinèad nahm uns in wenigen Sätzen das, woran wir all die Jahre glaubten, denn sie trat unsere Hymne mit Füßen. Sind wir vielleicht viel zu lange den falschen Idealen hinterhergerannt? Hat sich Cyndi am Ende doch geirrt? Sinèad sang sich in unsere Seelen:

„Es wurde so einsam hier ohne dich,
wie ein Vogel ohne Lied.
Nichts kann diese einsamen Tränen
vom Fall abhalten.
Sag mir, mein Schatz, was ich falsch gemacht habe.
Ich könnte meine Arme
um jeden Jungen legen den ich sehe,
doch sie erinnern mich nur an dich.

Ich ging zum Arzt und rate was er sagte.
Er sagte, Mädchen, versuch besser Spaß zu haben,
egal was du tust.
Aber er ist ein Idiot.
Denn nichts gleicht,
nichts gleicht dir"

Verdammt, wer hat denn nun recht? Sind dieser Arzt und Cyndi am Ende beide doch nur Idioten, weil sie sich vor lauter Angst vor Enttäuschungen in die Spaßgesellschaft geflüchtet haben? Vielleicht gibt es da draußen doch den einen, für den es sich lohnt, seine verstaubten Ideale über Bord zu werfen, für den es sich lohnt, die Sonnenseite zu verlassen. Vielleicht hat Barbara und mich die Sonne dort schon viel zu lange ausgetrocknet und vielleicht wollen Mädchen in ihrem Leben doch mehr, als nur Spaß zu haben...

Der „Soundtrack meines Lebens" erinnert an:

„Girls just want to have fun"
von Cyndi Lauper aus dem Jahr 1983

Top-Platzierung in den Charts in Deutschland: Platz 6
Platzierung: UK Platz 2 / USA Platz 2

„Owner of al lonely heart"
von Yes aus dem Jahr 1983

Top-Platzierung in den Charts in Deutschland: Platz 10
Platzierung: UK Platz 7 / USA Platz 1

„Nothing compares 2 U"
von Sinèad O´Connor aus dem Jahr 1990

Top-Platzierung in den Charts in Deutschland: Platz 1
Platzierung: UK Platz 1 / USA Platz 1

I don`t like mondays

Es soll tatsächlich Menschen geben die sich auf den Montag freuen. Das kommt aber eher selten vor, zumindest kenne ich diese Menschen nicht persönlich. *„Tell me why I don`t like mondays?"* Zu der Zeit, in der mir Bob Geldof von den Boomtown Rats diese Frage fast jeden Morgen gestellt hat, stand ich immer in unserer Küche und habe mir die Pausenbrote meiner Mutter in den Schulranzen gepackt. Irgendwie war das ein Lieblingslied des Radiomoderators und es war fast schon ein Ritual, dass ich morgens um diese Zeit voller Erwartung vor dem kleinen Radio in unserer Küche stand und nur darauf wartete, Bob meine Antwort entgegen zu schreien: *„Weil da die Schule wieder anfängt, du Arschloch!"*

Erst viele Jahre später habe ich irgendwo gelesen, worum es in diesem Song überhaupt geht. Damals hatte ich zwar auch schon Englischunterricht in der Schule, aber dafür hatte es noch nicht gereicht. Meine Kumpels und ich haben uns einfach nur an dieser Textzeile orientiert und somit war es unser Protestsong gegen den montäglichen Schulanfang. Irgendwie war es mir dann sogar peinlich, dass ich dieses Lied für so einen Quatsch missbraucht habe, denn es ging um eine Bluttat in der Schule und dass hier ein Vater verzweifelt darüber singt, dass dabei ein Kind getötet wurde. Eine total traurige Geschichte, noch viel trauriger als der Montag an sich.

Vielleicht ist diese Bluttat nur deshalb an einem Montag geschehen, weil an einem Montag so viele Schüler extrem frustriert sind und sich diese Wut dann irgendwie entladen muss. Das mit den Montagen ist aber auch nicht immer so einfach. Da hast du mit deinen Freunden von Freitagabend bis Sonntagnachmittag „Party" gemacht und dich immer weiter nach oben gepusht, um dann am Montagmorgen in eine tiefe Depression zu verfallen, weil du volle fünf Tage Schulstress vor dir hast.

Ich selbst bin schon am Sonntag nach dem Aufstehen in ein tiefes emotionales Loch gefallen und habe den Sonntag eher still und fast schon ohnmächtig an mir vorüberziehen lassen. Meine Eltern haben wohl gedacht ich hätte keine Lust mit ihnen Zeit zu verbringen, nur weil ich immer so traurig geguckt habe, aber es lag nicht an ihnen. Natürlich habe ich ihnen das nie gesagt. Erstens kann ein Junge in der Pubertät nicht einfach so über seine Gefühle sprechen und zweitens war es irgendwie ganz cool, ihnen damit ein schlechtes Gewissen zu machen. Sie haben dann ganz oft versucht mich aufzuheitern und das endete entweder in einem sonntäglichen Ausflug, natürlich immer mit dem Besuch einer Eisdiele oder wenigstens bei einem leckeren Stück Streuselkuchen zum Nachmittagskaffee.

Jetzt habe ich selbst Kinder, aber bei denen ist alles anders. Diese Stille und Ohnmacht eines langweiligen Sonntagnachmittags werden sie nie kennenlernen, denn die wissen vor lauter lernen und Hausaufgaben machen überhaupt nicht mehr was es heißt sich zu langweilen.

Und wenn sie dann mal ein wenig Zeit dazwischen haben, hängen sie jede freie Minute vor irgendwelchen Bildschirmen rum und schauen sich alles an, was ihnen bei Instagram, Facebook oder Youtube gerade so vorgesetzt wird. Ich bin davon überzeugt, dass da ganz viel Müll dabei ist, was sie sich besser nicht anschauen sollten, aber meine Kinder sehen das natürlich ganz anders. Ich war als Kind allerdings auch nicht anders, da konnten meine Eltern auf mich einreden wie sie wollten.

Mein Sohn Patrick erklärt mir dann immer, dass ich keine Ahnung habe und ich mit meinen 50 Jahren sowieso zur Generation der „Abgehängten" gehöre. Manchmal nennt er mich auch „Technologie-Krüppel" oder kurz und knapp einen „Loser", nur weil ich die Funktionen von Twitter und Instagram verwechselt habe. Neuerdings erzählte er mir ganz stolz, dass er schon über 50 Follower hat und er will unbedingt auf über 100 kommen. Wenn ich ihn dann frage wer ihn da verfolgt und warum das für ihn so wichtig ist, rollt er immer nur mit den Augen und meint, ich würde das eh nicht verstehen. So habe ich damals auch immer reagiert, wenn mir meine Eltern eine Frage gestellt haben, die ich weder beantworten konnte noch wollte. Das brauche ich dir nicht zu erklären, das verstehst du sowieso nicht. Man kann es sich auch einfach machen.

Wenn Patrick von 50 Followern spricht, dann habe ich immer dieses Bild in meinem Kopf, wo Patrick auf's Klo geht und vor der Tür warten ganz aufgeregt 50 Menschen, die anschließend seinen Worten lauschen wollen, wenn er davon spricht wie er gekackt hat.

Natürlich habe ich Patrick noch nie von diesem Gedanken erzählt, aber wenn er mir nicht erklären will worum es ihm bei diesen Followern geht, dann bleibt da ganz viel Freiraum für eigene Interpretationen. Da ich in seinen Augen sowieso ein „Loser" bin, habe ich auch nichts zu verlieren. Mein Opa hat das früher schon richtig bemerkt: *„Ist der Ruf erst ruiniert, lebt's sich völlig ungeniert!".*

Meine jüngere Tochter Chloe tickt da völlig anders als ihr Bruder in dem Alter. Die beiden sind zwar gerade mal zwei Jahre auseinander, aber vom Intellekt und der Reife her trennen sie mindestens fünf Jahre, eher mehr. Meiner Frau Petra konnte es damals nicht schnell genug gehen, also musste Chloe gleich im Anschluss die Familie komplettieren. Petra hat als kleines Mädchen mit ihren Eltern oft auf der Couch gesessen und mit ihnen zusammen diese 50er und 60er Jahre Hollywood-Klassiker im Fernsehen geschaut. Damals waren die Menschen gierig auf die „Heile Welt", also gab man sie ihnen auf Zelluloid und in bunten Technicolor-Farben.

Aus dieser Zeit stammt auch der Song *„Que sera"* von Doris Day. Selbst meine Kinder würden ihn mitsummen, wenn sie ihn im Radio hören könnten, aber unsere Kinder könnten den Song selbst dann nicht hören wenn er durchs Haus tönt, weil sie immer reflexartig ihre Kopfhörer überstülpen, sobald meine Frau oder ich „unsere" Musik „auflegen" oder wieder mal einen Oldie-Sender im Radio einstellen. Ist das nicht komisch, dass ich immer noch von „Musik auflegen" spreche, obwohl ich fast alle meine Schallplatten vor über 10 Jahren auf dem Flohmarkt verramscht habe? Natürlich habe ich meine wenigen Lieblingsplatten behalten, denn die gehören unweigerlich zu meinem Leben und auch wenn Petra oft behauptet, ich wäre nicht romantisch, so liebe ich diese Vinylscheiben doch über alles. Vielleicht hat Patrick ja recht und ich bin wirklich ein „Technologie-Krüppel", aber eine Schallplatte aus Vinyl aufzulegen hat für mich heute immer noch mehr Stil und Anmut als eine MP3 ... – ja, wie sagt man denn? Anklicken, starten oder was? Okay, „Loser" wissen das eben nicht, ist mir aber auch egal.

Eigentlich wollte ich noch etwas zu Doris Day sagen, denn dieser Song hat nicht nur meine Frau nachhaltig beeinflusst, sondern irgendwie auch meine Tochter geprägt. *"Que sera sera"* ist Spanisch und heißt auf Deutsch übersetzt *"Was wird sein?"*. Im Text fragt ein kleines Mädchen ihre Mutter, was die Zukunft bringen wird. Diese antwortet, dass man die Zukunft nicht vorhersagen kann, denn es kommt so wie es kommen muss. Niemand weiß, was morgen passiert, darum sollte man im Hier und Jetzt leben und alles auf sich zukommen lassen.

Petra und ihre Eltern konnten damals weder Spanisch, noch Englisch, also haben sie sich leider nur von Doris Day und ihrer Art, wie sie den Typ Frau und Mutter in ihren Filmen verkörpert hat, beeinflussen lassen. Hätten sie doch besser mal den Text übersetzt, dann wäre das Leben meiner Frau und meiner Tochter sicherlich anders verlaufen. Doris Day gilt heute noch als die „Sauberfrau" und perfekte Mutter einer ganzen Generation.

Petra wollte genauso sein, wenn sie groß ist, eine perfekte Ehefrau und vor allem eine perfekte Mutter. Aber so etwas wie Perfektionismus zu leben ist ganz schön kompliziert und zwar für alle Beteiligten. Wann ist man überhaupt perfekt und was verstehen die anderen Menschen darunter? Gibt es bei solchen wichtigen Grundsatzfragen nicht die unterschiedlichsten Auffassungen und Überzeugungen? Petra will immer perfekt sein, aber das was sie selbst darunter versteht, würde ich oftmals nicht einmal in die Kategorie „gut gemeint" einordnen. Chloe und Patrick empfinden das übrigens genauso und das sind die wenigen Momente, die meine Kinder und mich einen. Das sind aber auch genau die Momente, die Petra am meisten kränken, weil sie aus ihrer Sicht doch alles richtig machen wollte und wir es jetzt nicht zu schätzen wissen. So ist das aber nun mal mit den Erwartungshaltungen. Sie werden nicht immer erfüllt und das, was wir gut meinen, kommt beim anderen nicht immer gut an. Patrick ist das weitestgehend egal, er versucht erst gar nicht perfekt zu sein, selbst mit dem für andere gut sein zu sollen oder wollen, hat er so seine Probleme. Manchmal glaube ich, dass es ihm nicht so egal ist wie er immer tut, aber er spricht eben nicht darüber.

Chloe ist anders, denn sie ist ganz oft auch auf diesem „Doris-Day-Trip", obwohl sie die alten Filme, so glaube ich zumindest, noch nie gesehen hat. Da kann man mal sehen, welchen Einfluss die Mütter auf ihre Töchter haben. Chloe hat zu ihrer Mutter eine ganz starke Bindung und Petra ist das natürlich sehr willkommen.

Da kann sie dann all ihren Perfektionismus direkt an die nächste Generation weitergeben und dafür sorgen, dass alles schön „sauber" bleibt. Manchmal stimmt es mich allerdings etwas traurig, wenn ich mitansehen muss, wie sich Chloe mit diesen, aus meiner Sicht übersteigerten Erwartungshaltungen, durch ihr junges Leben plagt.

Wenn ich versuche mit meiner Frau darüber zu sprechen, komme ich schnell an meine Grenzen. Dann kommen solche „Killerfragen" wie: *„Wäre es dir denn lieber, wenn ich eine verantwortungslose Mutter wäre, die sich um nichts kümmert?"* Manchmal frage ich mich, warum es bei den kleinsten kritischen Bemerkungen gegenüber einem Menschen so oft zu diesen extremen Gegenpositionen kommt? Ich will doch nur die eine oder andere Stellschraube ein klein wenig lockern, aber deswegen stelle ich doch nicht die ganze Maschine in Frage. Petra merkt überhaupt nicht, wie sehr sie sich selbst und unsere Tochter damit unter Druck setzt. Die beiden versuchen sich zwischenzeitlich mit ihrem Perfektionismus regelrecht zu übertrumpfen und mir gefällt das überhaupt nicht, denn alles was ins Extreme abdriftet, ist nicht gesund.

Patrick ist da anders, der lebt nur im Hier und Jetzt. Wenn es mir oder seiner Mutter nicht passt, wie er gerade lebt, dann denkt er wahrscheinlich „fuck you"! Gottseidank besitzt er genügend Anstand das für sich zu behalten. Er denkt nicht groß über seine Zukunft nach, warum sollte er auch? Er liest ständig was über Klimakatastrophen, die Umweltverschmutzung, den Verfall von Sitte und Moral in unserer Gesellschaft, den wirtschaftlichen Niedergang der alten Industrienationen und den katastrophalen Folgen unserer Schuldenpolitik, die natürlich unsere Kinder irgendwann bezahlen sollen. Warum soll er sich auch ernsthaft mit diesen Themen auseinandersetzen, wenn ihm die Alten seine Zukunft doch schon dermaßen versaut haben, dass es aus seiner Sicht nichts mehr zu retten gibt? Okay, auch diese Einstellung ist extrem, aber nicht unbedingt neu.

Die Band The Who hatten damals im Jahr 1965 zwar nicht unbedingt die gleichen Problemstellungen wie die heutige Jugend, aber sie haben, aus meiner Sicht etwas unüberlegt, ihre voreiligen Schlüsse daraus gezogen. Da singen die in ihrem Song „My generation" doch tatsächlich: *„Let me die before I get old!"* Roger Daltrey, der Sänger von „The Who", ist zwischenzeitlich 76 Jahre alt und mag es wahrscheinlich nicht besonders, wenn man ihn heute mit dieser Textzeile konfrontiert. Egal, was ihn damals dazu bewegt hat, wird er die rund 50 Jahre danach sicherlich nicht missen wollen. Warum also sollte man seine Zukunft derart schwarzmalen, wenn man doch sowieso keine Ahnung hat, was sie einem am Ende so alles bringt?

In der Schule kriegt Patrick aber nichts anderes als diese Probleme zu hören, als ob es nicht so schon schlimm genug für die Kinder ist. Kein Wunder, dass er keine Lust hat in die Schule zu gehen. Da hat sich seit meiner Jugend offensichtlich nichts geändert, auch wenn Patrick wahrscheinlich mit den Schultern zuckt, wenn ich ihn danach frage, ob er jemals die Boomtown Rats gehört hat.

Wenn er aber irgendwann einmal *„I don`t like mondays"* hört, wird auch mein Sohn seine ganz persönliche Antwort Bob entgegenbrüllen.

So wie ich damals, ganz bestimmt.

Der „Soundtrack meines Lebens" erinnert an:

„I don`t like mondays"
von den Boomtown Rats aus dem Jahr 1979

Top-Platzierung in den Charts in Deutschland: Platz 6
Platzierung: UK Platz 1 / USA Platz 73

„Que sera"
von Doris Day aus dem Jahr 1957

Top-Platzierung in den Charts in Deutschland: Platz 10
Platzierung: UK Platz 1 / USA Platz 2

„My Generation"
von The Who aus dem Jahre 1965

Top-Platzierung in den Charts in Deutschland: Platz 6
Platzierung: UK Platz 2 / USA Platz 74

Fields of fire

Wahrscheinlich hat jede Generation ihre eigenen Songs, die sie regelrecht „entzünden" und für ein paar Minuten heftig „brennen" lassen. Bei meinen Eltern war es vermutlich Jerry Lee Lewis mit seinem *„Great balls of fire",* der sie damals im Jahr 1957 in Ekstase versetzt hat. Der Typ war damals 22 und sang von der Liebe, oder sollte ich besser sagen von Sex, wie kein anderer zu dieser Zeit. Das, was er damals sang, hat später auch in meiner Generation „den Nagel auf den Kopf" getroffen. Dieser Song ist völlig zeitlos und wird wohl auch noch in hundert Jahren zutreffen:

„You shake my nerves and you rattle my brain, too much love drives a man insane".

(„Du rüttelst an meinen Nerven und schüttelst mein Hirn, zu viel Liebe macht einen Mann verrückt" – so steht es zumindest im Internet).

Man kann es kaum besser beschreiben, was bei einem Mann in einem dieser aufgeheizten, „testosteron-gesteuerten" Momenten abgeht. Als junger Kerl dachte ich immer, Jerry Lee Lewis würde mit *„Great balls of fire"* so etwas wie „große, heiße Brüste" meinen, aber da ist wohl meine pubertäre Fantasie etwas zu sehr mit mir durchgegangen. Das Feuer scheint für Musiker ein ganz zentrales Thema zu sein und steht sinnbildlich oft für große Emotionen. Es gibt uns Menschen Wärme, bringt Licht ins Dunkel, beschreibt die Intensität der Liebe und noch mehr, aber Feuer kann eben auch alles niederbrennen und jegliches Leben zerstören. Mir fallen zum Thema Feuer gerade dutzende Songs ein, aber einer von ihnen hat es mir besonders angetan: *„Fields of fire"* von Big Country.

Ich denke mal, dass jeder Mensch, der in jungen Jahren eine mehr oder weniger heftige Tanzphase durchlebt, sich an „sein" Lied erinnert, bei dem er „abgegangen ist wie ein Zäpfchen". Tanzen ist ein dehnbarer Begriff und die körperlichen Höchstleistungen von uns Männern bestanden in diesem Segment meistens nur aus Headbangen oder Rumhüpfen wie ein Gummiball. Es ist aber auch egal, denn Tanzen ist immer Ausdruck von Lebensfreude, da darf, nein, da muss alles raus. Bei *„Fields of fire"* sind meine Kumpels und ich damals total abgegangen und wir sind dann völlig ekstatisch rumgesprungen, als ob wir ausprobieren wollten wie es ist, mit dem Kopf die Decke zu durchschlagen. Vier Minuten totale Verausgabung und jede innerliche Anspannung der letzten Tage war weg.

Manchmal frage ich mich, wie das die jungen Leute heutzutage machen? Gibt es überhaupt noch solche „Schuppen" wie damals, in denen man so richtig abrocken kann? Meinen Kindern würde diese Art von Stressabbau hin und wieder auch mal guttun. So wie ich das wahrnehme, ist Tanzen aber wohl schon seit Jahren „megaout" und ich frage mich ernsthaft, warum das so ist? Liegt das vielleicht am allgemeinen Trend, sich lieber allein und unbeobachtet von einem Fitnesstrainer aus dem Internet im eigenen Wohnzimmer anfeuern zu lassen?

Wird Tanzen an sich bereits als körperliche Arbeit angesehen und gilt allein schon deswegen als verpönt? Will denn keiner mehr schwitzig und mit einem nassen, auf der Haut klebenden T-Shirt in der Öffentlichkeit gesehen werden? Darf man sich heutzutage nicht mehr „gehen lassen"? Ist Coolness wichtiger geworden als seine Emotionen zeigen zu dürfen? Ich persönlich bin sehr froh darüber, dass ich es damals in meinen wilden Jahren anders erleben durfte.

Tanzen war schon immer mehr, als nur von links nach rechts zu schaukeln und aufzupassen, dass man den anderen nicht auf die Füße tritt. Ich bin keine Frau, aber wenn ich eine wäre, würde ich bei einem Mann auf der Tanzfläche ganz bestimmt hinschauen, wie er sich bewegt. Wir Männer machen das bei Frauen übrigens ganz automatisch. Das „Spiel" des Körpers beim Tanz von außen zu beobachten und daraus seine Schlüsse zu ziehen, ob man sich mit demjenigen oder derjenigen ggf. fortpflanzen will, ist tief in unserer Tierwelt verankert. Da braucht man doch nur mal nachmittags bei 3SAT oder Arte bei einer x-beliebigen Tierdokumentation einzuschalten. Bei der Wahl des Geschlechtspartners für den Fortbestand der eigenen Spezies kommt es immer auf zwei Dinge an: Wie bewegt sich der andere und wie sieht er aus?

Ich habe hier übrigens ganz bewusst nur in männlicher Form gesprochen, denn in der Tierwelt sind es fast immer die Männchen, die sich im „Balztanz-Contest" gegen andere Kerle durchsetzen müssen oder nur wegen ihres extra schönen, bunten Gefieders oder dem besonders buschigen Fell von den Weibchen auserwählt werden. Da geht es immer um Bewegung und Aussehen und wo könnte man das besser zur Schau stellen als im Scheinwerferlicht einer Tanzfläche? Wenn es in der Tierwelt so etwas wie Gleichberechtigung geben würde, dann müssten sich die Weibchen aber ganz schon umstellen. Dann müssten die im Internet Online-Kurse im „Balztanz" buchen oder sich ein dickeres Fell zulegen, damit sie bei den Männchen auch nur den Hauch einer Chance hätten besprungen zu werden.

In meiner Jugend war das mit der Gleichberechtigung zwar noch nicht ganz so ausgereift wie heute, aber was das „bunte Gefieder" und den „Balztanz" anging, so waren uns die Mädchen damals allesamt überlegen. Naja, nicht alle, aber das gehört nicht hierher. Ich will nicht 40 Jahre später noch Ärger mit einer regional ansässigen Leserin kriegen, nur weil sie damals in der gleichen Disco wie ich unterwegs war und sich dadurch persönlich angegriffen fühlt. Auf jeden Fall konnten wir „Zappel-Jungs" nicht mit anmutigen Tanzbewegungen und einem besonders auffälligen Äußeren punkten. Wenn einer von den Frauen beachtet wurde, dann waren es die „Thekenhengste". In der Tierwelt würde man sie vermutlich der Kategorie „Pfauen" zuordnen. Sie waren aber nicht bunt, sondern trugen lediglich ein weißes Hemd auf sonnenbankgebräunter Haut, das Hemd aufgeknöpft bis über den Rand des Brusthaares, flankiert von einem Goldkettchen oder einem Muschelkettchen, das damals ein „must to have" war. Im Schwarzlicht der Diskothek leuchteten sie schon aus der Ferne und zogen somit alle Aufmerksamkeit auf sich.

Diese Gattung wird wohl niemals aussterben. Die „Thekenhengste" standen immer am Rand der Tanzfläche, eine Hand lässig am Glas und haben mit teils romantisch anmutenden und teils mit gierig lüsternen Blicken die Frauen auf der Tanzfläche „gecheckt". Jeden Freitag- und Samstagabend konnte man in freier Wildbahn ihre Jagdrituale und ihr „Beuteschema" studieren und welche Art Frauen sie letztendlich erlegen wollten. Das klingt jetzt alles etwas martialisch, aber bei den „Thekenhengsten" ging es nie zimperlich zu. Interessanterweise konnten meine Kumpels und ich schon früh am Abend Wetten darauf abschließen, welche anwesenden Frauen den Verlockungen dieser „Thekenhengste" bis spätestens Mitternacht erliegen würden. Wir lagen in den meisten Fällen richtig.

Wir Jungs waren damals ein ziemlich verrückter Haufen. Fast jedes Wochenende trieben wir uns in den umliegenden Diskotheken rum und das tatsächlich nur wegen der Musik und dem Tanzen. Heutzutage kann man sich das kaum noch vorstellen, aber damals ging auf der Tanzfläche spätestens ab 21.30 Uhr „die Post ab". Die jungen Leute waren gierig darauf sich zu bewegen und der DJ wusste genau, wie er innerhalb von wenigen Minuten die Leute heiß machen konnte. Wir Jungs waren oftmals die Ersten und haben auf der Tanzfläche unsere „Turbos" gezündet. Was haben wir nicht alles getan, um die Aufmerksamkeit der anwesenden Frauen ein wenig von den „Thekenhengsten" abzulenken, aber im Nachhinein hat es nichts genutzt. Während wir gegen zwei Uhr morgens vollkommen verschwitzt nach Hause fuhren, waren die „Thekenhengste" schon längst mit ihrer Beute davongezogen. Wir mussten dann ganz sachlich und nüchtern, feststellen: *"We didn't start the fire".* Billy Joel hat natürlich was ganz anderes damit gemeint, aber wir fühlten uns so ähnlich. Wir haben es so gut wie nie geschafft, das „Feuer" zu entzünden, zumindest nicht bei den Frauen bei denen wir gerne „gezündelt" hätten. Dann haben wir eben ausgelassen getanzt und unser überschüssiges Testosteron auf diese Weise etwas abgebaut.

Immer wenn ich an Musik und Feuer denke, schleicht sich mir auch dieser Song von der australischen Rockband Midnight Oil ins Ohr. In *„Beds are burning"* singen sie im Gegensatz zu Jerry Lee Lewis nicht von Sex und heißen Bettgeschichten, auch wenn ich das damals gedacht habe, als ich ihn zum ersten Mal im Jahr 1987 hörte. Ich hätte im Englischunterricht echt besser aufpassen sollen. Dort heißt es:

„Wie können wir tanzen, wenn sich unsere Erde verändert. Wie können wir schlafen, während unsere Betten brennen?"

In diesem Song ging es um die Unterdrückung und Ausbeutung der Aborigines und ihrem Land, um Umweltverschmutzung und alles, was in einen guten Protestsong reingehört. Es gab damals nicht so viele Protestsongs die es ins Radio geschafft haben, abgesehen von den legendären Songs eines John Lennon, Bob Dylan oder einer Handvoll anderer, politisch verantwortungsvoller Songschreiber.

Was allerdings die Verantwortlichen der Radiostationen heutzutage als radiotauglich einstufen, wirft bei mir persönlich nur noch Fragen auf und lässt mich frustriert zurück.

Peter Garrett, der Sänger von Midnight Oil, wollte mehr erreichen als er mit seiner Musik in der Öffentlichkeit ausrichten konnte und ging 2007 als australischer Umweltminister in die Politik. Der Typ brannte lichterloh für seine Themen und wollte seine Popularität für eine bessere Welt einsetzen. Das US-Magazin TIME bezeichnete Garrett im April 1990 sogar als „lebende Ikone der Wut". Ich glaube nicht, dass Garrett über diese Formulierung besonders glücklich war. Wenn du erst einmal so einen Ruf hast, schwinden deine Chancen bei den Frauen ins bodenlose.

Ich habe gerade mal recherchiert, was er in den letzten Jahren politisch so alles erreicht hat und fühle mich ziemlich ernüchtert. Peter Garrett geht seit Jahren wieder mit Midnight Oil auf die Bühne, weil er sich, wen wundert`s, in der Politik den „Frust geholt" hat. Schade! Aber vielleicht schafft es der charismatische Frontmann von Midnight Oil sein Publikum auf diese Weise zum Umdenken zu bewegen. Umweltschutz, Klimawandel, ein gerechter Umgang mit Ethnien und noch vieles mehr, sollten in der Musikwelt mehr Berücksichtigung finden. Es gab und gibt gottseidank immer wieder Musiker, die sich das auf ihre Fahnen schreiben. Man muss einfach für seine Sache brennen und dann raus damit. Wie heißt es so treffend in *„Fields of fire"* von Big Country:

„Das strahlende Auge wird niemals weinen
Das schlagende Herz wird niemals sterben
Das brennende Haus ist keine Schande
Ich werde wieder nach Hause kommen"

Stuart Adamson, der Sänger von Big Country, hat sich im Jahr 2001 in einem Hotelzimmer in Honolulu erhängt. Er singt: *„Das schlagende Herz wird niemals sterben".* Wir werden es vielleicht nie erfahren, aber ich glaube, dass Stuart Adamson in den letzten Jahren seines musikalischen Schaffens in eine tiefe Depression gefallen ist. Die Autopsie ergab einen Alkoholgehalt im Blut von über 2,5 Promille. Ich vermute, er hat es einfach nicht ertragen, dass so viele Bands in dieser Zeit an ihm vorbeigezogen sind, obwohl er aus seiner Sicht die Aufmerksamkeit und den Erfolg, wie sie U2 und etliche andere Bands damals erfahren hatten, auch etwas mehr verdient hätte. Wenn Träume nicht in Erfüllung gehen, endet das Märchen leider auch nicht immer mit einem „Happy end". Jahr für Jahr verloren seine Augen immer mehr an Glanz und sein Herz schlug nicht mehr so stark für die Musik, wie es in den Anfangsjahren seines musikalischen Schaffens schlug. Er sang davon, dass das *„brennende Haus keine Schande ist",* hat sich aber dennoch sein Leben genommen. Jetzt ist er auf seine Art *„nach Hause gekommen".* Das Schicksal von Stuart Adamson steht für einige andere Schicksale uns bekannter Musiker, die aus uns wahrscheinlich nicht nachvollziehbaren Gründen viel zu früh und mehr oder weniger freiwillig aus dem Leben geschieden sind. Somit ist *„Fields of fire"* für mich persönlich viel mehr als nur ein x-beliebiger Rocksong.

Peter Garret hätte als Politiker diese Textzeilen aus „*Fields of fire*" vielleicht so kommentiert:

„Auch wenn es überall nach verbrannter Erde riecht und es um uns herum lichterloh brennt, so sollten wir niemals aufgeben oder den Mut verlieren."

Jerry Lee würde uns aus dem Jenseits vermutlich zurufen, dass man Feuer am besten dadurch bekämpft, in dem man Feuerschneisen legt und würde seine *„Great balls of fire"* den Flammen entgegenschleudern.

Und was würden wir tun? Aufstehen, kämpfen, resignieren oder würden wir uns ganz bequem hinter Billy Joel „verstecken" und behaupten einfach:

„We didn't start the fire"...

Der „Soundtrack meines Lebens" erinnert an:

„Fields of fire"
von Big Country aus dem Jahr 1983

Top-Platzierung in den Charts in Deutschland: Keine
Platzierung: UK Platz 10 / USA Platz 52

„Great balls of fire"
von Jerry Lee Lewis aus dem Jahr 1957

Top-Platzierung in den Charts in Deutschland: Keine
Platzierung: UK Platz 1 / USA Platz 1

„Beds are burning"
von Midnight Oil aus dem Jahr 1987

Top-Platzierung in den Charts in Deutschland: Platz 4
Platzierung: UK Platz 6 / USA Platz 17

„We didn`t start the fire"
von Billy Joel aus dem Jahr 1989

Top-Platzierung in den Charts in Deutschland: Platz 4
Platzierung: UK Platz 7 / USA Platz 1

If you wanna be happy

*„If you wanna be happy for the rest of your life
Don`t make a pretty woman your wife"*

Jimmy Soul

„Echt jetzt, als ob das Leben mit einer hässlichen Frau so viel besser wäre?"

Rüdiger B.

Damit wir uns gleich richtig verstehen: Rüdiger ist ein frauenverachtendes Arschloch. Der Typ haut ständig solche „Macho-Sprüche" raus, ohne mit der Wimper zu zucken und wisst ihr was das Schlimmste dabei ist? Dass die Frauen, die mit ihm unterwegs sind, auch noch darüber lachen. Da frage ich mich manchmal, wer von den Anwesenden blöder ist? Da kämpfen so viele Frauen seit über 50 Jahren für die Gleichberechtigung und dann lachen diese „Hühner" über so einen diskriminierenden Spruch oder noch schlimmer, sie singen lauthals mit, wenn Jimmy Soul in der Schlusssequenz des Romantik-Blockbusters „Die Hochzeit meines besten Freundes" dieses Lied anstimmt. Geht`s noch, habt ihr Mädels mal auf den Text geachtet?

*„Wenn du für den Rest deines Lebens glücklich sein willst, mache nie eine schöne Frau zu deiner Ehefrau.
Wenn du eine hässliche Frau heiratest, wirst du für den Rest deines Lebens glücklich sein,
denn eine hässliche Frau kocht die ganze Zeit
und sie wird dir immer Seelenruhe geben."*

Okay, das Lied stammt aus dem Jahr 1963, da waren die Frauen mit ihrer Gleichberechtigungsbewegung noch nicht weit gekommen, aber so ein Lied im Jahr 1997 auf den Soundtrack einer publikumswirksamen Hollywood-Komödie mit aufzunehmen, darf man durchaus als gewagt bezeichnen. Rüdiger hat dieser Film natürlich gefallen, hauptsächlich wegen Julia Roberts und Cameron Diaz. Seinen „Hühnern" übrigens auch, die waren ganz hin und weg wegen dieser beiden süßen „Schnuckelbuben", deren Namen ich mir aber nicht gemerkt habe. Kein Mann merkt sich den Namen eines hübschen Kerls, außer der will was von seiner Frau.

Ob der Spruch „Liebe geht durch den Magen" auch aus dem Jahr 1963 stammt? Der ganze Song von Jimmy Soul dreht sich echt nur um diese beiden Aussagen: *„Heirate keine schöne Frau, denn die macht dich nur unglücklich und suche dir lieber eine hässliche Frau, denn die kocht dir immer lecker Essen."* Es tut mir leid, aber ich kann den Songtext drehen und wenden wie ich will, aber da kommen die Frauen einfach nicht gut bei weg.

Viele Frauen glauben ja, dass Kochkünste in unserer Gesellschaft überbewertet werden, denn Männer wären bekanntlich nicht immer so anspruchsvoll, wenn es um eine Mahlzeit geht, so wie zum Beispiel Helge Schneider:

„Butterbrot und Quark
Schmecken sicher gut
Doch das Käsebrot
Geht direkt ins Blut

Käsebrot ist ein gutes Brot
Käsebrot ist ein gutes Brot
Käsebrot ist ein gutes Brot
Super sexy Käsebrot
Käsebrot ist ein gutes Brot"

Okay, Helge Schneider steht ganz sicher nicht für den Geschmack und das Anspruchsdenken des deutschen „Durchschnittsmannes", aber so ein lecker Käsebrot, liebevoll zubereitet von einer hübschen Frau, kann doch durchaus eine erstrebenswerte Alternative zum bevorzugten Frauentyp von Jimmy Soul sein, oder? So ein belegtes Brot ist doch „ratzfatz" gemacht und dann kann man auch viel früher zum angenehmeren Teil des Abends übergehen, so wie das die Jungs von Sailor in *„A glass of champagne"* singen:

„Ich hab` die Musik
und das schöne Licht
Du hast den Körper
der Freuden verspricht
Lass uns zusammen ein Glas Champagner trinken"

Rüdiger behauptet übrigens, wenn Alkohol ins Spiel kommt, könne man sich jede Frau „schönsaufen". Ich sag doch, Rüdiger ist ein Arschloch. Er hat mir mal erzählt, dass er immer mindestens 20 verschiedene Flaschen „Hochprozentiges" in seinem Barschrank stehen hat, damit er für alle Besucherinnen gewappnet wäre. So wie Rüdiger aussieht, wird er mit dem Alkohol allerdings auch die eine oder andere Frau „vernebeln" müssen, damit er überhaupt zum Zug kommt.

Im Gegensatz zu Helge Schneider, findet Rüdiger Käsebrote übrigens weniger sexy, dafür steht er umso mehr auf diese „Luxusfrauen", also genau den Typ Frauen, die er sich nun wirklich nicht leisten kann und über die Madonna in ihrem Song *„Material girl"* so treffend singt:

„Manche Männer küssen mich,
manche Männer umarmen mich
Ich denke sie sind okay
Wenn sie mir nicht genug Geld geben
gehe ich einfach weg"

Rüdiger meint zu diesem Thema, dass seine „Kohle" immer mindestens für den ersten Abend reicht und wenn er sich nicht ganz doof anstellen würde, käme er auch so zum „Schuss". Wenn seine Eroberungen später merken, dass er nur in einer Mietwohnung lebt und das „Luxus-Weibchen" am nächsten Morgen in der Küche die leeren Sektflaschen aus dem Aldi findet, dann dürften die Damen auch gerne beleidigt abziehen, damit hätte er kein Problem. Hauptsache er schafft den Absprung, bevor die „Ladys" richtig teuer werden. Naja, über den Charakter von Rüdiger habe ich schon alles gesagt.

Es gibt Männer, die sind nicht so pingelig in der Auswahl ihrer Frauen. Denen ist es auch nicht so wichtig, ob ihre Partnerin gut kochen oder sexy Käsebrote schmieren kann. Zum Beispiel der „Kleine Prinz" aus Minneapolis, der besingt in *„Kiss"* ganz klar, was er von seiner Partnerin erwartet:

"Du musst nicht schön sein,
um mich anzumachen.
Ich brauche nur deinen Körper, Baby,
von der Dämmerung bis zum Morgengrauen.
Du musst nicht reich sein,
um mein Mädchen zu sein.
Du musst nicht cool sein,
um über meine Welt zu herrschen.
Ich will nur deine Extrazeit und deinen Kuss"

Klare Ansage, das muss man ihm lassen. Kleine Männer wissen einfach was sie wollen. Ob Prince allerdings auch auf Käsebrote stand, ist nicht überliefert. Was für den einen das Käsebrot, ist für den anderen eben der Kuss, da hat jeder seine eigenen Vorlieben.

Dass „Liebe durch den Magen geht", beweist Helge Schneider in seinem Lied über den Reis. Ganz ehrlich, dagegen finde ich die Geschichten von Rüdiger echt langweilig, aber lassen wir Helge doch selbst davon erzählen:

„Ich weiß' du findest mich Scheiße
Doch komm heute Abend zu mir
Es gibt etwas Leckeres zu Essen
Oh Baby, Baby es gibt Reis
Lecker Reis aus dem Kochbeutel
Sag deinen Eltern nichts davon
Ich koch, ich koch, ich koch, ich koch
Ich koch für dich ein einziges Mal
Ab dann bist du dran, wildes Mädchen
Komm zu mir, wir räkeln uns auf der Couch

Ich zieh dich langsam aus, dann serviere ich den Reis
In einer Schürze aus Speck
Bin leider etwas dicker geworden in letzter Zeit
Und der Bauch hängt runter wie eine Schürze
Doch mir ist egal, wenn du kommst, dann kommst du
Zu mir nach Hause in die Bude, es ist gut da
Ich war selber schon mal da, La, la, la
Danach schlafen wir ein
Und am nächsten Tag beginnst du mit der Arbeit
Du fängst um sechs Uhr an zu putzen
Zeig mal deine Hände, die sind kleiner als meine
Damit kommst du besser in die Ecken zum Putzen
Diese Verbindung ist ideal
Wildes Mädchen, schüttel` dein Haar für mich
Ich weiß du findest mich Scheiße"

Also liebe Leserinnen, bevor hier ein falscher Eindruck vom „Mann" an sich entsteht: Wir sind nicht alle so! Im Moment bin ich allerdings echt am Grübeln, ob mich überhaupt einer von diesen Frauentypen anspricht, von denen Madonna, Prince, Helge oder Jimmy singen?

1994 gab es wenigstens schon Anzeichen für Emanzipation, denn Helge hatte damals offensichtlich selbst gekocht, wenn auch nur einen Beutel Reis. Es gibt viele Frauen die behaupten, dass sich die Männer in ihren Fähigkeiten der Nahrungszubereitung bis heute nicht maßgeblich weiterentwickelt hätten, aber so ein Topf mit Kochbeutelreis ist doch schon Mal ein guter Anfang. Wenn ich so darüber nachdenke, dann fing das, glaube ich, Mitte der 90er Jahre erst so richtig an.

Vielleicht war Helge Schneiders Lied damals für viele Männer die Initialzündung, sich Jahr für Jahr immer mehr an den Herd zu wagen. Es muss ja nicht immer Reis sein. Dafür sollten die Frauen Helge Danke sagen!

Wenn es ums Thema Essen und Frauen geht, muss ich automatisch an *„Maneater"* von Nelly Furtado denken, obwohl sie da mehr über einen Frauentyp singt, der nicht unbedingt am Herd zu finden ist und den bereits sowohl Madonna, als auch Hall & Oates in ihrem *„Rich girl"* eindeutig kategorisiert haben und da geht es sicherlich nicht um Kochbeutelreis:

„Die Männerfresserin bringt euch schwer zum Schuften
Sie bringt euch dazu Geld auszugeben
Sie bringt euch dazu, all ihre Liebe zu wollen
Sie ist eine Männerfresserin
Sie bringt euch dazu Autos zu kaufen
Und eure Leine durchzuschneiden
Sie bringt euch zu Fall, ihr werdet euch verlieben
Sie ist eine Männerfresserin
Und ihr wünscht euch, ihr hättet sie nie getroffen"

Dann lieber ein lecker, super sexy Käsebrot, gell Helge?

Der „Soundtrack meines Lebens" erinnert an:

„If you wanna be happy"
von Jimmy Soul aus dem Jahr 1963

Top-Platzierung in den Charts in Deutschland: Keine
Platzierung: UK Platz 39 / USA Platz 1

„Käsebrot" und "Es gibt Reis, Baby"
von Helge Schneider aus dem Jahr 1994

Das Album schaffte es in Deutschland bis auf Platz 11

„A glass of Champagne"
von Sailor aus dem Jahr 1976

Top-Platzierung in den Charts in Deutschland: Platz 3
Platzierung: UK Platz 2 / USA keine

„Material girl"
von Madonna aus dem Jahr 1985

Top-Platzierung in den Charts in Deutschland: Platz 13
Platzierung: UK Platz 3 / USA Platz 2

„Kiss"
von Prince aus dem Jahr 1997

Top-Platzierung in den Charts in Deutschland: Platz 4
Platzierung: UK Platz 6 / USA Platz 1

... und gerne auch an „Rich girl" von Hall & Oates

Wo fängt dein Himmel an?

„Zu meinem Engel gebetet,
für kein anderes Mädchen gelacht
Tausend Stunden gewartet
hat alles nichts gebracht
Zwanzig Briefe geschrieben
bis einer gut genug war für dich
Hallo wie geht's dir?
denkst du manchmal an mich?"

Philip Poisel

Es gibt nicht wenige Musiker, die hassen die Beatles, weil diese Jungs aus Liverpool so verdammt kreativ und perfekt waren. Die „Fab Four" haben in wenigen Jahren so viel komponiert und abgeräumt, dass für die anderen fast nichts mehr übriggeblieben ist. Ganze Generationen von Musikern durften anschließend die „Krümel" vertonen, die die Beatles liegen gelassen haben. Das ist echt frustrierend.

So gesehen, müsste ich Philip Poisel hassen. Es gibt nicht viele deutsche Songschreiber, auf die ich total neidisch bin, aber dieser Kerl gehört eindeutig dazu. Da kommt dieser Typ im Jahr 2008 aus dem Nichts und zaubert Texte auf's Papier, bei denen ich aus dem Staunen nicht mehr rauskomme. Noch so eine Textzeile gefällig?

„Wer braucht schon Worte, wenn er küssen kann?"

Den Rest erspare ich Ihnen. Während die Muse mir hin und wieder einen zarten Kuss auf die Wange haucht, hat sie Philip Poisel wohl unentwegt ihre Zunge in seinen Hals gesteckt. Das ist ungerecht. Immer dann, wenn ich solche Lieder höre, würde ich am liebsten alles hinschmeißen und aufhören kreativ sein zu wollen. Ich frage mich, warum wir Menschen uns immer wieder vergleichen müssen? Warum können wir es nur so schwer ertragen, wenn andere besser sind als wir?

Als mir Tina Turner zum ersten Mal *„You're simply the best, better than all the rest"* entgegenschleuderte, habe ich mich für einen kurzen Moment richtig gut gefühlt, obwohl mir klar war, dass Tina ganz bestimmt nicht mich damit meint. Tina hat bei mir damit allerdings ein paar Fragen aufgeworfen, über die ich lange nachdenken musste. Wann wurde ich überhaupt zum letzten Mal für etwas aufrichtig gelobt? Wann habe ich selbst jemand anderen zum letzten Mal ein ehrliches Lob ausgesprochen? Mir sind dutzende Situationen in den Sinn gekommen, bei denen ich mehr oder weniger offen kritisiert wurde oder ich selbst Kritik ausgeteilt habe, aber kaum eine, in der jemand aufrichtig gelobt wurde, weder ich noch andere.

Beck sang 1994: *„I'm a loser baby, so why don't you kill me".* Vielleicht trifft das meinen emotionalen Erfahrungsschatz etwas besser als die Lobeshymne von Tina. Naja, ganz so schlimm ist es natürlich nicht, aber je mehr ich darüber nachdenke, desto deutlicher wird mir, wie großzügig wir Menschen Kritik austeilen, während wir mit Lob eher sparsam umgehen, wenn nicht sogar geizig sind. Wenn ich mir jetzt allerdings die deutsche Übersetzung von „I`m a loser" im Internet anschaue, fällt es mir echt schwer, irgendwas Lobenswertes darüber zu schreiben. Philip Poisel hat offensichtlich 20 Briefe geschrieben, bis einer gut genug für seine Angebetete war. Vielleicht hätte Beck auch noch 19 weitere Versuche gebraucht, um einen guten Text zu schreiben, aber was soll ich da noch draufhauen, Beck findet sich ja selbst nicht so toll.

Sich selbst toll finden, ist das nicht irgendwie selbstgefällig oder sogar fast schon arrogant? Mal angenommen, derjenige, den Tina in ihrem Song so anschmachtet, würde das gleiche über sich selbst denken und wäre von sich überzeugt, dass er „einfach der Beste ist". Würde Tina ihn dann nicht arrogant und doof finden und sich lieber einen anderen suchen, den sie anschmachten kann? Darf man sich überhaupt selbst gut finden, ohne gleich alle Sympathien auf's Spiel zu setzen? Darüber muss ich nochmal in Ruhe nachdenken.

Wahrscheinlich können wir Menschen mit Kritik leichter umgehen als mit Lob, weil wir sie in jeder Situation erwarten. Kritik bedeutet für uns Normalität, das ist gelebter Alltag, aber so ein Lob überrascht und verunsichert uns. Es fällt uns offensichtlich auch viel leichter uns selbst zu kritisieren, als zu loben. Seit Generationen kriegen wir zu hören: „Eigenlob stinkt", aber wer will schon stinken, da fühlt man sich doch gleich als „Aussätziger". Dann lieber schön kuschelig mit dem Strom schwimmen und dazugehören, auch wenn wir uns damit nichts Gutes tun.

Mich würde echt interessieren, ob Philip Poisel für seinen Gesang im Bekanntenkreis gelobt wurde und man ihn dazu motiviert hat, es einem großen Publikum zu präsentieren oder ob er sich möglicherweise gegen kritische Stimmen in seinem Umfeld durchsetzen musste? Vielleicht fand er sich selbst als Einziger „toll" und hat es einfach gemacht? Was wäre aus ihm geworden, wenn er - rein hypothetisch betrachtet - auf die mögliche Kritik der anderen gehört hätte? Hätte er es niemals versucht oder hätte er darauf warten müssen, bis ihm Tina erklärt, dass er einfach „der Beste" ist? Eine spannende Frage. Vielleicht treffe ich ihn einmal persönlich und er erzählt es mir bei einem Glas Wein.

„In vino veritas", im Wein liegt die Wahrheit. Wer genug davon getrunken hat, den kümmert nicht das Geschwätz und die Kritik der anderen, der darf sich auch einfach so toll fühlen. Der genießt den Moment und es wäre ihm auch egal, wenn sein Eigenlob stinken würde. Der würde sich auch trauen auf die Bühne zu gehen, selbst wenn er nicht singen kann. Damit wir uns richtig verstehen, ich will hier auf keinen Fall eine Lobrede über den Alkohol halten, denn es muss auch anders gehen, aber wenn man damit in die Lage kommt, wenn auch nur temporär, all die Kritik um einen herum ein wenig auszublenden, dann kann diese Auszeit der eigenen Seele ganz schön guttun. Über das Thema Alkohol hat Herbert Grönemeyer treffend gesungen:

„Alkohol ist der Sanitäter in der Not,
Alkohol ist dein Fallschirm und dein Rettungsboot"

und wurde dafür sicherlich auch kritisiert, natürlich nur von denen, die vor lauter voreiliger Kritik und Losschimpfen den Rest des Refrains nicht gehört haben, denn es geht ja noch weiter.

*"Alkohol ist das Drahtseil, auf dem du stehst,
Alkohol ist das Schiff mit dem du untergehst".*

Damit ist zum Thema alles gesagt.

Es soll ja Menschen geben, die nur deswegen so viel Alkohol trinken, weil sie viel zu oft kritisiert und so gut wie nie gelobt werden. In dieser Position fällt es einem Menschen schwer, sich selbst toll zu finden und dann will man sich und seine Welt eben manchmal „schönsaufen". Ein trauriges Thema, aber was soll man dagegen tun?

Ich muss ja nicht gleich jedem, der wegen zu viel Kritik zum Glas oder zur Flasche greift, *„You're simply the best"* vorsingen, aber ich nehme mir ab sofort grundsätzlich vor, die Menschen um mich herum etwas mehr zu loben.

Philip Poisel hat mich in seinem Lied gefragt: *„Wo fängt dein Himmel an?"* Ich denke, ein ehrlich gemeintes Lob ist schon mal ein guter Anfang ...

Der „Soundtrack meines Lebens" erinnert an:

„Wo fängt dein Himmel an"
von Philip Poisel aus dem Jahr 2008

Top-Platzierung in den Charts in Deutschland: Platz 77
Platzierung: UK keine / USA keine

„You`re simply the best"
von Tina Turner aus dem Jahr 1989

Top-Platzierung in den Charts in Deutschland: Platz 4
Platzierung: UK Platz 5 / USA Platz 15

„I`m a loser baby"
von Beck aus dem Jahr 1994

Top-Platzierung in den Charts in Deutschland: Platz 18
Platzierung: UK Platz 14 / USA Platz 10

„Alkohol"
von Herbert Grönemeyer aus dem Jahr 1984

Top-Platzierung in den Charts in Deutschland: Platz 33
Platzierung: UK keine / USA keine

What can I do to make you happy?

*„Wie kannst du mich einfach so stehen lassen?
Allein in einer Welt, die so kalt ist? (so kalt)
Vielleicht bin ich einfach zu anspruchsvoll?
Vielleicht bin ich genau wie mein Vater, zu kühn?
Vielleicht bist du genau wie meine Mutter?
Sie ist nie zufrieden (sie ist nie zufrieden)
Warum schreien wir uns an?
So klingt es, wenn Tauben weinen!"*

Prince

Damals habe ich auf *„When doves cry"* von Prince getanzt, heute ist mir die Lust darauf vergangen. Damals habe ich Joachim gerade kennengelernt und heute haben wir uns offiziell getrennt, wie man das neuerdings betont. Das hat dann so was Endgültiges und die Freunde hören endlich auf, gute Ratschläge geben zu wollen, wie man seine Beziehung noch retten könnte. Es ist doch immer das Gleiche. Erst halten die Freundinnen jahrelang die Schnauze über die vielen kleinen Verfehlungen deines Liebsten und wenn es dann endlich vorbei ist, wussten sie es angeblich alle schon von Anfang an, warum es mit mir und meinen diversen Lebenspartnern nicht gutgehen konnte. Warum redet man nicht dann darüber, wenn man noch was ändern kann, sondern immer erst dann, wenn es zu spät ist?

Meine Freundin Beate hat mir in diesem Zusammenhang mal erzählt, dass es doch sowieso keinen Sinn machen würde mit jemanden darüber zu sprechen, der vor lauter „Schmetterlingen im Bauch", temporär unzurechnungsfähig ist. Vermutlich hat sie recht. Beate hat Joachims rhetorische Spitzen und seine Sticheleien gegen mich und unsere Mütter angeblich sofort wahrgenommen.

Joachim hat das taktisch klug gemacht und versucht, es möglichst humorvoll zu verpacken, aber anstatt darüber zu lachen, hätte ich das damals besser hinterfragen sollen. Okay, wir machen alle mal Anspielungen und ziehen Vergleiche zum jeweiligen Vater oder der Mutter, aber irgendwann ist auch mal Schluss. Kein Mensch will von seinem Partner dauerhaft hören, dass er angeblich die gleichen „Macken" hat, wie ausgerechnet die Personen, deren Verhalten man vom 12. bis zum 25. Lebensjahr ununterbrochen in Frage gestellt hat. Noch viel schlimmer ist es für eine Frau, wenn sie mit ihrer „Schwiegermutter" verglichen wird. Das ist ein absolutes „no go"! Entweder seine Mama war ein „Engel", dann hast du ständig Bedenken, seinen hohen Erwartungen nicht gerecht werden zu können oder sie war ein „Teufel" und dann musst du jahrelang unter seinem verbitterten Frauenbild leiden.

Gegen Ende unserer Beziehung hat er mir das gleiche unterstellt, wie Prince seiner Liebsten in *„When doves cry".* Ich wäre genau wie seine Mutter und wäre nie zufrieden. Wenn du bei so einem Vergleich ein unmissverständliches „Nie" hörst, dann weißt du, dass die Stunde naht. Vorhin war es soweit. Wir haben uns wie so oft gestritten und ab einem bestimmten emotionalen Schmerzpegel fängst du eben an zu schreien.

Ich behaupte, er ist immer zu anspruchsvoll und er, ich wäre nie zufrieden und am Ende klingt es dann so, als „wenn Tauben weinen". Ich habe keine Ahnung, ob sich das wirklich so anhört oder ob dieser Vergleich hinkt.

Für mich ist eine Taube ein Friedenssymbol, aber auch dieser Vergleich hinkt. Was machen Tauben denn den lieben langen Tag? Sie nicken dauernd mit dem Kopf, gurren dir die Ohren voll und am Ende scheißen sie dir auf den Kopf. Sieht so etwa Frieden aus? Ich habe viel zu lange nur genickt und hätte Joachim schon viel früher anscheißen sollen.

Prince singt von einem Vater, der offensichtlich „zu kühn" ist. Manchmal hätte ich mir gewünscht, dass Joachim in seinem Leben auch etwas kühner gewesen wäre. Warum hat er seiner Mutter nie die Meinung gesagt? Warum hat er seiner Mutter selbst in der Zeit als Mittdreißiger, in der er noch im Haus seiner Eltern wohnte, niemals Einhalt geboten, wenn sie seinen Vater und ihn wieder mal mit Vorwürfen überschüttet hat? Joachim wurde nie müde mir zu erzählen wie schlimm das für ihn war, zuzusehen wie der Respekt zwischen seiner Mutter und seinem Vater immer mehr verschwand wie eine Sandburg, die zu nah am Wasser gebaut wurde. Sein Vater hatte immer nur genickt bis zu dem Tag, an dem er starb. Joachim wollte das unbedingt anders machen, aber warum dann auf diese Art und ausgerechnet mit mir? Ab dem Tag, an dem Joachim und ich beide nicht mehr bereit waren zu nicken, war der erste Tag eines langen, qualvollen Todes.

Wir hätten unsere Beziehung schon vor zwei Jahren beenden sollen, aber wir wollten ja nicht aufhören uns gegenseitig die alten Wunden aufzureißen. In den letzten Wochen kamen dann auch noch ein paar neue Wunden hinzu und irgendwann blutest du aus und wirst kalt. Jetzt sitzt Joachim alleine in seiner Wohnung und darf sich wie Prince darüber beschweren, dass diese Welt so kalt ist.

Wahrscheinlich hat er sich jetzt die Single seiner Lieblings-NDW-Band Grauzone aufgelegt:

„Ich möchte ein Eisbär sein,
im grauen Polar
Dann müsste ich nicht mehr schrein`,
alles wär`so klar
Eisbären müssen nie weinen"

Ganz ehrlich? Es ist mir im Moment total egal, ob Joachim in seiner Bude hockt und sich fühlt wie dieser bescheuerte Eisbär. Soll er doch auf seiner Eisscholle treiben wohin er will. Hauptsache die Scholle treibt nicht mehr vor meine Haustür. Mein Joachim, in einem lustigen Eisbärenkostüm, laut vor sich hin meckernd auf einer Eisscholle und in einen schönen Sonnenuntergang dahintreibend. Irgendwie empfinde ich dieses Bild gerade als sehr tröstlich, um nicht zu sagen, es tut mir richtig gut! Wenn er mit Grauzone durch ist, legt er sich wahrscheinlich *„Cold as ice"* von Foreigner auf den Plattenspieler. Er sagt, das sei sein absoluter Lieblingssong.

Wenn ich all die Jahre geahnt hätte, dass Lou Gramm meinem Joachim „aus der Seele singt", dann hätte ich schon viel früher „den Stecker ziehen müssen".

„Ich habe es schon oft erlebt, es passiert andauernd
Du machst die Tür zu, du lässt die Welt hinter dir
Du gräbst nach Gold
Doch wirfst ein Vermögen an Gefühlen einfach weg
Doch eines Tages wirst du dafür bezahlen
Du bist so kalt wie Eis
Du bist bereit, unsere Liebe zu opfern
Du willst das Paradies,
Doch eines Tages wirst du den Preis dafür bezahlen müssen, ich weiß!"

Im Nachhinein hätte ich vielleicht etwas mehr auf die Lieblingssongs meiner Männer achten sollen. Da waren auch so Kracher dabei, wie *„Highway to hell"* von AC/DC oder *„Sex machine"* von James Brown und die treffen die Qualität meiner Beziehungen ganz gut.

Mein eigener Lieblingssong ist *„What can I do to make you happy"* von den Corrs und Joachim wusste das. Wahrscheinlich hat er jedes Mal still in sich hineingegrinst, wenn wir ihn uns gemeinsam angehört haben.

„Was kann ich tun, damit du mich liebst?
Was kann ich tun, um dich zu interessieren?
Was kann ich tun, um es dich fühlen zu lassen?
Was kann ich tun, um dich dorthin zu bekommen?"

Ich, ich, ich, ich! Immer nur, was kann „ich" tun? Wie doof muss jemand sein, der sich ganz allein dafür verantwortlich fühlt, dass es mit der Liebe und der Partnerschaft voran geht? Hallo, da gehören immer zwei dazu, aber diese Lektion habe ich erst sehr spät lernen dürfen. Ich wollte ihn glücklich machen und er hat mich nicht gelassen und mir seine Mutter in den Weg gestellt.

Ich habe nicht nur entschieden viel zu lange gegurrt und genickt, sondern habe mich jetzt auch noch selbst vollgeschissen. Im Nachhinein betrachtet muss ich kühl feststellen, dass mich Joachim mehr oder weniger ausgenutzt hat. Er hat es vielleicht nicht mit Absicht getan, aber ich habe es ihm viel zu leicht gemacht und es ihm mit meiner aufopferungsvollen Haltung regelrecht angeboten. Warum habe ich mich mein Leben lang bei den Männern immer nur gefragt, was ich für „sie" tun kann und dabei völlig ignoriert, dass von denen auch mal was zurückkommen muss. Jetzt sitze ich hier und fühle mich deswegen ziemlich beschissen

Vielleicht sollte das so kommen? Die eine oder andere Lektion muss jeder mal lernen und jetzt war eben Joachim mein Lehrmeister. Das Lernen fängt mit dem ersten Babyschrei an und hört auch nicht auf, „wenn die Tauben weinen". Von dieser Erkenntnis hat Louis Armstrong schon im Jahr 1968 gesungen. Wer kennt sie nicht, seine musikalische Liebeserklärung an die „*Wonderful world*"?

„Ich höre kleine Babys schreien
Sehe, wie sie aufwachsen

*Sie werden eines Tages mehr lernen
Als ich je gewusst habe und dann denke ich mir
Was für eine wunderbare Welt!"*

Alles im Leben scheint für irgendetwas gut zu sein und keine Lektion war im Nachhinein wohl ganz umsonst, auch dann nicht, wenn ich das im Moment meiner Trauer und Wut nicht erkennen kann oder wahrhaben will. Eigentlich kommen mir solche Erkenntnisse erst viele Jahre danach, aber wenn ich jetzt über Joachim und mich so nachdenke, bin ich schon ziemlich weit.

Auf jede einzelne Frage der Corrs habe ich bei Joachim keine passenden Antworten gefunden. Beim nächsten Mal achte ich mehr auf mich und singe:

„What can I do to make me happy?

Der „Soundtrack meines Lebens" erinnert an:

„What can I do to make you happy"
von The Corrs aus dem Jahr 1998

Top-Platzierung in den Charts in Deutschland: Platz 62
Platzierung: UK Platz 3 / USA keine

„When doves cry"
von Prince aus dem Jahr 1984

Top-Platzierung in den Charts in Deutschland: Platz 16
Platzierung: UK Platz 4 / USA Platz 1

„Eisbär"
von Grauzone aus dem Jahr 1981

Top-Platzierung in den Charts in Deutschland: Platz 12
Platzierung: UK keine / USA keine

„Cold as ice"
von Foreigner aus dem Jahr 1977

Top-Platzierung in den Charts in Deutschland: Keine
Platzierung: UK Platz 24 / USA Platz 6

„Wonderful world"
von Louis Armstrong aus dem Jahr 1968

Top-Platzierung in den Charts in Deutschland: Platz 6
Platzierung: UK Platz 1 / USA Platz 32

Video killed the radio star

Was haben Stefan Raab, Oliver Pocher, Heike Makatsch, Klaas Heufer-Umlauf, Sarah Kuttner, Johanna Klum, Matthias Opdenhövel, Alexandra Bechtel, Nils Bokelberg, Annemarie Carpendale, Mola Abebisi, Palina Rojinski, Markus Kavka, Jessica Schwarz, Niels Ruf und Enie van de Meiklokjes gemeinsam? Wer jetzt spontan an Dschungelkamp, Promi-Big-Brother oder Love Island denkt, den muss ich leider zurückpfeifen. Alle haben ihre Karriere bei VIVA, Deutschlands erstem Musik-Video-Sender gestartet und sich seit 1993 einer ganzen Generation von Musikfans „ins Hirn eingebrannt".

VIVA und MTV waren aber nicht die einzigen, denn wenn wir schon beim Thema Musik im Fernsehen sind, muss ich unbedingt noch Beatclub, Musikladen, Rockpalast, Plattenküche, Bananas, Disco, die Hitparade und natürlich Formel Eins erwähnen. Ich hoffe, ich habe keine wichtigen vergessen. Legendär und unvergessen sind für mich die Auftritte und Moderationen von Uschi Nerke, Manfred Sexauer, Frank Zander, Helga Feddersen, Dieter Thomas Heck, Olivia Pascal, Ilja Richter, Ingolf Lück, Stefanie Tücking und nicht zuletzt Alan Banks vom Rockpalast.

Die etwas reiferen Jahrgänge werden sie noch gut in Erinnerung haben, die „Blütezeit" des Rockpalast in den späten 70er bis Ende der 80er Jahre. Zu dieser Zeit waren die Kneipen und Diskotheken an ein paar Wochenenden im Jahr, von Samstag auf Sonntag wie leergefegt, denn ab 23.00 Uhr saßen alle jungen Leute mit Chips und Bier auf der Couch und es gab nur einen einzigen Knopf auf der Fernbedienung: Der für den WDR! Meistens lief der Rockpalast bis früh morgens um 4 Uhr, manchmal aber auch länger, denn das konnte keiner vorher so richtig abschätzen. Wenn der Sänger und Gitarrist Rory Gallagher zwischendurch dreimal besoffen von der Bühne gefallen ist, dann konnte es schon mal länger dauern.

Wer war da nicht alles auf der Bühne: ZZ Top, The Police, Peter Gabriel, The Who, The Undertones, Chicago, Earth Wind and Fire, The Kinks, The Blues Band, Big Country, die J. Geils Band, Red Hot Chili Peppers, Ian Hunter Band, Dexys Midnight Runners, Gianna Nannini, Brian Adams, Cheap Trick, Paul Young, Prince, BAP und unvergessen, meine hessischen Lokalmatadoren, die Rodgau Monotones! Sicherlich ist diese Aufzählung unvollständig, aber es soll ja nur einen Eindruck geben was auf der Bühne in der Grugahalle in Essen damals so los war. Auch wenn sich das die Jüngeren jetzt kaum vorstellen können, aber es gab damals kein Youtube und ganz nebenbei bemerkt noch nicht einmal das Internet. In den 70ern gab es so gut wie keine Musikvideos, sodass die Liveauftritte im Rockpalast für unsere Generation das „Höchste der Gefühle" waren.

Viele Experten behaupten übrigens, dass Queen mit ihrem legendären Dreh zu *„Bohemian Rhapsody"* im Jahr 1975 den Startschuss für die „Musik-Video-Ära" gegeben haben. Da kann man natürlich drüber streiten, aber es war auf jeden Fall ein sehr guter Anfang.

Was war das damals nur für eine geile Zeit. Unsere Eltern hatten sich mit ein paar Groschen Fernseh-Gebühren die Eintrittskarten für ihre heißgeliebten Samstagabend-Shows mit H. J. Kulenkampff, Rudi Carell und Wim Thoelke erkauft und ganz nebenbei hat uns der WDR, ohne dass wir dafür etwas von unserem Taschengeld hergeben mussten, die besten Live-Acts der Welt direkt ins heimische Wohnzimmer geholt.

Am 1. August 1981, um Punkt 12 Uhr mittags, startete MTV damals sein Fernseh-Programm und natürlich war der erste Song *„Video killed the radio star"*, den die Buggles aber schon 1979 veröffentlichten. Im Nachhinein glaube ich, dass die Radio-Stars damals gerne „gestorben" sind, denn durch diesen Hype der Musikvideos und den positiven wirtschaftlichen Nebenwirkungen, wurden selbst bisher nicht beachtete Musiker über Nacht berühmt und haben sich und ihren Labels die Kassen vollgemacht.

Ich will da niemanden zu nahetreten, aber wie viele Boybands hatten über Nacht nur deswegen kommerziellen Erfolg, weil diese Jungs so dermaßen „süüüüüß" aussahen und sich bei ihren einstudierten „Balztänzen" immer wie zufällig in den Schritt gefasst haben. Millionen liebestolle Mädchen haben deren Platten weltweit gekauft, oft nur deshalb, weil die Plattenfirma ein lebensgroßes Poster vom hübschesten Typen der Rasselbande mit in die Innenhülle gesteckt hat. Umgekehrt war es natürlich genauso, wer erinnert sich nicht an die Spice Girls o. ä.?

Erst mit Einführung der „Fleischbeschau in bewegten Bildern", wurde der Karriere-Startschuss für unzählige weniger talentierte, aber dafür sehr hübsche Sängerinnen gegeben. Selbstverständlich gab es vereinzelt auch hübsche Frauen mit wirklich guten Stimmen und richtig geilen Songs, aber das waren doch eher die Ausnahmen. Mit den Jahren wurden nicht nur die Interpretinnen, sondern auch deren Stimmen immer dünner und weil die Konsumenten in den Videoclips fast nur noch halbnackte Brüste oder „freigepresste" Pobacken zu sehen bekamen, achtete kaum einer mehr auf die Qualität der Musik. Es war plötzlich nicht mehr so wichtig, ob der Song, der Text oder die Stimme gut waren, sondern alle sprachen nur noch über die optischen Vorzüge der Sängerinnen und Sänger oder in welch tollen Locations gedreht wurde. Je bunter und aufreizender die Videos, desto erfolgreicher wurde der Song. Wer einfach nur eine unfassbar gute Stimme hatte, aber dafür blass und unscheinbar wirkte, ging in den meisten Fällen ziemlich unter. Für diejenigen galt tatsächlich: *„Video killed the radio star".*

Schon 1983, also lange vor dem Höhepunkt dieser „Musik-Video-Ära" sangen die Eurythmics in *„Sweet dreams"* folgende, legendäre Textzeilen:

„Einige von ihnen wollen dich benutzen
Einige von ihnen wollen von dir benutzt werden
Einige von ihnen wollen dich missbrauchen
Einige von ihnen wollen missbraucht werden
Daraus sind süße Träume gemacht"

Im Nachhinein werden sich das viele Stars der VIVA und MTV Generation auch gedacht haben, nachdem sie mit dem Thema durch waren. Es sind vielleicht eine Handvoll Videoclips, an die man sich auch heute noch gut erinnern kann, allen voran Peter Gabriel mit seinem genialen *„Sledgehammer",* Duran Duran mit ihren *„Wild boys",* Genesis mit ihrem *„Land of confusion"* oder Michael Jackson in seinem 13 Minuten langen und 500.000 USD teuren *„Thriller".* Wahrscheinlich fallen Ihnen noch ein paar mehr ein. Allerdings hätten sich diese Bands und Interpreten ganz bestimmt auch ohne MTV und VIVA mit ihren Weltkarrieren durchgesetzt. Auch wenn es eine sehr spannende, bunte und vor allem verrückte Zeit war, bin ich froh, dass Nelly Furtado 2006 mit ihrem *„All good things come to an end"* ganz behutsam das Ende dieser Musik-Video-Ära eingeläutet hat. Der Musiksender VIVA wurde nach Jahren des „Hindümpelns" zum 31.12.2018 eingestellt und die Musikszene wanderte weiter zu Youtube, was es aber auch nicht wirklich besser machte.

Als ob wir Menschen immer von einem Extrem zum anderen springen müssen, wurden sogleich neue Fernsehformate, wie „The voice of Germany" oder „The masked singer" aus dem Boden gestampft. Vorbei ist die Zeit, in der man mit viel nackter Haut, „getunten" Oberweiten oder erotischen Tänzen punkten konnte. In diesen Showformaten zählt nur noch das, was die Musik schon immer ausgemacht hat, die Stimme und welche Emotionen sie bei uns auslöst. Zumindest behaupten das die Macher dieser Fernsehformate.

Warum man sie deswegen in lustige Kostüme stecken muss, wird mir für immer ein Rätsel bleiben, aber es muss ja auch weiterhin irgendwie „bunt und verrückt" zugehen. Natürlich kann man in diesem Zusammenhang darüber streiten, ob Helene Fischer letztendlich auch so erfolgreich wäre, wenn sie uns in ihren Bühnenshows zwar halbnackt und ausgesprochen sexy an einem Seil hängend „atemlos" von der Liebe singt, sie aber dabei so aussehen würde wie Janis Joplin. Sorry, aber mir ist gerade kein anderer Vergleich eingefallen. Falls Sie nicht damit einverstanden sind, denken sie sich bitte eine andere Konstellation mit Gesichtern ihrer Wahl.

Auf jeden Fall hat bei Janis Joplin kaum einer auf ihr Äußeres geachtet, spätestens dann nicht mehr, wenn sie anfing zu singen. *„Oh lord, won't you buy me, a Mercedes Benz"* – wer kriegt da nicht heute noch eine Gänsehaut? Sorry, aber die kriege ich bei all den sexy Schlagersternchen nicht. Manchmal frage ich mich, ob Janis Joplin auch so berühmt geworden wäre, wenn man sie uns in dieser Zeit in MTV-Videos präsentiert hätte? Wir werden es nie erfahren, denn Janis Joplin starb bereits mit 27 Jahren am 4. Oktober 1970.

In ihrem Fall war die Todesursache aber nicht das Video, sondern der Alkohol, die Drogen oder was auch immer zu ihrem Tod geführt hat. Viele Musiker heutzutage könnten diesem Schicksal womöglich folgen, denn es ist für viele von ihnen schwer zu ertragen, dass sie mit ihrer Musik kaum noch Geld verdienen können. Milliarden von Songs werden als MP3-Dateien in Freundeskreisen bereitwillig getauscht und unbedacht weitergegeben, ohne dass die Künstler auch nur einen Cent daran verdienen. Auf mehr oder weniger illegalen Websites werden aktuelle Songs umsonst zum Download angeboten oder für ein paar Cent verramscht, sodass sich kaum ein Musiker mehr mit seiner kreativen Schaffenskraft wirtschaftlich über Wasser halten kann.

Die Radiosender spielen nur noch die angeblich größten Hits, die ihnen von den finanzstarken Labels, natürlich unter Anwendung monetärer Anreize, auf ihre Playlist gesetzt werden und die aufstrebenden, regionalen Bands bleiben außen vor. Als ob das nicht schon schlimm genug wäre, treibt „Corona" jetzt auch noch den nächsten „Sargnagel" in den Deckel. Wenn das so weitergeht, dann spielen die Radiosender auch in 30 Jahren noch die größten Hits der 80er und der 90er, weil es dann nämlich keine neuen mehr geben wird.

Auch wenn es die Buggles schon lange nicht mehr gibt, könnte Trevor Horn seinen Song vielleicht nochmal neu aufnehmen und sich für seinen Refrain ruhig mal ein paar neue „Schuldige" ausdenken.

Der „Soundtrack meines Lebens" erinnert an:

„Video killed the radio star"
von The Buggles aus dem Jahr 1979

Top-Platzierung in den Charts in Deutschland: Platz 2
Platzierung: UK Platz 1 / USA Platz 40

„Sweet Dreams"
von The Eurythmics aus dem Jahr 1983

Top-Platzierung in den Charts in Deutschland: Platz 4
Platzierung: UK Platz 2 / USA Platz 1

„All good things come to an end"
von Nelly Furtado aus dem Jahr 2006

Top-Platzierung in den Charts in Deutschland: Platz 1
Platzierung: UK Platz 4 / USA Platz 86

„Mercedes Benz"
von Janis Joplin aus dem Jahr 1970

Keine Platzierungen in den Charts, da dieser Song leider nie als Single veröffentlich wurde (noch nicht einmal als Werbejingle von diesem nicht ganz unbekannten deutschen Automobilkonzern)

More than words

Ich frage mich ernsthaft warum das Männern nur so schwerfällt? Mein Gott, es sind lediglich drei Worte, das kann doch nicht so schwer sein? Pascal hat Abitur, acht Semester Germanistik studiert, will demnächst sein erstes Buch schreiben und schafft es trotzdem nicht seine Gefühle in drei Worte zu packen. Natürlich würde ich gerne mehr als nur die drei Worte von ihm hören, aber in Sachen Romantik und Gefühle darf man bei Männern wohl nicht besonders anspruchsvoll sein. Meine Mutter hat mir erzählt, dass sie noch nicht einmal am Tag ihrer Hochzeit, von meinem Vater ein „Ich liebe dich" zu hören bekommen hat. Wie kann ich dann darauf hoffen, dass mir Pascal das jetzt schon zugesteht, nur weil wir gerade mal ein halbes Jahr miteinander schlafen und fast jede freie Minute unseres Lebens miteinander verbringen? Vielleicht bin ich einfach nur zu anspruchsvoll?

Pascal ist da nicht viel anders als die Männer meiner Freundinnen. Die beschweren sich auch ganz oft darüber, dass ihnen ihre Partner so selten „Ich liebe dich" sagen. In vielen Fällen kommen diese Worte überhaupt nicht über deren Lippen und das, obwohl die teilweise schon zehn oder mehr Jahre mit ihren Frauen zusammen sind. Ich sage diese drei Worte ganz oft zu meinem Pascal und es macht ihn glücklich, zumindest interpretiere ich das so. Er wirkt in diesen Momenten immer so in sich gekehrt und er scheint es zu genießen, wenn ich ihm das sage. Vielleicht denkt er aber auch an etwas ganz anderes, ich weiß es nicht.

Ich habe grundsätzlich schon das Gefühl, dass Pascal mich liebt. Er spricht oft mit mir, zeigt Verständnis, er interessiert sich für mich, meinen Alltag, meine Ansichten oder auch meine Probleme. Er hört mir zu, zeigt mir Aufmerksamkeit und Respekt und auch im Bett ist er immer bei der Sache. Es ist scheinbar alles da und doch fehlt mir was.

Ich habe Pascal letzte Woche darauf angesprochen und wollte ihm einfach nur zu verstehen geben, wie wichtig mir das ist, hin und wieder ein „Ich liebe dich" von ihm zu hören. Mein Gott war das ein zähes Gespräch. Im Grunde genommen war das nicht mal ein Gespräch, sondern eher ein verzweifelt anmutender Monolog, fast schon ein Vortrag, wie ihn Pascal aus seinem Studium kennt. Er hat mich dabei immer wieder liebevoll angeschaut, nickte verständnisvoll, nahm mich anschließend in den Arm, küsste mich zärtlich und was darauf im Bett abging, geht niemanden was an. Eigentlich war alles perfekt und doch fehlt mir was. Offensichtlich gibt es bei Männern so etwas wie eine natürliche Blockade, wenn es darum geht über seine Gefühle zu sprechen.

Eine meiner Lieblingsbands hat über dieses Thema einen tollen Song geschrieben. Del Amitri singen in *„Driving with the brakes on":*

„Wenn du mit angezogener Handbremse fährst,
wenn du mit angezogenen Stiefeln schwimmst
ist es schwer zu sagen, dass du jemanden liebst
und es ist schwer zu sagen, dass du es nicht tust"

Fährt Pascal vielleicht mit angezogener Handbremse durch sein Leben, durch unser Leben? Fällt es ihm vielleicht nur deswegen so schwer mir „Ich liebe dich" zu sagen, weil es ihm noch schwerer fallen würde, mir das Gegenteil zu sagen? Bringt er es am Ende nur deswegen nicht über seine Lippen, weil er mich nicht anlügen will? Manchmal hasse ich mich dafür, dass ich immer so unsicher bin. Warum ist mir das nur so wichtig, dass mir mein Partner diese drei Worte sagt? Es sind doch nur Worte, mehr nicht.

Ich kann mich gut daran erinnern wie ich in meinen wilden Zwanzigern regelrecht süchtig nach solchen Worten war, ich konnte nicht genug davon bekommen. Ich brauchte diese Bestätigungen wie eine Droge. Damals reichte mir ein einfaches „Ich liebe dich" nicht, da musste ein Mann schon eine Schippe drauflegen damit er bei mir landen konnte. Jedes meiner Körperteile, meine Kleidung, meine Art zu gehen, zu tanzen, zu küssen oder was auch immer, wollte ich in zuckersüßen Worten bestätigt bekommen. Je mehr, desto besser. Die Männer in meinem Umfeld hatten damals schnell herausgefunden wie süchtig ich danach war und wie leicht sie mich damit rumkriegen konnten. Im Nachhinein habe ich erfahren, dass sich einige Männer in meinem Bekanntenkreis sogar darüber lustig gemacht haben, mit welchem „Schmalz" sie mich ins Bett gekriegt haben. Nach all diesen Erfahrungen müsste ich doch geheilt sein und wissen, dass es nicht darauf ankommt, was mir ein Mann ins Ohr flüstert, sondern viel mehr, was er mir zeigt und was er tut.

Pascal scheint mich besser zu kennen als ich mich selbst. Als er gestern bei mir war, ließ er mir unbemerkt ein kleines Geschenk auf meinem Tisch liegen und ich habe es erst vorhin gefunden, nachdem ich von der Arbeit nach Hause kam. Es war eine CD, hübsch verpackt, mit einer Schleife drum, so wie ich das gerne mag. Es war ein Album von der Band Extreme und Pascal hat mir auf der Rückseite der CD mit einem roten „Edding" ein kleines Herz draufgemalt, an der Stelle von dem Song *„More than words"*. Jetzt sitze ich hier auf meiner Couch und höre dieses Lied schon zum dritten Mal. Meine Gedanken schwirren hin und her und ich weiß noch nicht wie das ausgeht. Auf der einen Seite bin ich hin und weg über das, was dieser Sänger in Worte fasst und wünsche mir so sehr, dass ich einen Partner hätte, der ebenfalls dazu in der Lage wäre. Auf der anderen Seite versuche ich zu verstehen, was er mir mit diesen Worten sagen will und langsam glaube ich zu begreifen, dass hier nicht der Sänger Gary Cherome von Extreme, sondern Pascal zu mir spricht:

„Ich will nicht die Worte "Ich liebe dich" von dir hören
Nicht, dass ich nicht möchte, dass du sie aussprichst,
aber wenn du nur wüsstest
wie leicht du mir deine Gefühle zeigen könntest
Tu's doch einfach, statt dass du's nur sagst
da habe ich mehr davon
und dann brauchst du ja auch gar nichts mehr zu sagen,
weil ich's eh schon weiß"

Pascal spürt intuitiv was in mir vorgeht. Er merkt genau was mich beschäftigt, doch er geht der direkten Konfrontation aus dem Weg. Es wäre für ihn doch sicherlich leichter mir hin und wieder „Ich liebe dich" zu sagen, statt mir diesen langhaarigen Rocker zu schicken um mir mitzuteilen, ich sollte mal über meine Einstellung zu diesen drei Worten nachdenken. Warum macht es Pascal nur komplizierter als es ist? Es tut mir eben gut und ich brauche das. Wenn er mich wirklich liebt, könnte er auch über seinen Schatten springen. Stattdessen schickt er mir Extreme und die machen ihrem Namen gerade alle Ehre. Die Botschaft, die ich jetzt zum dritten Mal höre, ist aber auch echt extrem:

„Statt es nur zu sagen, könntest du mir doch vielmehr zeigen, dass du mich wirklich liebst.
Wie wäre es, wenn diese Worte abgeschafft würden?
Dann wären bestimmte Sachen nicht so ohne weiteres mit „Ich liebe dich" in Ordnung zu bringen."

Will er mir damit etwa sagen, dass man mit einem „Ich liebe dich" bestimmte Sachen in Ordnung bringt, die eigentlich nicht in Ordnung sind? Glaubt er etwa, dass diese drei Worte nur beruhigend wirken und ein Problem überdecken sollen?

Pascal ist bekanntlich nicht mein erster Freund und er soll nicht so tun, als ob er „die Weisheit mit dem Löffel gefressen hat". Es gab auch schon vor ihm eine Handvoll Männer die mich geliebt haben und denen ist das nicht so schwergefallen, es mir auch zu sagen.

Die waren nicht so kompliziert und haben es mir einfach jeden Tag gesagt, manchmal sogar schon zum Frühstück. Mit so einer „Liebesbekundung" geht man doch viel leichter und beschwingter durch den Tag, das muss Pascal doch verstehen. Diese drei Worte sind Balsam für meine Seele.

Moment mal, das war jetzt ein blöder Vergleich. Mit „Balsam" heilt man doch Wunden oder schützt seine Haut. Ich habe mal gelesen, dass die Haut eines Menschen der Spiegel seiner Seele ist. Vielleicht bin ich auch nur viel zu dünnhäutig und brauche daher diesen Balsam? Vielleicht meinen „Extreme", bzw. Pascal, genau das damit, wenn sie behaupten, dass man mit einem „Ich liebe dich" nicht alles in Ordnung bringen kann? Will mir Pascal etwa sagen, dass mit mir etwas nicht in Ordnung ist? Ja, spinnt der jetzt, was soll denn mit mir nicht in Ordnung sein? Nur weil er ein Problem damit hat seine Gefühle auszusprechen, muss er mir doch nicht gleich ein schlechtes Gewissen machen.

Als ob Pascal es geahnt hätte wie ich mit diesem Thema umgehe und wie emotional ich darauf reagiere, lässt er mir seinen Standpunkt von Gary und seiner „rauchigzarten" Stimme ausrichten:

„Ich wollte dir bloß klarmachen,
dass du nur deine Augen zu schließen
und mich mit deinen Händen zu berühren brauchst.
Halt mich ganz fest und lass mich nicht mehr los,
dann weiß ich auch ohne Worte, dass du mich liebst."

Vielleicht ist es kein Zufall, dass ich Pascal kennengelernt habe? Vielleicht musste mal einer kommen, der mir diesen Zahn zieht? Okay, ich hatte auch schon vor Pascal Männer und ich war jedes Mal davon überzeugt, dass sie mich lieben, gerade weil sie es mir dauernd gesagt haben. Ich wollte es so haben und die Jungs haben geliefert. Die Jungs haben aber allesamt nur so lange geliefert, bis eine andere Lieferadresse ins Spiel kam. Wenn mich diese Männer wirklich so geliebt hätten wie sie es mir sagten, dann wäre die durchschnittliche Halbwertzeit meiner Beziehungen vermutlich länger als ein halbes Jahr.

Jetzt stehe ich vor der Wahl, weiter so oder über meinen Schatten springen? Mein Ego oder Pascal? Bruce Springsteen singt in *„Hungry heart":*

„Ein jeder braucht einen Ruhepol,
ein jeder möchte ein Zuhause haben
Egal, was irgendjemand erzählt,
keiner will alleine sein
Jeder hat ein hungriges Herz"

Und ob ich ein hungriges Herz habe, mein Hunger ist manchmal unstillbar. Die ganzen Jahre hatte ich Heißhunger nach all den süßen Worten und jetzt fühle ich mich, als ob ich von dem ganzen „Süßkram" ein Magengeschwür bekommen hätte. Mein Bauchgefühl sagt mir in diesem Moment, es wäre besser auf Gary von Extreme zu hören und dem mehr Bedeutung zu schenken, was mein Partner tut und nicht was er sagt.

Keine Sorge, ich werde Gary deswegen nicht um den Hals fallen, ihm ewige Liebe schwören oder ihn ins Bett zerren. Gary ist nur der Mann der Worte, aber Pascal ist der Mann der Taten.

Das, was mich Pascal die vorangegangenen, sechs wunderbaren Monate hat spüren lassen, lässt sich nicht in drei Worten ausdrücken.

Extreme haben absolut recht, denn es gibt *„More than words"*...

Der „Soundtrack meines Lebens" erinnert an:

„More than words"
von Extreme aus dem Jahr 1991

Top-Platzierung in den Charts in Deutschland: Platz 8
Platzierung: UK Platz 2 / USA Platz 1

„Driving with the brakes on"
von Del Amitri aus dem Jahr 1995

Top-Platzierung in den Charts in Deutschland: Keine
Platzierung: UK Platz 18 / USA keine

„Hungry Heart"
von Bruce Springsteen aus dem Jahr 1980

Top-Platzierung in den Charts in Deutschland: Platz 62 (allerdings erst 1995 durch die erneute Veröffentlichung im Rahmen seines „Best of" Albums)

Platzierung: UK Platz 44 / USA Platz 5

Dicke

Es gab mal eine Zeit, da waren Dicke ganz schön populär und es soll keiner nochmals behaupten, dass Dicke keine Chancen bei Frauen hätten. Spätestens Meat Loaf hat mit diesen Klischees aufgeräumt, die Marius Müller-Westernhagen 1978, mehr oder weniger ungewollt, in die Welt gesetzt hatte. Meat Loaf war damals so übergewichtig, dass er bei seinen Konzerten zwischendurch immer wieder mal an einer mitgebrachten Sauerstoffflasche „nuckeln" musste, um nicht bewusstlos von der Bühne zu fallen. Da stand er dann und lies sich von dieser verdammt hübschen und schlanken Sängerin Ellen Foley, in einer ausgesprochen sexy Performance dermaßen anschmachten, als ob er der schönste Adonis auf Gottes Erden sei. Das gesprochene Intro seines Songs *„You took the words right out of my mouth"* war damals übrigens so anstößig, dass es von allen Radiostationen ausgeblendet wurde und das allein ist schon Grund genug, es heute nochmals in Erinnerung zu rufen:

JUNGE:
Würdest du in einer heißen Sommernacht dem Wolf mit den roten Rosen deine Kehle darbieten?
MÄDCHEN: Wird er mir seinen Mund darbieten?
JUNGE: Ja.
MÄDCHEN: Wird er mir seine Zähne darbieten?
JUNGE: Ja.
MÄDCHEN: Wird er mir seine Kiefer darbieten?
JUNGE: Ja.
MÄDCHEN: Wird er mir seinen Hunger darbieten?

JUNGE: Ja.
MÄDCHEN:
Noch mal. Wird er mir seinen Hunger darbieten?
JUNGE: Ja.
MÄDCHEN: Und wird er ohne mich verhungern?
JUNGE: Ja.
MÄDCHEN: Und liebt er mich?
JUNGE: Ja.
MÄDCHEN: Ja.
JUNGE: Würdest du in einer heißen Sommernacht dem Wolf mit den roten Rosen deine Kehle darbieten?
MÄDCHEN: Ja.
JUNGE: Ich wette, das sagst du zu allen Jungs.

„*Es war eine heiße Sommernacht, der Strand glühte förmlich vor Hitze und der Nebel kroch über den Sand. Oh, wenn ich deinem Herzschlag lausche, dann dreht sich die ganze Welt. Ich sehe, wie die Sternschnuppen durch deine zitternden Hände fallen. Oh, du hast dir über die Lippen geleckt und dein Lippenstift schimmerte. Ich wäre gestorben, nur um einmal davon zu kosten. Oh, wir lagen gemeinsam im silbernen Schein des Mondlichts. Du weißt, wir sollten keinen Augenblick mehr verschwenden. Oh, und ich schwöre es ist wahr. Ich wollte gerade "Ich liebe dich" sagen.*"

...und dann sagt Meat Loaf ihr noch mindestens zwei Dutzend Mal, wie sehr es ihn heiß macht, wenn sie sich über ihre Lippen leckt und wie sehr er sie begehrt. „Die Schöne und der Fleischklops", was für eine geile Lovestory, leider aber nur auf der Bühne, denn privat lief absolut nichts zwischen den beiden.

Wie gerne hätten die Menschen an so eine Liebe glauben wollen, aber Marius Müller-Westernhagen kippte uns diese romantische Vorstellung im Jahr 1978 auf die emotionale Müllkippe. Als er davon sang, dass *„Dicke wie die Schweine schwitzen",* kam das nicht bei allen Menschen besonders gut an, zumindest nicht bei dem Teil der deutschsprachigen Bevölkerung, die einen mehr oder weniger unvorteilhaften Body-Mass-Index hatte. Mit solchen Textzeilen, wie:

„Dicke ham's so schrecklich schwer mit Frauen,
denn Dicke sind nicht angesagt
Drum müssen Dicke auch Karriere machen,
mit Kohle ist man auch als Dicker gefragt"

motivierte sich so manch übergewichtiger Teenager ins Studium und hat später echt „Kohle" gemacht. Ob er am Ende deswegen bei den Frauen auch wirklich gefragt war, müsste im Einzelfall geklärt werden. Marius war in seinem Lied *„Dicke"* an einigen Stellen aber noch um einiges härter unterwegs, doch ich will das heute nicht nochmals aufwärmen. Damals hat sich ganz (also fast ganz) Deutschland über dieses Lied aufgeregt, denn es wäre beleidigend und so etwas dürfte man nicht in der Öffentlichkeit sagen, geschweige denn singen. Doch was wären wir Menschen ohne unsere Doppelmoral. Wenn man Marius Müller-Westernhagen wegen diesem Lied ernsthaft hätte abstrafen wollen, dann hätten wir uns doch damals mit den Dicken solidarisch zeigen können und es wäre nicht eine einzige Schallplatte mehr über den Ladentresen gegangen.

Dass es völlig anders kam, ist selbst den weniger Musikinteressierten unter uns nicht entgangen. Zum 40. Jahrestag von *„Dicke"* hat Marius Müller-Westernhagen in einem Interview gesagt, er wäre damals vollkommen falsch verstanden worden, denn es war nur ironisch gemeint. Na gut, dann will ich ihm das mal glauben, aber wenn ich meine Frau mal versehentlich als dick bezeichne, darf ich vermutlich nicht auf so viel Verständnis hoffen, sicherlich auch dann nicht, wenn ich ihr anschließend erkläre, dass ich es doch nur ironisch gemeint habe.

Übrigens war einer meiner besten Freunde zu dieser Zeit ziemlich dick und er war trotzdem ein Fan von Marius Müller-Westernhagen. Ich war mit meinen Freunden damals häufiger bei seinen Konzerten und siehe da, die Dicken im Saal haben dieses Lied lauthals mitgegrölt. Wie sie sich dabei gefühlt haben kann ich leider nicht nachempfinden, denn ich selbst war so ein *„dünner Hering"*. Auf jeden Fall nahmen es die Dicken mit viel Humor.

Manchmal habe ich das Gefühl, dass die Dicken sowieso mehr Humor haben als die *„dünnen Heringe"*, denn die Dicken haben ja bekanntlich von allem etwas mehr, das sieht man doch. Ich hoffe Sie verstehen was ich damit meine, oder? Vielleicht sollte ich an dieser Stelle besser aufhören, denn ansonsten ergeht es mir wie Marius und ich muss bei der nächsten Buchmesse öffentlich klarstellen, dass ich das alles doch nur ironisch gemeint habe.

Man stelle sich nur mal vor, Marius Müller-Westernhagen hätte dieses Lied in der heutigen Zeit veröffentlicht. Können Sie sich diesen gewaltigen Shitstorm vorstellen? Da wäre der Shitstorm gegen Xavier Naidoo und seine angebliche Nähe zu den Reichsbürgern „Kinderkram" dagegen. Wenn sich jetzt jemand fragt, wer denn nun schon wieder dieser Xavier ist, dann ist das nicht mein Problem, denn der hat sich selbst aus der Öffentlichkeit rausgekegelt.

Man kann Marius Müller-Westernhagen nur wünschen, dass es ihm in seinem bewegten Leben wenigstens einmal so ergangen ist wie seinem Sanges-Kollegen Freddie Mercury, der sein Abenteuer mit einer „Dicken" sehr treffend in *„Fat bottomed girls"* verarbeitet hat:

„Hey, ich war nur ein schmächtiger Junge,
und konnte gut von schlecht nicht unterscheiden
Aber ich kannte das Leben
bevor ich den Kindergarten verließ
Alleine gelassen mit einer großen dicken Fanny
sie war so eine ungezogene Nanny

Dicke Frau
du machtest einen bösen Jungen aus mir, hey, hey
Mädchen mit dicken Hintern,
ihr bringt die rockende Welt zum drehen"

Sorry, falls diese deutsche Übersetzung jetzt nicht zu 100% stimmt, aber wenn man seine Bücher selbst verlegt, kann man sich nicht noch einen vereidigten Übersetzer leisten.

Ich habe diesen Song von Queen früher rauf und runter gehört und den Refrain leidenschaftlich mitgesungen, aber ich habe mich nie dafür interessiert was Freddie da überhaupt singt. Hätte ich vielleicht besser tun sollen, denn wie schnell wirst du da in eine Ecke gestellt, aus der du da nie wieder rauskommst. Heutzutage reicht schon eine falsche Formulierung in einem Lied und du bist weg vom Fenster. Damals konntest du mit „sowas" die ganze Welt rocken und keiner hat es dir übelgenommen. Liegt das vielleicht daran, dass wir die Meinungsfreiheit in unserer moralinsauren Gesellschaft zwischenzeitlich immer enger auslegen und sich deswegen fast keiner mehr traut, in der Öffentlichkeit klar Stellung zu beziehen?

Ist das eigentlich Zufall, dass Marius und Freddie ihre Lieder beide im Jahr 1978 veröffentlicht haben? Hätten sich die Deutschen über den Text von *„Fat bottomed girls"* auch so aufgeregt wie über *„Dicke"*, wenn ihre Englischkenntnisse dafür ausgereicht hätten? Wären die Karrieren von den beiden Musikern gleichermaßen erfolgreich verlaufen, wenn die Menschen damals schon die gleichen moralischen Maßstäbe angesetzt hätten wie sie es heute tun? Man wird es wohl nie erfahren.

Ob Marius später nicht vielleicht auch mal ein heißes Abenteuer mit einem *„Fat bottomed girl"* hatte? Ich habe da so einen Verdacht. In seinem Lied *„Willenlos"* zählt er seine Liebschaften reihenweise auf, denen er angeblich verfallen ist und da gab es doch diese eine...

„Sie hatte Klasse, gar keine Frage,
ich fiel in ihr Dekolleté
und ich war wirklich nicht in der Lage
ihr aus dem Wege zu gehen"

Konnte er ihr vielleicht nur deswegen nicht aus dem Wege gehen, weil es ihre körperliche Präsenz als *„Fat bottomed girl"* nicht zuließ und sie ihm mit ihren breiten Hüften die Ausgangstür versperrte? Darf man „sowas" jetzt überhaupt schreiben, ohne gleich einen Shitstorm zu entfachen? Wird man mir das abnehmen, dass ich es nur ironisch gemeint habe? Setze ich mit diesen Worten vielleicht meine Karriere auf's Spiel?

Wenigstens das werden wir irgendwann erfahren...

Der „Soundtrack meines Lebens" erinnert an:

„Dicke"
von Marius Müller-Westernhagen aus dem Jahr 1978

Top-Platzierung in den Charts in Deutschland: Keine
Platzierung: UK keine / USA keine

Das Album „Mit Pfefferminz bin ich dein Prinz" schaffte es bis auf Platz 19 in den deutschen Album-Charts

„You took the words right out of my mouth"
von Meat Loaf aus dem Jahr 1977

Top-Platzierung in den Charts in Deutschland: Platz 22
Platzierung: UK Platz 33 / USA Platz 39

„Fat bottomed girls"
von Queen aus dem Jahr 1978

Top-Platzierung in den Charts in Deutschland: Platz 27
Platzierung: UK Platz 11 / USA Platz 24

„Willenlos"
von Marius Müller-Westernhagen aus dem Jahr 1994

Top-Platzierung in den Charts in Deutschland: Platz 54
Platzierung: UK keine / USA keine

One for you, one for me

1978 war ich 15 Jahre alt, also mitten in der Pubertät. Es ist ja ein offenes Geheimnis was Jungs in der Pubertät von morgens bis abends durch den Kopf fiebert und daher passte dieses Lied ausgesprochen gut in die Zeit. *„One for you, one for me"* von La Bionda war einer dieser ganz primitiven, weichgespülten „Lalala-Disco-Fox-Songs", also im Grunde genommen genau das, was ich in diesem Alter hasste wie die Pest. Damit wir uns richtig verstehen, ich liebe es zu tanzen, aber für einen Foxtrott braucht es eben zwei. Aus meiner Perspektive gehörte da also noch ein Mädchen dazu und genau das war der Grund warum ich diese Art Lieder so hasste. Auch hier muss ich was klarstellen: Ich liebe Mädchen, also heute natürlich Frauen, aber ich war damals 15 Jahre alt und ich stand wie jeder Junge in dem Alter auf der einen Seite ziemlich „unter Strom", war aber auf der anderen Seite auch extrem schüchtern.

1978 habe ich einen Tanzkurs gemacht, denn das war in meinem Alter damals üblich. Die Jungs wurden von ihren Eltern mit 15 oder 16 meistens unfreiwillig abkommandiert und die Mädchen mit 13 oder 14. Die Mädchen musste man damals allerdings nicht zum Tanzkurs zwingen, die kamen scharenweise aus eigenem Antrieb und somit gab es immer einen gehörigen Frauenüberschuss. Das wiederum gefiel mir persönlich ausgesprochen gut, denn es erhöhte meine Chancen eine Tanzpartnerin zu finden. Ich war damals ziemlich klein, also nicht nur ziemlich, sondern wirklich klein.

So klein, dass es bei über 30 Mädchen nur eine Einzige gab die kleiner war als ich. Brutal! Jungs in der Pubertät haben durchaus ihre Probleme damit, wenn ihnen die jüngeren Mädchen über den Kopf schauen können, also fiel mir die Wahl meiner Tanzpartnerin verhältnismäßig leicht. Ihr fiel es im Gegenzug etwas schwerer, denn für sie gab es ja freie Auswahl, aber der Tanzlehrer sprach am dritten Abend ein Machtwort - so nach dem Motto: *„One for you, one for me"* - und somit durfte ich zum ersten Mal in meinem Leben mit einem Mädchen zusammen tanzen. Das mit Jungs in der Pubertät und dem Testosteronspiegel hatte ich ja bereits erwähnt und dann hast du zum ersten Mal ein Mädchen im Arm und tanzt ausgerechnet auf dieses Lied von La Bionda:

„Bitte geh nicht weg,
ich bin bereit und ich bin in der Lage
Bitte geh nicht weg,
bis der Morgen kommt
Bitte geh nicht weg,
während Wein auf dem Tisch steht
Bitte geh nicht weg,
leg einfach deinen Körper hin"

Hallo, geht`s noch? *„Leg einfach deinen Körper hin!"* Was hat sich der Tanzlehrer nur dabei gedacht, als er seine Musik zusammenstellte? Konnte der etwa kein Englisch? Wie willst du dich auf die vielen Schritte und die Führung beim Tanzen konzentrieren, wenn du ständig daran erinnert wirst wie es wäre, wenn sich das Mädchen für dich flachlegt?

Und als ob das nicht schon genug für meinen Testosteronspiegel gewesen wäre, stöhnten die Jungs von La Bionda auch noch hinterher:

„Bitte geh nicht weg und bleibe,
heiße Liebe ist unterwegs
Schatz, lass mich dich sagen hören
Ja Ja Ja...
Eins für dich, eins für mich"

Meine Tanzpartnerin hat sich jedes Mal gewundert warum ich beim Tanzen immer so einen roten Kopf hatte, aber ich konnte es bequem auf die körperliche Anstrengung schieben. Immer dann, wenn ich eine gedankliche Pause gebraucht hätte, kam der nächste Discofox von John Paul Young *„Love is in the air"* hinterher. Danach ging es mir dann auch nicht besser:

„Liebe ist in der Luft, wohin ich auch sehe
Liebe ist in der Luft, aus jedem Blick und jedem Klang
und ich weiß nicht ob ich albern bin
Ich weiß nicht ob ich weise bin,
aber es ist etwas, an das ich glauben muss
und es ist da, wenn ich in deine Augen sehe"

Ich habe jedes Mal hochkonzentriert auf meine Füße geschaut, nur damit ich dem Blick meiner Tanzpartnerin ausweichen konnte. Dieser Schwachkopf von einem Tanzlehrer hatte keine Ahnung, was er mit diesen Liedern bei uns „testosterongesteuerten" Jungs im Saal für Begehrlichkeiten auslöste.

Als ob wir nicht auch schon so genug Probleme hatten uns auf's Tanzen zu konzentrieren. Wie gerne hätte ich auch mal mit einem anderen Mädchen getanzt, aber es gab für mich damals nichts schlimmeres als Damenwahl. Das musst du dir mal vorstellen: Da sitzt du auf einem Stuhl in einer langen Reihe mit den anderen Jungs und während alle anderen nach und nach geholt werden, wartest du sehnsüchtig darauf, dass du von einer der zehn übriggebliebenen Mädchen aufgefordert wirst. Doch die verschwinden dann allesamt wie auf Kommando Richtung Toilette, um sich dort für einen anderen Tanzpartner hübsch zu machen. Gibt es mehr Herabwürdigung für einen Jungen in der Pubertät?

Aber anstatt mich zu verkriechen und meinen „Hass" auf Mädchen zu schüren, habe ich richtig Gas gegeben. Ich habe zuhause die Tanzschritte geübt bis mir die Füße bluteten und nach wenigen Wochen war ich dermaßen gut, dass sich ein paar von den kleineren Frauen tatsächlich um einen Tanz mit mir gestritten haben. Das war einfach nur geil! Nach diesem epochalen Erlebnis habe ich nach dem Abschlussball sofort den nächsten Tanzkurs gebucht.

Es gab damals auch Tänze, da konnte ich den Mädels dann so richtig zeigen was ich alles draufhatte. Es war die Zeit von *„Saturday Night Fever"* und die Discowelle kam Ende der 70er Jahre so richtig in Schwung. Die Bee Gees durften natürlich bei keinem dieser Modetänze fehlen und neben dem damals sehr bekannten Line-Dance-Klassiker *„The Hustle"* von Van Mc Coy, machten wir fortan unsere Verrenkungen zu *„Stayin Alive"* oder

„Night Fever". Jetzt schlug meine große Stunde, denn Verrenkungen sehen bei kleinen schlanken Jungs viel besser aus als bei den großen und muskulösen „Kraftprotzen", die mir all die Jahre zuvor die Tanzpartnerinnen ausgespannt hatten. Rückblickend betrachtet war das eine sehr schöne Zeit. Wie schüchtern die Jungs oder die Mädchen auch waren, jeder durfte, bzw. musste mal ran und Hand anlegen. Heute wirst du als Mann wegen sexueller Belästigung verklagt, wenn du einem Mädchen an den Po fasst und damals wurdest du vom Tanzlehrer regelrecht dazu aufgefordert. Naja, es sollte nicht direkt am Po sein, sondern mehr an der Hüfte, aber da wir Jungs uns dermaßen auf unsere Tanzschritte konzentrierten, rutschte die Hand schon mal versehentlich weiter runter. Verklagt wurde deswegen aber keiner von uns.

Ich war damals „auf Wolke 7", denn beim zweiten Tanzkurs war ich einer der begehrtesten Tänzer, allerdings nur in der Kategorie „unter 1,60", aber davon gab es diesmal mehr als gedacht. Da es immer zu viele Mädchen und zu wenige Jungs in den Tanzkursen gab, durfte ich an diesem Kurs als Hospitant umsonst teilnehmen. An dem darauffolgenden übrigens auch, aber dann war Schluss mit Lustig und ich musste zur Bundeswehr. Da durfte ich dann nicht mehr „aus der Reihe tanzen" und mit der Damenwahl war es auch endgültig vorbei. Meinem Feldwebel haben meine Verrenkungen beim Antreten vor der Kaserne übrigens gar nicht gefallen, sodass ich hin und wieder über das Wochenende unfreiwillig Wachdienste in der Kaserne schieben musste.

Und damit kommen wir zu einem ganz „dunklen" Kapitel in Sachen Erfahrungen mit Frauen, aber ich selbst war nicht der Protagonist, sondern nur Beobachter.

Die Bundeswehr-Kasernen liegen bekanntlich nicht mitten im Herzen von belebten Monopolregionen, sondern eher in Gegenden in denen sich „Fuchs und Gans gute Nacht sagen". Dieser Vergleich passt hier übrigens ausgesprochen gut, denn es gab in der Nähe der Kasernen einige „Gänse" und wir „Füchse" durften oftmals mehr als nur „Gute Nacht" sagen. So ein Leben auf dem Land bietet jungen Frauen doch eher überschaubare Unterhaltungswerte und daher reduzierte sich das allwöchentliche Vergnügen darauf, an einem Donnerstagabend mit alkoholisierten Soldaten in der Dorfdisco „abzuhängen". Selbst wenn ich jetzt Drohbriefe oder Verleumdungsklagen von vereinzelt betroffenen Frauen aus der Region des nordhessischen Knüllgebirges riskiere, so muss ich an dieser Stelle unbedingt die Geschichte von meinem notgeilen Bundeswehrkumpel erzählen. Nennen wir ihn einfach Michael B. (natürlich ist dieser Name frei erfunden).

Michael war damals ein „Zett-Schwein", so nannten wir Grundwehrdienst-Leistenden die Jungs die sich für zwei oder mehr Jahre als Zeitsoldaten verpflichtet hatten. Diese Jungs haben ein paar Monate länger in der Kaserne abgehangen als ich und haben dafür einen halbwegs erträglichen Wehrsold erhalten. Damit waren die uns „kohlemäßig" weit überlegen und somit scharten sich die jungen Frauen in der Dorfdisco natürlich immer um die „Zett-Schweine".

Ich konnte zwar gut tanzen, aber spätestens bei der zweiten Runde „Jacky-Cola" musste ich aus monetären Gründen passen. Dann sich lieber gleich den ganzen Abend an einem Glas Cola festhalten und dafür auf der Tanzfläche den aufgestauten Frust der Woche aus den Knochen schütteln. Ich traue mich kaum zu sagen, wie wir diese Frauen in der Dorfdisco damals nannten, denn das war schon ziemlich frauenverachtend: „Nato-Schlampen"! Aber auch diesen Spitznamen muss man sich erst einmal verdienen. Auf jeden Fall war Michael B. der „König der Nato-Schlampen". Michael war in diesen zwei Jahren wohl mit jeder dieser rund ein Dutzend Frauen mehrmals im Bett, zumindest wurde er nicht müde uns davon in allen Details zu erzählen. Diese detailgetreuen Geschichten waren übrigens noch übler als das, was ich Donnerstagsabends zu sehen bekam.

Da es neben „König Michael dem Ersten" auch noch eine Handvoll „Prinzen" gab, führte das bei den „Nato-Schlampen" zwangsweise zu „Mehrfachbelegungen", was den Beteiligten aber scheinbar egal war. Frei nach dem Motto: *„One for you, one for me"* wurden die Mädels am Donnerstag von den anwesenden „Adeligen" aufgeteilt. Ganz ehrlich, mir wird heute noch schlecht bei meinen Erinnerungen an diese Fleischbeschau, denn dadurch habe ich fast meinen Glauben an die Liebe verloren. Bei den allabendlichen Foxtrott-Runden hielten sich die anwesenden „Damen" natürlich auch an die „Jacky-Cola-Runden-Schmeißer" und ich durfte dann mit ansehen, wie die mit ihren gierigen Händen an die Hinterteile ihrer Tanzpartnerinnen grabschten.

Wenn dann Bernie Paul mit seinem *„Oh no no"* die Foxtrott-Runde beendete und zum Finale blies:

*„Ich weiß, dass du einsam bist,
aber ich bin auch einsam,
und ich sehne mich nach dir"*

dann waren Fuchs und Gans klar, dass es wie bei La Bionda enden musste:

*„Bitte geh nicht weg,
leg einfach deinen Körper hin"*

Diese „Lalala-Disco-Fox-Songs" haben mich mein ganzes Leben lang begleitet und wecken immer noch sehr unterschiedliche Gefühle in mir. Ich bin sehr froh darüber, dass diese 18 Monate Grundwehrdienst meine ansonsten durchaus positiven Einstellungen Frauen gegenüber nicht nachhaltig zerstört haben. Die „Zett-Schweine" und die „Nato-Schlampen" sind nur eine kleine bittere Randnotiz in einem Leben voller Musik und Tanz, in der letztendlich auch die wahre Liebe nicht zu kurz gekommen ist.

Lassen wir doch John Paul Young zum Abschluss noch einen kurzen musikalischen Gruß ins nordhessische Bergland schicken und hoffen wir gemeinsam, dass dort alle heute rund fünfzigjährigen Frauen ihr wahres Glück in der Liebe doch noch gefunden haben:

*„Liebe ist in der Luft, wohin ich auch sehe
Liebe ist in der Luft, aus jedem Blick und jedem Klang"*

Der "Soundtrack meines Lebens" erinnert an:

„One for you, one for me

von La Bionda aus dem Jahr 1978

Top-Platzierung in den Charts in Deutschland: Platz 2
Platzierung: UK Platz 54 / USA keine

„Love is in the air"

von John Paul Young aus dem Jahr 1978

Top-Platzierung in den Charts in Deutschland: Platz 3
Platzierung: UK Platz 5 / USA Platz 7

„Oh no no"

von Bernie Paul aus dem Jahr 1981

Top-Platzierung in den Charts in Deutschland: Platz 2
Platzierung: UK keine / USA keine

… und da waren noch:

Van Mc Coy – The Hustle
Bee Gees – Night fever
Bee Gees – Stayin alive

Wenn ich einmal reich wär

Tom behauptete früher immer, kommt Zeit, kommt Rat. Wenn er sich da mal nicht täuscht. Tom hat sich schon oft getäuscht in seinem Leben, meistens wurde er allerdings von anderen enttäuscht. Tom kenne ich seit wir zusammen auf's Gymnasium gegangen sind. 1985 haben wir auf unserer Abiturfeier das letzte Mal so richtig ausgelassen gefeiert und gelacht. Tom hatte einen guten Draht zum DJ und wünschte sich zu jeder vollen Stunde seinen damaligen Lieblingssong von Simply Red. Hätte er damals geahnt, dass Mick Hucknall in *„Money's too tight to mention"* sein zukünftiges Leben in nur einer einzigen Strophe vorwegnimmt, wäre ihm das Lachen in dieser Nacht sicherlich vergangen. Viele Menschen sind der Überzeugung das Leben sei kein Wunschkonzert, doch für Tom ging das in diesem Fall leider in Erfüllung:

„Ich wurde entlassen, meine Miete ist fällig,
alle meine Kinder brauchen neue Schuhe
Also ging ich zur Bank, um zu sehen
was sie für mich tun könnten
Sie sagten: Söhnchen - Sieht ganz so aus
als hätte das Pech dich fest im Griff
Über Geld brauchen wir gar nicht erst reden"

Hätte er sich damals doch nur einen anderen Song gewünscht. Was hatten wir zu dieser Zeit für tolle Pläne. Tom wollte unbedingt irgendwas Kreatives machen, am liebsten etwas mit Kunst oder mit Musik. Er wollte unbedingt studieren, auch wenn ich ihm damals schon erklärt habe, dass er mehr ein „Macher" ist und ihn die Theorie vermutlich zu Tode langweilen wird. Er sah es anders, zumindest bis zum Ende des zweiten Semesters. Nachdem er hingeschmissen hatte, saß er fast zwei Jahre gelangweilt in einem muffigen alten Benz und wartete nächtelang auf Kundschaft für sein Taxi. Ich glaube diese Zeit des sinnlosen Wartens und des Nichtstuns hat ihn „gebrochen". Seine fast kindhafte Euphorie und seine natürliche, extravertierte und motivierte Art gingen immer mehr verloren. Während ich mein BWL-Studium mit Vollgas vorangetrieben habe, blieb Tom irgendwie auf der Strecke. Ich habe seinen Weg erst einige Jahre später wieder gekreuzt und es war kein schönes Aufeinandertreffen.

Vor lauter Lernen und Prüfungsstress hatte ich kaum noch Kontakt zu ihm und es traf mich an diesem Abend ohne jegliche Vorbereitung. Tom saß wie ein seelenloser Zombie auf einer Bank vor unserem Kino und machte auf mich den Eindruck, als ob er dort leben würde. Allein die Tatsache, dass neben ihm keine vollen Plastiktüten lagen oder ein zugemüllter Einkaufswagen stand, konnten mich wieder einen anderen Gedanken fassen lassen. Diese leeren und traurigen Augen werde ich allerdings nie wieder vergessen können. Alles was ich damals in ihm gesehen habe schien ausgeflogen zu sein und was zurückblieb, war nur noch ein Häufchen Elend.

Ich war damals in Begleitung meiner neuen Freundin und war sehr froh darüber, dass Tom uns nicht bemerkt hatte. Meine Freundin hätte es vermutlich nicht verstanden, was diesen „Penner" und mich verbindet.

Tom ist aber ganz sicher kein „Penner", zumindest nicht für mich. Ich frage mich sowieso was die Leute unter einem „Penner" verstehen? Selbst ich mutiere an jedem Wochenende zu einem „Penner", denn vor 11 Uhr kriegt mich so leicht keiner aus dem Bett. Vielleicht nennt man sie deswegen „Penner", weil sie lieber schlafen wollen anstatt wach zu bleiben. Wer wach ist, der muss sich dem Leben stellen und wer pennt, darf weiter träumen. In den Träumen kann ich meine Sorgen und Probleme ausblenden und mir eine Welt schaffen die es besser mit mir meint als die Realität.

So wie Tom an diesem Abend aussah, schien er eine Menge Sorgen und Probleme zu haben und er war ganz offensichtlich wach und dachte intensiv darüber nach. Ich war mir damals nicht sicher, ob ich das wirklich alles wissen wollte, denn mein Leben war zu diesem Zeitpunkt perfekt. Ein druckfrisches Diplom in der Tasche, eine hübsche Freundin an meiner Seite, eine feste Zusage für einen gut dotierten Job bei einer Bank und mittendrin in den Planungen für einen Hauskauf. In dieser Erfolgsspur war kein Platz für Tom. Auf dieser Erfolgsspur hat mich ein paar Tage später dann doch mein schlechtes Gewissen überholt und ausgebremst, sodass ich rechts ranfahren musste. Also griff ich zum Telefonbuch und suchte Tom`s Nummer.

Wir haben uns am nächsten Tag getroffen und es war eigentlich so wie immer, als ob wir uns all die Jahre niemals aus den Augen verloren hätten. Allerdings sprachen wir diesmal über andere Themen und hatten weit weniger zu lachen.

Tom hatte es in all den Jahren nicht leicht. Seine Eltern hatten ihm die finanzielle Unterstützung entzogen, weil er sein Studium einfach so abgebrochen hatte ohne es ihnen zu sagen. Er hatte sich dafür geschämt und wollte es ihnen erklären, doch er fand wohl nicht den richtigen Augenblick und irgendwann verließ ihn der Mut. Seitdem er letztes Jahr seinen Job als Taxifahrer verloren hat, hält er sich mit ein paar Gelegenheitsjobs in Großmärkten oder Lagerhallen über Wasser. Er meinte, er käme über die Runden. Er wohne jetzt bei seiner neuen Freundin und sie teilten sich die Miete. Es wäre ganz okay.

Es war ein gutes Gespräch und wir versprachen uns in Zukunft mehr Kontakt zu halten. Ich weiß noch genau was ich dachte als ich damals nach Hause fuhr. Mein Gewissen plagte mich, ob ich Tom das nur der alten Freundschaft wegen oder aus echter Überzeugung versprochen hatte. Wollte ich wirklich mehr darüber wissen, wie es sich anfühlt aus der Erfolgsspur zu geraten und auf der Strecke zu bleiben? Unsere Wege hatten sich nach dem Abitur getrennt und wir fuhren in vollkommen andere Richtungen. Alles was uns damals verbunden hatte war nicht mehr da. Über was sollten wir reden?

Es kam wie es kommen musste und ich traf Tom erst viele Jahre später wieder. Diesmal an einem Ort, an dem ich ihm nicht ausweichen konnte. Ich habe erst zu diesem Zeitpunkt erfahren, dass Toms Freundin kurze Zeit später von ihm ungeplant schwanger wurde und weil die beiden grundsätzlich etwas planlos waren, kam zwei Jahre danach gleich das zweite Kind zur Welt. Ab da begann ihr Leben vollends zu kippen. So viel Liebe und Unbekümmertheit auf der einen Seite und so wenig Plan und Geld auf der anderen Seite, können einen schon mal aus dem Gleichgewicht bringen. Das Leben einer jungen Familie ist nicht gerade billig, also hat Tom ab da noch mehr geschuftet und so viele Jobs angenommen wie es nur ging. Er gab wirklich alles, aber es reichte wohl nicht und die Mutter seiner Kinder sagte ihm eines Tages ins Gesicht, was die Beatles in ihrem Song „*Money, that`s what I want*" auch schon eine andere Frau beklagen ließen.

*„Die besten Dinge im Leben sind kostenlos, aber du kannst sie dir für die Bienen und Blümchen aufheben
Deine Liebe erregt mich,
aber sie bezahlt nicht meine Rechnungen
Nun gib mir Geld, das ist es, was ich will,
das ist es, was ich will,
ja, Geld ist das, was ich will"*

Und an diesem Punkt komme ich ins Spiel und glauben sie mir, ich wäre in diesem Moment lieber auf einem anderen Spielfeld gewesen. Es war ungefähr vor fünf Jahren, da kam mein Kollege ganz aufgeregt in mein Büro und meinte, er bräuchte mich draußen. „Draußen" war der Kundenbereich, dort wo in einer Bank die harte Arbeit gemacht wird. Dort müssen die weniger gut bezahlten Mitarbeiter anderen Menschen erklären, dass sie nicht kreditwürdig sind und man ihnen leider das Girokonto sperren muss.

Meistens reicht in diesem „Spiel" die reguläre Abwehrreihe im Kundenbereich, aber mein Kollege war alles, nur kein knallharter Innenverteidiger, also musste ich als Kapitän und Libero aushelfen und sollte dazwischen grätschen. Und dann sah ich plötzlich, wen ich da weggrätschen sollte und es blutete mir das Herz.

Da saßen Tom und seine Familie, zusammengeknäult auf zwei billigen Plastikstühlen und schauten mich erwartungsvoll an. Toms Gesicht fing sogar an zu strahlen als er mich sah und in mir brach alles zusammen. Ich wusste sofort, dass mich mein Kollege nur deswegen dazu geholt hatte, weil er definitiv keine positive Entscheidung treffen durfte und wenn er es nicht tun konnte, so lag es jetzt an mir, aber auch ich muss mich an Vorschriften halten. In diesem Moment fiel mir wieder Toms Lieblingssong ein und ich wusste sofort, dass ich ihm jetzt genau die gleichen Worte sagen muss, wie damals Simply Red:

„Sieht ganz so aus, als hätte das Pech dich fest im Griff Über Geld brauchen wir gar nicht erst reden"

Es gibt Tage, an denen hasse ich meinen Job und dieser Tag war so einer. Wenn ich jetzt daran denke, tut es mir immer noch im Herzen weh als ich mit ansehen musste, wie Toms „Strahlen" erlosch und seine Frau mit feuchten Augen aufstand und mit ihren Kindern an der Hand davonschlich. Auch dieses Bild konnte ich so schnell nicht wieder vergessen und es begleitete mich über viele Jahre genauso treu, wie das Bild von Tom auf der Bank vor unserem Kino.

Irgendwann ist dann aber der Punkt erreicht, ab dem man aus Selbstschutz akzeptieren muss, dass man nicht für das Leben anderer verantwortlich ist und erst dann gibt es eine Chance, dass die alten Wunden verheilen können. Allerdings habe ich es bis heute nicht akzeptiert oder sollte ich besser sagen, ich habe es mir nicht verzeihen können, dass ich Tom damals nicht geholfen habe. Ich hätte die Macht dazu gehabt, wollte aber meine eigene Karriere nicht „beflecken" und nur wegen einer grenzwertigen Kreditvergabe nicht selbst einmal als „Tom" enden. Es gibt Momente, in denen kann man von einer Sekunde auf die andere den Respekt vor sich selbst verlieren. Dieses miese Gefühl hat sich ganz tief in mich eingegraben. Ich kann es inzwischen zwar ganz gut verdrängen, aber deswegen ist trotzdem noch lange nicht weg.

Ich war vor ein paar Tagen mit meiner Frau in einem Musical und ihr hat es richtig gut gefallen. Mir nicht. Es lag nicht an den Akteuren, auch nicht an der Musik, sondern an diesem Text, den Lisa Minelli in der Filmversion von *„Cabaret"* gesungen hat:

„Wenn du keine Kohlen im Ofen hast
und du frierst im Winter
und du schimpfst im Wind gegen dein Schicksal
Wenn du keine Schuhe auf deinen Füßen hast
deine Kleider dünn wie Papier
und du gehst zum kleinen dicken Pfarrer
um dir einen Rat zu holen
wird er dir sagen, du sollst immer lieben

*Aber wenn der Hunger anklopft
siehst du, wie die Liebe zur Tür hinaus flieht
denn nur Geld bringt die Welt im Schwung"*

Ich sah in diesem Moment Tom, seine Frau und seine Kinder auf der Bühne. Sie sangen nicht und sie tanzten nicht, sie saßen nur still und ohnmächtig in einer dunklen Ecke auf der Bühne und sahen mich im Scheinwerferlicht traurig an. Warum hatte ich damals nicht den Mut und die Courage und habe seinem Leben mit läppischen 5.000 € neuen Schwung gegeben? Verdammt nochmal, es waren nur 5.000 € und dafür habe ich meinen Respekt und meinen inneren Frieden an die Bank verkauft.

Warum habe ich ihm das Geld nicht aus der eigenen Geldbörse gegeben? Dann hätte ich jetzt meinen Frieden mit mir. Sind 5.000 € für einen guten Freund und meinen Seelenfrieden etwa zu viel? Zu dieser Zeit hatte ich allerdings selbst einen Schuldenberg vor mir und konnte mir beim besten Willen kaum vorstellen, dieses erdrückende Immobiliendarlehen für mein großes Haus jemals zurückzahlen zu können. Wenn du selbst so unter Druck stehst, dann fällt dir das Geben eben nicht so leicht. Manchmal beneide ich die besonders reichen Kunden bei mir in der Bank, nicht weil sie so viel Geld besitzen, sondern weil sie in solchen Situationen viel leichter geben können. Ob sie das dann allerdings auch tun, sei jetzt mal dahingestellt.

Als Kind habe ich samstags mit meinen Eltern immer auf der Wohnzimmercouch gesessen und wir haben uns zusammen die Fernsehshows angeschaut. Ich kann mich noch gut daran erinnern als ich damals bei Hans-Joachim Kulenkampff zum ersten Mal Ivan Rebroff auftreten sah. Dieser „Bär" von einem Mann, mit einem Rauschebart und diesem gütigen Blick. Er sang ein Lied über Geld und meine Eltern bekamen dabei diesen verträumten Blick. Vielleicht habe ich deswegen BWL studiert und bin zur Bank gegangen, weil ich auch mal ein reicher und gütiger Mensch werden wollte?

Ivan Rebroff sang mit voller Inbrunst:

„Herr du hast der Welt viele arme Menschen gegeben
Ich weiß, es ist keine Schande arm zu sein,
aber eine besondere Ehre ist es, weiß Gott, auch nicht
Was wäre denn so Schreckliches dabei,
wenn ich auch ein klitzekleines Vermögen hätte, hä?
Herr, du schufst den Löwen und das Lamm
Sag' warum ich zu den Lämmern kam?
Wär' es wirklich gegen deinen Plan
wenn ich wär` ein reicher Mann?

Wenn ich einmal reich wär'
Diwi-diwi, diwi-diwi, diwi-diwi, diwi-dum
Alle Tage wär' ich, widibum,
wäre ich ein reicher Mann"

Ich habe meinen Vater damals gefragt was der bärtige Mann denn mit „widibum" meint, aber er hat einfach nur still vor sich hingelächelt. Wenn ich damals reich gewesen wäre, hätte ich Tom die 5.000 € ganz sicher aus der eigenen Tasche gegeben.

Ich frage mich wie es Tom seither ergangen ist? Da kann der „Ivan" noch so oft davon singen, dass arm sein keine Schande ist, aber deswegen fühlt man sich trotzdem beschissen. Ich habe für mich beschlossen dieses Buch endgültig zuzumachen. Ich glaube nicht, dass ich mit dem Schicksal meines Freundes und meinem eigenen Verhalten jemals Frieden finden kann. Ich will dieses traurige Buch nicht weiterlesen, denn ich weiß doch ganz genau wie es ausgeht. Warum sollte ich mir das antun?

Tom hat sein Leben zu leben und ich meins. Er hat seine Probleme und ich habe meine. Ich kann mich nicht für alles verantwortlich fühlen, denn daran würde ich zerbrechen. Er ist damals im Taxi „zerbrochen" und ich in der Bank. Dieses Schicksal haben wir als Freunde geteilt und das verbindet uns für immer.

Warum musste er sich auch ausgerechnet dieses Lied von Simply Red wünschen...

Der „Soundtrack meines Lebens" erinnert an:

„Wenn ich einmal reich wär"
von Ivan Rebroff aus dem Jahr 1968

Das Lied entstammt aus der deutschen Übersetzung des Musicals „Anatevka" (im englischen Original aus dem Jahr 1964 heißt das Musical: „Fiddler on the roof")

„Money`s too tight to mention"
von Simply Red aus dem Jahr 1985

Die Originalversion stammt von den Valentine Brothers aus dem Jahr 1982, wurde aber erst durch Simply Red weltweit bekannt.

Top-Platzierung in den Charts in Deutschland: Keine Platzierung: UK Platz 13 / USA Platz 28

„Money, that`s what I want"
von The Beatles aus dem Jahr 1962

Es gab keine erwähnenswerten Charterfolge. Es ist einer der wenigen bekannten Songs der Beatles den sie gecovert haben (im Original von Barrett Strong 1959). Es gibt wohl mehr als ein Dutzend Coverversionen dieses Liedes, aber die „schrägste" von allen ist wohl die Version von den „Flying Lizards" aus dem Jahr 1979.

„Money makes the world go round"
von Liza Minelli aus dem Jahr 1972

Es gab nach meinen Recherchen nirgends einen erwähnenswerten Single-Charterfolg, weil die LP des Musicals „Cabaret" immer als „Ganzes" verkauft wurde.

Ich will Spaß

Mein Namensvetter Markus brachte die „Neue Deutsche Welle" mit diesen drei Worten so ziemlich auf den Punkt. Mehr gibt es über diese Epoche des schlechten Musikgeschmacks nicht zu sagen. Zumindest ist das die Meinung von vielen Musikkritikern und Professoren der Musikwissenschaften. Ich persönlich sehe das anders und möchte in diesem Kapitel nochmal richtig Lust auf diese verrückte Zeit machen. Kommen Sie mit auf eine Reise in die Vergangenheit der bunten 80er Jahre...

*„Und kost`der Sprit auch drei Mark zehn,
scheißegal, es wird schon gehn`"*

Ganz so verrückt war der Markus im Rückblick dann doch nicht als er diese Entwicklung der Energiepreise bereits 1982 voraussah. So betrachtet, könnte das Lied *„Eine Königin mit Rädern untendran"* von Foyer des arts vielleicht auch noch Realität werden, wenn das mit dem autonomen Fahren weiter so vorangetrieben wird. Man sollte aber nicht alles ernst nehmen was die NDW in den 80er Jahren über uns gebracht hat. Was haben sich die Leute damals über DAF und ihren Hit *„Der Mussolini"* aufgeregt. Damals, im „kalten Krieg", hatten die Menschen große Angst vor russischen Atomraketen und es war daher ziemlich schlau, sich ausgerechnet DAF „Deutsch-Amerikanische-Freundschaft" als Bandnamen auszudenken. Wer jetzt allerdings darauf hoffte, dass sich diese Band mit entsprechenden Texten für mehr Frieden auf dieser Welt einsetzte, den traf die Realität mit voller Wucht in den Unterleib. Kostprobe gefällig?

"Dreh dich nach rechts und klatsch in die Hände
Tanz den Adolf Hitler und jetzt den Mussolini
Beweg deinen Hintern und klatsch in die Hände
Tanz den Adolf Hitler und jetzt den Jesus Christus"

Naja, egal was die NDW sonst noch hervorgebracht hat, aber *„Der Mussolini"* von DAF war der absolute Gipfel der Provokation, mehr ging nicht. Aber es wollten ja alle nur Spaß haben und da uns täglich neue Provokationen serviert wurden, blieb keine Zeit sich über die Lieder vom Vortag aufzuregen. Allen voran die Band Extrabreit. Unvergessen ihr Hit *„Hurra, hurra die Schule brennt",* der zur heimlichen Hymne einer ganzen Schülergeneration wurde. Übrigens traf keine andere Band dieser Zeit mit ihren Texten dermaßen den Nerv von pubertierenden Jungs. Kostprobe gefällig?

„Aaaaannemarie, du bist blond wie Bier
Aaaaaannemarie, bitte fick mit mir
Aaaaaannemarie, ich liebe dich
Aaaaaannemarie, ich bin gut für dich
Aaaaaannemarie, bitte lass mich ran
Aaaaaannemarie, lass die Stiefel an"

Also ich würde mich nicht trauen so etwas zu schreiben, geschweige denn zu singen. Sie glauben nicht welche Überwindung es mich gekostet hat diese Textzeilen hier zu zitieren, aber was tut man nicht alles für die sachliche Aufarbeitung dieser musikalischen Epoche. Verbuchen wir auch diese freche „Entgleisung" der etwas derberen Art einfach unter: *„Ich will Spaß, ich geb`Gas!"*

Die Kult-Band Trio aus Großenkneten im hohen Norden der Republik wollten dieses Thema in ihrem Lied *„Anna"* ein wenig diskreter verarbeiten, aber wenn man jetzt im Nachhinein so darüber nachdenkt, ist ihnen das am Ende auch nicht unbedingt besser gelungen:

„Anna, Anna, lass mich rein, lass mich raus"

Warum ausgerechnet die Annas und Annemaries für diesen „Schweinskram" herhalten mussten, kann ich mir nicht zusammenreimen, aber die Frauen mit entsprechenden Vornamen hatten es damals wirklich nicht leicht. Einen anderen Vornamen hatte es übrigens auch übel erwischt. Hubert Kah tönte mit *„Rosemarie"* und seiner doch sehr „speziellen" Liebesgeschichte wochenlang aus dem Radio und *„Skandal im Sperrbezirk"* von der Spider Murphy Gang degradierte ohne böse Absicht alle „Rosies" über Nacht in den Berufsstand einer „Nutte". Sorry, aber die haben dieses „N-Wort" tatsächlich gesungen und deswegen hat sie der Bayerische Rundfunk anfänglich auch im Radio boykottiert. Ich glaube allerdings nicht, dass sich die Jungs der Spider Murphy Gang über die öffentlich-rechtlichen-Moralvorstellungen in Bayern vorher viele Gedanken gemacht haben, denn vermutlich wollten Sie auch nur ein wenig „Spaß" haben, mehr nicht. Gehören Sie auch zu den Menschen, die damals nur aus Spaß die Telefonnummer 32168 angerufen haben?

Im Grunde genommen waren die Texte damals nicht so wichtig, denn es war die Musik und vor allem die Performance die uns so fasziniert hat.

Die 80er wären uns auch ohne die NDW schrill und bunt in Erinnerung geblieben, aber für mich war die NDW das leckere Sahnehäubchen auf dem bereits überzuckerten heißen Kakao und manchmal kamen zusätzlich noch ein paar bunte Karamellstreusel oben drauf.

Es gab in der Zeit der NDW aber auch Musiker, denen das vermutlich sogar etwas peinlich war, was ihre Sangeskollegen und Kolleginnen jeden Tag so unbedarft rausgehauen haben. Plötzlich tauchten selbst solche Bands wie BAP und die Die Toten Hosen oder Sänger wie Herbert Grönemeyer, Rio Reiser und Udo Lindenberg auf irgendwelchen „NDW-Samplern" auf. Wer allerdings bereit war auf dieser „Welle" mitzureiten, den hat sie auch eine Weile getragen. Wer kann sich nicht an die lustigen TV-Auftritte von Geier Sturzflug, Fräulein Menke, UKW, DÖF, Andreas Dorau, einer EAV oder von Joachim Witt erinnern, obwohl letzterer mit seinem *„Goldener Reiter"* ein vollkommen spaßbefreites Thema besang?

Dass es nicht nur bei einer „deutschen" Welle blieb, haben wir Nena, Peter Schilling und Trio zu verdanken. *„Major Tom"* schaffte es in den USA bis auf Platz 14, *„Da da da"* stürmte im United Kingdom bis auf Platz 2, in Südafrika sogar auf Platz 1 und ohne Nenas *„99 Luftballons"* (oder besser „99 redballons") würden die Deutschen heute noch auf ihren ersten internationalen Welthit warten. Die Luftballons hielten sich 23 Wochen in den US-Charts, stiegen bis auf Platz 2 und im United Kingdom eroberten sie sogar Platz 1.

Auch wenn die Scorpions mit „*Wind of change*" die meisten Singles einer deutschen Band weltweit verkauft haben, so schafften sie es doch nur auf die Plätze 4 und 2 und mussten Nena den Vortritt lassen.

Apropos Singles, da muss ich noch ganz kurz ein Missgeschick loswerden, das vielleicht den einen oder anderen Leser damals auch kalt erwischt hat. Die jüngeren unter ihnen kennen das wahrscheinlich nicht mehr, aber bei den Schallplattenspielern musste man zwischen zwei Abspielgeschwindigkeiten wählen. Singles wurden mit 45 Umdrehungen pro Minute abgespielt und die „normalen" Alben mit 33. Eigentlich ganz einfach, bis das Debut-Album von Ideal auf den Markt kam. Ich hatte in der Fachzeitschrift Musikexpress gelesen, dass diese Platte absolut super wäre und habe mir das Album gekauft, auch wenn ich bis dahin nur „*Blaue Augen*" kannte, was mir ausgesprochen gut gefiel. Also rauf auf den Plattenteller und los ging`s, natürlich mit Tempo 33, wie sich das für ein Album gehört. Nach den ersten drei Liedern wollte ich die Platte schon „in die Tonne treten" weil alle Lieder so dermaßen scheiße klangen, dass ich mir den Rest nicht mehr anhören wollte. Also die Nadel gleich auf „*Blaue Augen*" und erst jetzt wurde mir klar, dass diese „Trottel" ihr Album auf „45" eingespielt hatten. Wahrscheinlich wollten die auch nur Spaß haben und haben sich auf ihrer Couch zuhause über ihre gelungene Verarsche kaputtgelacht. Hin und wieder gab es aber auch NDW-Bands bei denen ich den Eindruck hatte, die meinen das tatsächlich ernst was sie da singen. Ich verrate ihnen aber nicht welche, es war auch so peinlich genug.

Letztens habe ich Nena in der TV-Sendung Inas Nacht gesehen und ich hatte rein optisch das Gefühl die Zeit wäre stehengeblieben. Wenn sie zu Ina in ihrem roten Minirock ihres legendären *„Nur geträumt"* TV-Auftrittes gekommen wäre, hätte mich das nicht verwundert. Wie kann diese Frau mit 60 Jahren und als fünffache Oma nur so jung aussehen? Lag es vielleicht daran, dass sie in ihrem Leben viel Spaß hatte oder daran, dass sie sich nie die Achselhaare rasiert hat? Sorry, mit diesem „Gag" können nur die echten NDW-Kenner was anfangen und außerdem wollte ich auch mal ein bisschen Spaß haben.

Markus sang im Mai 1982:

„Deutschland, Deutschland, spürst du mich?
Heute Nacht komm ich über dich
Das macht Spaß, ich geb`Gas, ich geb`Gas"

So wie die NDW über Nacht gekommen ist, verschwand sie auch wieder. Sie war im Rückblick nur ein kurzes, „schrill-bunt-verrücktes" Flackern am Firmament des Pop-Himmels und wissen Sie was: Ich vermisse diese Zeit! Jeder durfte singen was er wollte und kaum einer störte sich an einem falschen Ton oder am schrägen Gesang. Die Musik der NDW war nicht perfekt und sie wollte es auch nie sein. Sie war der Ausdruck von Neugierde, Ausprobieren, Spielfreude und ihre unbändige Kraft und Kreativität machte vielen Musikern Mut sich selbst auszuprobieren. Ich habe nie wieder so eine Zeit erlebt, in der jede und jeder alles sein durfte, weil es plötzlich nicht mehr peinlich, sondern einfach nur cool war, anders zu sein.

Heute höre ich überall perfekt produzierte deutsche Popmusik, die ihren angelsächsischen Vorbildern in nichts nachsteht. „Made in Germany" steht heute auch in der Musikwelt für Perfektion. Alle wollen perfekt sein, denn die kleinsten Fehler oder Misstöne können schnell die Karriere kosten. Haben wir etwa verlernt Fehler zu verzeihen? Können sich Musiker heutzutage überhaupt noch leisten ein bisschen „verrückt" zu sein? Dürfen sich außer den „Ärzten" auch noch andere deutschsprachige Bands erlauben solche Texte zu schreiben, wie damals Extrabreit oder DAF? Damals sangen die Ärzte von der *„fetten Elke"* und wir haben darüber gelacht. Natürlich kennen wir Älteren alle eine Elke die das damals nicht besonders lustig fand, aber es hat die steile Laufbahn der Ärzte weder gefährdet noch verhindert. Die Ärzte durften in *„Schrei nach Liebe"* ohne Rücksicht auf die rechte Szene „Arschloch" brüllen und wir haben lauthals mitgebrüllt. Trauen wir uns das heute auch noch?

Und dann waren da noch die Crackers und die sangen in den 80ern gänzlich unbekümmert:

„Oh komm doch mit Bambino,
wir gehn` ins Pornokino
Da kann man Titties sehn`
und Poppos wackeln schön"

Die Crackers waren übrigens auch so hellseherisch wie Markus mit seinen Spritpreisen. Vielleicht ist Ihnen dieses Thema jetzt zu heikel, aber hören Sie sich mal deren Lied *„Herr Kardinal, ham`sie schon mal?"* an.

Jahrzehntelang wurde über dieses Tabu-Thema in Deutschland geschwiegen, doch die Jungs aus dem Rhein-Main-Gebiet hatten es bereits in den frühen 80ern offen angeprangert. Welcher Musiker würde sich das heute trauen zu singen?

Ich frage mich ernsthaft, warum diese „exzessiv-kreative" NDW-Zeit nur ein Ausrutscher gewesen sein soll? Vielleicht hat uns nach all den Mussolinis, Rosemaries und Annemaries das schlechte Gewissen wieder eingefangen, weil unsere Gesellschaft mit so viel „Spaß" nicht umgehen konnte?

Ich habe noch einen alten NDW-Sampler im Schallplattenregal stehen und er trägt den Titel „Made in Germany". Dieses Gütesiegel steht normalerweise für hohe Qualität, Zuverlässigkeit und Langlebigkeit und deswegen konnte ich über diesen LP-Titel schon immer schmunzeln. Wahrscheinlich haben wir Menschen die Fähigkeit über uns selbst zu lachen irgendwann gegen Ende der 80er Jahre verloren. Wir sollten die Songs der NDW nicht als unbedeutende musikalische Ergüsse einer Spaßgesellschaft abwerten, denn sie waren aus meiner Sicht viel mehr. Die NDW hat uns, wenn auch nur für eine kurze Zeit gezeigt zu was wir fähig sind, wenn wir mit „Spaß" ans Werk gehen und man uns einfach mal machen lässt.

Ganz ehrlich? Ich vermisse diese Zeit!

Der „Soundtrack meines Lebens" erinnert an:

„Ich will Spaß"
von Markus aus dem Jahr 1982

Top-Platzierung in den Charts in Deutschland: Platz 1

„Der Mussolini"
von DAF aus dem Jahr 1981

Platzierung in den Charts in Deutschland: Keine Chance!

„Annemarie"
von Extrabreit aus dem Jahr 1981

Platzierung in den Charts in Deutschland: Keine Chance!

„99 Luftballons"
von Nena aus dem Jahr 1983

Top-Platzierung in den Charts in Deutschland: Platz 1
Platzierung: UK Platz 1 / USA Platz 2

„Pornokino"
von den Crackers aus dem Jahr 1981

Platzierung in den Charts in Deutschland: Keine Chance!

... und natürlich an Ideal, Tom Schilling, Hubert Kah, Spider Murphy Gang, Nichts, Andreas Dorau, Grauzone, UKW, Geier Sturzflug, an Falco und die EAV (die „spaßeshalber" für die NDW eingebürgert wurden) und an alle kreative Helden dieser „schrill-bunt-verrückten" Zeit! Für euch habe ich die Hymne *„Wann kommt die nächste Welle"* geschrieben (ihr findet sie auf Seite 282)

Shout

„Shout, shout, let it all out", eine Hymne für die Ewigkeit von Tears for fears. Manchmal muss es eben raus, auch wenn es dabei laut wird. Es gibt Menschen, die tun das jeden Tag ohne groß darüber nachzudenken, andere schlucken es ständig runter oder gehen dazu am Wochenende ins Fußballstadion oder sie machen hinter verschlossenen Türen betreute „Schreitherapien" in Psychotherapie-Praxen. Da macht so jeder sein eigenes Ding. Die meisten Menschen schreien bekanntlich dann, wenn sie Wut haben, weil sich was aufgestaut hat, weil sie ansonsten explodieren würden, weil sie nicht wissen wohin mit all diesem Überdruck.

Der Schrei an sich hat rein psychologisch betrachtet eine reinigende Wirkung, denn er transportiert den aufgestauten „Müll" aus dem Körper, damit der dort nicht weiter vor sich hin fault und einen krank werden lässt. Das weitreichende Problem mit diesem Entsorgungssystem ist allerdings, dass einige eifrige Schreihälse um sich herum alles „zumüllen", sodass sich der Schreihals selbst zwar besser fühlt, aber die anderen drumherum dann den ganzen „Dreck" vor ihren Füßen wiederfinden. Ich selbst habe mit meinem eigenen Müll schon mehr als genug zu tun, denn ich gehöre zu der weit verbreiteten Gruppe der „Müllschlucker". Das mit dem runterschlucken und wiederkauen ist auf die Dauer ganz schön gefährlich, denn da entstehen mit der Zeit üble Faulgase und irgendwann werde ich davon ziemlich stinkig.

Außerdem wissen wir doch alle, dass Faulgase das Klima zerstören, auch wenn hier oftmals nur das Betriebsklima oder die Familie betroffen sind. Was aber für den einen gut ist, schadet einem anderen. Das ist beim Schreien nicht anders, als mit vielen anderen Dingen im Leben. Da willst du dir selbst was Gutes tun und schon erwischt es einen anderen Menschen, dem du doch „eigentlich" überhaupt nichts Böses wolltest. Okay, manchmal schreien Menschen aber auch ganz bewusst um ihr Gegenüber zu verletzen oder zu verunsichern. Meistens geht es um Macht, aber manchmal hat es auch nur mit der Unfähigkeit im Umgang mit den eigenen Emotionen zu tun. Oftmals laufen solche „Reinigungsprozesse" auch unter der Kategorie „Altöl in den Wald kippen". Das meine ich natürlich nur symbolisch, aber wenn ich Altöl in den Waldboden kippe, dann muss der das erst einmal aufsaugen und der wird dann auch mehr als nur ein paar Minuten daran zu „knabbern" haben.

Wenn Menschen mir gegenüber anfangen zu schreien, dann macht das nichts Gutes mit mir, da gehst du nicht zehn Minuten später wieder zur Tagesordnung über. Bei so einem Schwall purer Emotionen kann einem selbst schnell die Luft wegbleiben. Wie willst du denn in solchen Momenten mit deinem schreienden Gegenüber kommunizieren? Entweder du kommst nicht zu Wort oder du musst dir dadurch Gehör verschaffen, in dem auch anfängst zu schreien. Dadurch kommt dann aber noch mehr „Müll" zusammen und am Ende wird es immer dreckiger. Man kann anschließend doch nicht alles einfach so rumliegen lassen, auch wenn das einige Menschen vielleicht etwas distanzierter sehen.

Ich habe von meiner Mutter als Kind gelernt, dass ich mein Zimmer viel weniger aufräumen muss, wenn ich vorher nicht so viel Dreck und Unordnung gemacht habe. So ähnlich halte ich das heute auch im Umgang mit Menschen. Ich bin sozusagen vom „Müllschlucker" zum „Müllvermeider" mutiert. Auf der einen Seite vermeide ich Situationen in denen mich andere anschreien, bzw. zumüllen können und ich selbst versuche dann auch nicht laut zu werden. Damit lässt sich rundherum ein wunderbares Klima schaffen, bei dem wir uns alle wohlfühlen. Naja, nicht alle, denn trotz meiner Bemühungen das Klima zu retten, ist die durchschnittliche Temperatur in mir schon weit über den bedrohlichen Wert hinausgestiegen. Das liegt bestimmt an diesen Faulgasen von dem ganzen Müll, den ich trotz aller Vermeidungsstrategien immer noch viel zu oft runterschlucke.

Manchmal fühle ich mich wie eine „Biogasanlage", bei der jeden Tag LKW-Ladungen abgeliefert werden. Jetzt werden mir die „Grünen" im Chor zurufen, ist doch total klasse so eine Biogasanlage, denn da wird bekanntlich umweltschonend Energie erzeugt. Soweit so gut, aber was mache ich mit all dieser negativen Energie? Irgendwann fliegt mir diese Biogasanlage vor lauter Überdruck um die Ohren. Was soll ich denn mit dem ganzen Müll machen, der ständig ungefragt bei mir abgeliefert wird? Bei genauerer Betrachtung bin ich keine Biogasanlage, sondern eher ein „Endlager für Giftmüll".

Erst ein „Müllschlucker", dann eine „Biogasanlage" und jetzt ein „Endlager für Giftmüll" und das alles nur, weil ich besonnen bleibe und andere Menschen nicht anschreien will. Ich dachte immer, dass Menschen die wenig oder am besten überhaupt nicht schreien bei anderen beliebt sind, aber ein „Endlager für Giftmüll" wird sicherlich erst recht keiner liebhaben wollen.

Haben die Schreihälse am Ende vielleicht doch die bessere Strategie? Fühlt man sich tatsächlich besser, wenn man sich Luft gemacht hat? Gibt es vielleicht auch andere, nicht ganz so laute und unangenehme Alternativen, um seinen Druck oder seinen Müll loszuwerden? Mal überlegen. Ich bezeichne mich doch gerne als Müllvermeider. Etwas zu vermeiden bedeutet doch im Klartext, dass ich erst einmal gar keinen Müll produziere, denn alles was nicht da ist, brauche ich anschließend auch nicht zu entsorgen. Klingt jetzt ziemlich einfach, doch ist es das auch?

Dem einen oder anderen Schreihals und Nörgler kann ich zukünftig sicherlich aus dem Weg gehen. Im Grunde genommen sind es doch sowieso immer die gleichen bekannten Umweltverschmutzer und die streiche ich jetzt einfach mal von meiner „Begegnungsliste". Warum sollte ich mich auch ständig mit Menschen treffen, die mir nicht guttun und die nichts anderes machen wollen, als mir ihren Müll vor die Füße zu kippen. Oftmals sind diese Umweltverschmutzer auch organisiert und sie treffen sich regelmäßig mit Ihresgleichen, um über die Politik, die Wirtschaft, die Religion oder die Welt im Allgemeinen zu schimpfen.

Für all diesen „Giftmüll" muss ich mich nicht freiwillig als „Endlager" anbieten, da bleibe ich lieber auf Distanz. Damit wäre schon mal das halbe Problem gelöst, bleibt aber noch die andere Hälfte und die steckt bekanntlich tief in mir selbst und daher wird das wohl nicht ganz so einfach. Ich kann mir ja selbst schlecht aus dem Weg gehen oder mich vor mir selbst auf Distanz halten. Wie soll ich mich selbst auch von meiner „Begegnungsliste" streichen, wenn ich mich jeden Morgen im Badezimmerspiegel sehe?

Als Müllvermeider muss ich mir da schon was anderes einfallen lassen. Ich kann mich ja nicht immer und überall rausziehen und fortan mit keinem anderen Menschen mehr sprechen oder aufhören Nachrichten zu hören oder Zeitungen zu lesen? Wenn ich so darüber nachdenke, ist dieser Ansatz aber gar nicht mal so schlecht. Wenn ich weniger Nachrichten lese oder weniger die Tageschau im Fernsehen schaue, dann bleibt da schon mal eine Menge Müll außen vor. Ist doch wahr, denn was ich dort sehe oder lese, gehört realistisch betrachtet gleich ins Giftmülllager. Der alte Apotheker Paracelsus sagt *„die Menge macht das Gift"* und da ich die tägliche Mülldosis mit meinen zwei Filtern spürbar reduzieren könnte, dürfte mir der kleine verbleibende Rest nicht mehr viel schaden. Aber so einfach ist das nicht, denn selbst wenn es nur eine kleine Dosis Gift wäre, bleibt das erst einmal eine lange Zeit in meinem Körper und die Nebenwirkungen sind nicht absehbar. Bei meinem Computer kann ich auf der Festplatte unerwünschte Daten sofort löschen, in meinem Hirn leider nicht.

In meinem kurzen Leben als Biogasanlage habe ich gelernt mit Energie umzugehen. Vielleicht reicht es ja, wenn ich den „Restmüllbeständen" in meinem Kopf einfach die Energie entziehe und mich nicht mehr darüber aufrege? Wenn ich so drüber nachdenke, dann rege ich mich doch nur deswegen über etwas auf, weil ich das was ich sehe oder höre, als schlecht oder ungerecht empfinde. Manchmal reicht es auch schon, wenn mich etwas traurig macht, weil ich gegen den vielen Müll in dieser Welt selbst nichts ausrichten kann, aber egal was es auch ist, ich will mich in diesem Moment darüber aufregen.

Wenn ich mich darüber aufregen „will", dann ist es doch was Freiwilliges, oder? Wenn ich eine Pizza mit „Dreifach-Käse" essen will, dann tue ich das und wenn ich lieber einen kleinen Feldsalat essen will, dann tue ich eben das. Zugegeben ein unrealistisches Beispiel, aber in beiden Fällen liegt der Entscheidung mein Wille zugrunde, auch wenn es bei dieser Auswahl schwerer fallen dürfte als gedacht. Das steht doch schon in der Bibel: *„Dein Wille geschehe!"* und damit haben die bestimmt nicht das Gleichnis mit der Käsepizza gemeint. Was würde mit mir und meinem Leben geschehen, wenn ich aufhören würde die Dinge in gut oder schlecht aufzuteilen und mich nicht mehr so sehr über das Schlechte aufregen würde? Wenn ich etwas als schlecht beurteile, dann sorge ich doch automatisch selbst für neuen Müll. Ich mutiere damit vom Müllvermeider zum Müllerzeuger und genau das will ich nicht, doch lässt sich das überhaupt so einfach steuern?

Am Ende ist es wohl eine Frage der Einstellung und wie motiviert ich bin. Wie heißt es in diesem alten chinesischen Sprichwort: „Alles war schwer, bevor es leicht wurde". Es soll aber auch Menschen geben, die nehmen das Leben insgesamt etwas leichter und sind offensichtlich immer gut drauf, so wie Bobby Mc Ferrin in seinem Lied *„Don`t worry, be happy":*

„In jedem Leben gibt es Ärger
und wenn du dich aufregst, verdoppelst du ihn
Ärgere dich nicht, sei fröhlich

Wenn du dir zu viele Sorgen machst
wird dein Gesicht Falten bekommen
und das wird uns alle runterziehen
Ärgere dich nicht, sei fröhlich

Ärgere dich nicht, es wird bald vorbei sein
Ich bin nicht ängstlich,
ich gebe dir meine Telefonnummer
Wenn du dich fürchtest, ruf mich an
ich mach`dich fröhlich"

Der macht es sich in diesem Lied ganz schön einfach. Wenn man sich den Kerl so ansieht könnte man meinen, der lebt auf Jamaika und raucht sich seine Probleme mit ein paar selbstgedrehten Joints einfach aus der Welt. So gesehen, ist er eine fröhlich vor sich hin dampfende „karibische Biogasanlage". Doch weit gefehlt, denn der lustige schwarze Mann mit den Rasta-Locken ist in New York geboren und dort aufgewachsen.

Wer New York kennt weiß, dass diese Stadt ein riesiger Schmelztiegel für nicht unerhebliche gesellschaftliche Probleme und Millionen von Sorgen ist. Vielleicht hat Bobby Mc Ferrin seine Geisteshaltung aus der Not heraus ändern müssen, damit er sich und seine Lieben vor dem ganzen Müll dieser Stadt ein wenig mehr schützen kann?

Ich bin übrigens heute noch sauer auf Bobby Mc Ferrin, denn er hat mir damals in seinem Lied seine Telefonnummer versprochen damit ich ihn anrufen und er mich glücklich machen kann. Er hat es mir versprochen und dann war das Lied aus, ohne dass er mir seine Nummer gegeben hat. Wie soll ich jemanden glauben und seiner Botschaft Vertrauen schenken, wenn er mich anlügt. Ich warte heute noch auf seinen Anruf.

Ich bin echt total sauer auf diesen Bobby. Er ist ein Idiot, ein Drecksack und überhaupt kann man sich auf keinen Menschen mehr verlassen und überall lügen sie dich an. Wenn ich Bobby irgendwann einmal treffe, dann kriegt der so einen fetten Anschiss, dass ihm sein Grinsen vergeht und ihm sein verdammter Joint aus dem Mundwinkel fliegt. Jawoll!!!

So, jetzt geht es mir besser. Manchmal muss es eben raus...

Der „Soundtrack meines Lebens" erinnert an:

„Shout"
von Tears for fears aus dem Jahr 1984

Top-Platzierung in den Charts in Deutschland: Platz 1
Platzierung: UK Platz 4 / USA Platz 1

„Don`t worry, be happy"
von Bobby Mc Ferrin aus dem Jahr 1988

Top-Platzierung in den Charts in Deutschland: Platz 1
Platzierung: UK Platz 2 / USA Platz 1

König von Deutschland

„Das alles und noch viel mehr, würd` ich machen, wenn ich König von Deutschland wär!"

Haben Sie sich auch schon mal vorgestellt was Sie alles machen würden, wenn Sie die Macht dazu hätten? Ich glaube, das ist gar nicht so leicht. Ich habe es versucht und mir ist im ersten Anlauf auch nur Blödsinn durch den Kopf gegangen, so ein ähnlicher Schwachsinn, wie es Rio Reiser in seinem Lied besungen hat. Schade, dass er uns nicht ein paar vernünftige Anregungen mit auf den Weg gegeben hat, denn politisch engagiert war der Rio Reiser damals schon. Wahrscheinlich war es seine ganz persönliche Art denen „da oben" zu sagen, was er von diesem Staat hält.

Es ist aber wirklich nicht einfach, wenn man oben steht und bestimmen soll. Da ist es doch viel leichter von unten auf „die da oben" zu zeigen und allen anderen Unzufriedenen „neunmalklug" zu erklären, warum die da oben doof sind, alles falsch machen und natürlich von nichts eine Ahnung haben. Kritik zu üben und auf die anderen zu schimpfen ist total einfach, dafür braucht es kein Diplom in Politikwissenschaften. In der Theorie sind wir sowieso meistens viel besser als die anderen. Immer dann, wenn ich die Leute um mich herum so heftig schimpfen und kritisieren höre denke ich mir, was würdest du denn anders machen? Komm` sag es mir! Da kommt aber nichts, zumindest nichts, was man richtig greifen oder auch realistisch umsetzen kann.

Spätestens im dritten Satz kommen dann so zaghafte Sprüche wie: „Ich kann doch sowieso nichts verändern" oder „Da müsste ich ja in die Politik gehen und dafür bin ich viel zu ehrlich!" Manchmal ertappe ich mich sogar selbst dabei wie ich solche Sprüche raushaue. Was ist denn das für ein „Offenbarungseid", wenn einer sagt: „Ich kann doch sowieso nichts verändern" oder sich damit rausreden will, dass er zu ehrlich ist um Verantwortung zu übernehmen? Was soll das überhaupt bedeuten: „Zu ehrlich"? Das hört sich fast so an, als ob man nicht die Wahrheit sagen dürfte, als ob die Wahrheit etwas Schlimmes wäre.

Okay, es gibt sicherlich Situationen im Leben, da wäre eine charmante Lüge besser angebracht als die Wahrheit. Jeder der mit seiner Frau schon mal über das Thema Gewicht, Essgewohnheiten, Frisur oder Kleidung gesprochen hat, wird mir hier zustimmen. Ja liebe Leserinnen, umgekehrt gibt es sicherlich auch genügend Praxisbeispiele, wir können uns einige denken.

Ich erwarte von meinem Gegenüber ein Mindestmaß an Ehrlichkeit und warum sollte das in der Politik anders sein? Warum glauben so viele Menschen, die Politik wäre ein verlogener Sumpf? Nur weil die Wahrheit nicht immer bequem ist und manchmal auch richtig weh tut, braucht man sein Gegenüber oder ein ganzes Volk doch nicht gleich belügen, oder vielleicht doch? Hin und wieder ein paar kleine Notlügen sind doch nicht so schlimm, aber ansonsten sollte man schon ehrlich sein. Natürlich ist das mit der Ehrlichkeit Auslegungssache und wo man die Grenze zieht, bleibt jedem selbst überlassen. Das machen wir Menschen eben nun mal so und Politiker sind auch Menschen, so einfach ist das. Wenn ein Mensch selbst fröhlich in den Tag hinein lügt und flunkert, dass sich „die Balken biegen", dann ist er vermutlich davon überzeugt, dass es die anderen auch mit ihm tun. Wenn ich anderen Menschen grundsätzlich mit Argwohn und unehrlichen Absichten begegne, dann muss ich ja zwangsweise davon ausgehen, dass es die Anderen mit mir genauso machen. Warum sollten die Anderen auch besser sein als ich?

„Erzähl` mir Lügen, süße kleine Lügen"

singen Fleetwood Mac in ihrem fröhlichen Popsong *„Little lies".* Ist doch nichts dabei, oder? Lieber eine „süße kleine Lüge" über mein Aussehen oder meine Fähigkeiten, als die bittere Wahrheit. Das will doch keiner hören, zumindest ich nicht!

Immer dann, wenn meine Frau mir wieder mal die volle Breitseite geben will und mir in wenigen Minuten „alles auf's Brot schmiert" was mir anschließend stundenlang Magenschmerzen bereit, würde ich am liebsten die CD der Band Walk the moon einlegen und lauthals mitsingen:

„Shut up and dance with me".

„Sei still und lass uns Tanzen!" Mit dieser Taktik könnte man übrigens vielen Konfrontationen und mühseligen Diskussionen leicht und locker aus dem Weg gehen.

Ich bin davon überzeugt, dass das hin und wieder eine geeignete Strategie wäre, Konflikten aus dem Weg zu gehen oder sie aufzulösen. Warum muss man auch immer über alles reden? Wie oft weiß ich schon vorher, dass mein Gegenüber eine andere Meinung hat und es mir niemals gelingen wird, diese Meinung oder Überzeugung auch nur im Ansatz ändern zu können. Also warum nicht die Schnauze halten und einfach mal zusammen zu einem guten Rocksong tanzen?

Man stelle sich nur mal vor, wenn Uschi von der Leyen, Recep Tayyip Erdogan, Boris Johnson, Wladimir Putin und Donald Trump* sich in Brüssel nicht gegenseitig anschreien, sondern mit „Walk the moon" gemeinsam abrocken würden? Ich glaube das Ergebnis wäre nicht das Schlechteste und die Band aus Ohio würde dafür vielleicht sogar den Friedensnobelpreis kriegen.
(* so wie es aktuell aussieht, wird Donald zukünftig wohl nichts mehr „rocken"...)

Nochmal zurück zu Rio Reiser und seiner theoretischen Frage, was er denn machen würde, wenn er König von Deutschland wäre. Davon mal abgesehen, dass die Position aktuell von einer Königin besetzt ist und wir ganz nebenbei nicht in einer Monarchie leben, finde ich diesen Gedanken irgendwie reizvoll und spannend. Das Leben ist bekanntlich kein Wunschkonzert, aber wenn ich mir was wünschen dürfte, was wäre das? Was würde ich tun, wenn ich die Macht dazu hätte, wenn alle nach meiner Pfeife tanzen müssten?

Würde ich von heute auf morgen das bedingungslose Grundeinkommen einführen, damit kein Mensch mehr Angst vor Altersarmut haben bräuchte? Würde ich den Mindestlohn auf 25 Euro pro Stunde raufsetzen, damit endlich jeder über die Runden kommen kann, ohne mir darüber Gedanken zu machen, welche internationalen Auswirkungen das auf unsere Volkswirtschaft hat? Hätte ich den Mut, unser Bildungssystem komplett auf den Kopf zu stellen und dafür zu sorgen, dass ab sofort mehr „echte" Werte vermittelt werden und dafür weniger historische Daten aus dem alten Rom, Ägypten oder dem Nationalsozialismus? Da fallen mir noch dutzende andere Sachen ein, doch würde ich das wirklich tun, wenn ich „König von Deutschland" wäre?

Immer dann, wenn ich in Talkshows oder in Interviews Politiker reden höre denke ich mir, die haben Schiss vor der Verantwortung. Die machen das genauso wie wir „da unten" und erzählen unentwegt, dass es da und dort nicht gut läuft und man alles doch viel besser regeln könnte. Dabei zählen sie die ganzen Versäumnisse der anderen auf, ohne näher darauf einzugehen, was man denn in diesem oder jenem Fall konkret anders oder besser machen könnte. Selbst dann, wenn sie uns ihren Plan verraten heißt das noch lange nicht, dass man den auch umsetzen, geschweige denn finanzieren kann. Am Ende scheitert es doch sowieso meistens am Geld, spätestens dann, wenn die jeweilige Partei in der Regierungsverantwortung steht und einen Blick in die leere Kasse wirft.

Das ist eben der große Unterschied zwischen einer Monarchie und einer Demokratie. Ein König kann willkürlich Steuern erheben, sie notfalls mit Gewalt eintreiben und dem schwer arbeitenden Volk den letzten „Groschen" abnehmen. In einer Demokratie geht das natürlich nicht, auf jeden Fall nicht ganz so einfach. Naja, vielleicht doch, aber es gibt schon noch den einen oder anderen kleinen Unterschied, allerdings sind die mir gerade entfallen. Pink Floyd haben das in ihrem Song *„Money"* sehr treffend formuliert:

„Geld ist ein Verbrechen
Verteilt es gerecht,
aber nehmt nur keins von meinem"

Da ist es in der Politik genauso wie beim „gemeinen Volk". Alle wollen den Nutzen oder die Sicherheit eines neuen Systems, aber kaum einer will dafür bezahlen. Solange die Frage nach der Finanzierung nicht final geklärt ist, darf man so viele Forderungen stellen wie man will. Das ist einfach, da darf nicht nur Rio Reiser große Ziele ausrufen, sondern auch alle üblichen Oppositionsparteien. Ich kann jetzt nur für mich sprechen, aber wenn meine Steuergelder für etwas eingesetzt werden das mir sinnvoll und wichtig erscheint, zahle ich gerne Steuern.

Kurze Denkpause

Okay, nur weil Ihnen jetzt auch der Kamm schwillt, heißt das noch lange nicht, dass sich jetzt alle Menschen über die Steuerverschwendung aufregen.

Das mit der hohen Steuerlast ist ja auch nur ein Problem von vielen. Wenn du die Leute nach ihren Sorgen und Problemen fragst, hören die doch überhaupt nicht mehr auf zu reden, das sprudelt nur so, ohne Punkt und ohne Komma. Wenn ich mich so umhöre, beginnt fast jeder zweite Satz mit: „Das Problem ist...". Wenn so viele Menschen fast nur noch in dieser „Problem-Ebene" denken und unentwegt über Probleme sprechen, dann wirst du am Ende doch total „wuschelig". Phil Collins und Genesis haben das gut auf den Punkt gebracht:

„Da sind so viele Menschen
mit so vielen Problemen und so wenig Liebe
Kannst du es sehen
es ist ein Land der Konfusion
Okay, das ist die Welt in der wir leben
und das sind die Hände die uns gegeben
Nutze sie und lass uns anzufangen zu versuchen
einen Ort daraus zu machen
in dem es sich lohnt zu leben"

Die Botschaft ist eindeutig: Mehr Liebe und einfach mal die Ärmel hochkrempeln und versuchen es besser zu machen! Ich kann es echt nicht mehr hören, dieses ständige „Rumgeeiere" der Millionen selbsternannter Opfer: „Das ist blöd, der ist doof, der ist schuld, ich kann nichts dafür, warum immer ich, bla bla bla..." Was würden Sie machen, wenn Sie König von Deutschland wären? Rio Reiser ist leider schon 1996 gestorben und er kann uns heute keine neuen Antworten mehr liefern.

Dann müssen jetzt eben andere ran...

Der „Soundtrack meines Lebens" erinnert an:

„König von Deutschland"
von Rio Reiser aus dem Jahr 1986

Top-Platzierung in den Charts in Deutschland: Platz 26
Platzierung: UK keine / USA keine

„Little lies"
von Fleetwood Mac aus dem Jahr 1987

Top-Platzierung in den Charts in Deutschland: Platz 3
Platzierung: UK Platz 5 / USA Platz 4

„Money"
von Pink Floyd aus dem Jahr 1973

Top-Platzierung in den Charts in Deutschland: Platz 49
Platzierung: UK keine / USA Platz 13

„Land of confusion"
von Genesis aus dem Jahr 1986

Top-Platzierung in den Charts in Deutschland: Platz 7
Platzierung: UK Platz 14 / USA Platz 4

Wir lassen uns das Singen nicht verbieten

*„Die gute Laune muss der Mensch behüten
ein Schlager heißt doch nur ein bisschen Freud'
Ein bisschen Schinderassassa und Bums-Fallera
gehörte doch schon allezeit zum Leben
Wir lassen uns das Singen nicht verbieten
das Singen nicht und auch die Fröhlichkeit"*

Tina York

Nix mehr „Bums-Fallera", aus die Maus, Schicht im Schacht, die Bundesregierung hat ein Machtwort gesprochen und es darf nicht mehr gesungen werden. Mindestabstand einhalten? Okay! Maske tragen? Okay! Den ganzen Rotz in die Armbeuge husten? Okay! Auf Urlaubsreisen, Konzerte und die Oma im Altenheim verzichten? Okay, aber uns das Singen verbieten wollen, das geht gar nicht.

Meine regionale Lieblingsband hat sich letzte Woche entgegen allen Warnungen getraut ein Konzert zu geben. Es durften tatsächlich 50 Leute in den Saal, in dem normalerweise 300 Leute Platz gehabt hätten. Alle saßen in registrierten Grüppchen zusammen und durften sich in den knapp zwei Stunden weder bewegen noch mitsingen, nein noch nicht einmal klatschen, es hätte ja Luft aufwirbeln können. Ich habe nur darauf gewartet, dass der Kulturverein der dieses Konzert aus Pflichtgefühl gegenüber der regionalen Musikerszene organisiert hatte bekannt gibt, dass das Robert Koch Institut empfiehlt möglichst nicht zu atmen, damit man seinen Sitznachbarn nicht ansteckt, der allerdings gefühlte zehn Meter von mir entfernt sitzt. In so einer Atmosphäre kommt natürlich eine „Bomben-Stimmung" auf. Da spielt die Band einen Song nach dem anderen, bei dem du normalerweise „abgehst wie ein Zäpfchen", laut mitsingst dass die Fensterscheiben klirren und deinen Arsch bewegst als gäbe es kein Morgen mehr und dann zwingen sie dich still sitzen zu bleiben wie ein Erstkommunionkind im Sonntagsgottesdienst.

Es gibt Momente, da muss ich an meine Eltern denken, die als „Spät-68er" in ihren jungen Jahren wegen jedem Scheiß auf die Straße gegangen sind um zu protestieren. Aber selbst das wollen sie uns jetzt verbieten, nur weil ein paar „Unbekehrbare" nicht begreifen wollen, dass es mit Masken für alle Beteiligten besser wäre. Vor gar nicht so langer Zeit haben sie das Vermummungsverbot bei Demonstrationen durchgesetzt und jetzt sollen sich alle auf behördliche Anweisung eine Maske über das Gesicht stülpen. Ja was denn nun, könnt` ihr euch da oben langsam mal einig werden? Die Welt versinkt im Chaos, da ist es doch kein Wunder, dass man uns Menschen vor uns Menschen schützen muss.

Ich schweife ab, zurück zu meinem Konzerterlebnis. Da hockst du voller Angst und Schuldgefühle in einem Raum mit Menschen, die das gerade genauso „Scheiße" finden wie du und alle haben Angst davor, mit einem herzhaften Applaus irgendwelche Covid-19-Viren durch die Luft zu wirbeln. Selbst der Bandsänger hat uns nach jedem zweiten Lied aufgefordert doch bitte nicht mitzusingen, sonst würde der Kulturverein Ärger kriegen und sie müssten das Konzert abbrechen. Wenn ich vorher gewusst hätte wie „spaßig" das hier wird, wäre ich wahrscheinlich zuhause geblieben. Das hätte dann allerdings wieder nur die Falschen getroffen, denn weder der Kulturverein, noch die Musiker können was für diese Abstands- und Hygienevorschriften. Wir tun doch alle nur unsere Pflicht. Allerdings passen Musik und Pflichtprogramm so gar nicht zusammen, denn Musik ist pure Emotion und Emotionen sind die Kür und niemals Pflichtprogramm. Mark Forster hatte vor ein paar Jahren diesen „Riesenhit" mit dem Refrain

„Und die Chöre singen für dich!"

und jetzt, jetzt singen die weder für dich, noch für mich, noch für irgendein anderes Publikum. Millionen Freizeitsängerinnen und Sängern wurde behördliche Zwangsstille verordnet und sie sollen doch bitte Rücksicht nehmen. Rein medizinisch betrachtet ist das natürlich richtig und nachvollziehbar, aber es ist trotzdem „Scheiße". Man kann den Menschen nicht einfach so ihre Emotionen verbieten, das macht sie irgendwann krank.

Wahrscheinlich sind die psychischen Spätfolgen dieser gesundheitsbehördlichen Unterdrückungskampagnen schlimmer als sich das die Virologen und unser Gesundheitsministerium vorstellen wollen. Selbst im zweiten Weltkrieg durften die Menschen auf den Straßen singen, weil sie ansonsten vor Angst und Sorge „eingegangen" wären.

Singen befreit, Singen ist gut für die Seele und für die Gesundheit, Singen macht Mut und schüttet „kiloweise" Endorphine aus. All das stärkt unser Immunsystem und jetzt dürfen wir uns noch nicht einmal mehr auf natürliche Weise vor diesem bescheuerten Corona-Virus schützen.

Man traut sich in dieser Zeit noch nicht einmal mehr fröhlich zu sein. Keine Ahnung warum man das nicht sein darf, aber die Leute gucken einen schon schief an, wenn man nicht sofort in den „Jammermodus" schaltet, sobald einer anfängt von Corona zu erzählen. Rund um die Uhr werden wir mit Fallzahlen bombardiert die kaum einer versteht, geschweige denn vernünftig einordnen kann. Die Politiker, Virologen und Medien reduzieren uns Menschen auf statistische Werte und werden nicht müde, uns mit ihren besorgniserregenden Prognosen den Tag zu versauen und dann dürfen wir uns noch nicht einmal dagegen zur Wehr setzen und zusammen singen.

Warum muss dieser virale „Gummi-Noppen-Ball" auch ausgerechnet als Tröpfcheninfektion die Welt erobern? Wenn sich Covid-19 wie ein Fußpilz übertragen würde, kann könnten wir einfach unsere Badelatschen anlassen, uns zusammen an den Strand des Badesees stellen und zusammen im Chor *„St. Tropez am Baggersee"* von den Rodgau Monotones singen. Dagegen hätte der Virus keine Chance, wir würden unsere gute Laune behalten, die Städte und Gemeinden könnten über die Badesee-Eintrittsgelder ihre klammen Steuerkassen auffüllen und keiner müsste sich sein hübsches Gesicht zuhängen, nur weil irgendein Spahn, Drosten oder Lauterbach wieder einmal die Hygieneregeln verschärft haben. Aber dieses Szenario ist leider nur eine surreale Wunschvorstellung.

Die Maskenpflicht bringt uns auch noch mehr unangenehme Nebenwirkungen. Bis vor ein paar Monaten konnte man auf den ersten Blick erkennen worauf man sich einlässt, wenn man seinen zukünftigen Traummann oder seine Traumfrau anbaggert. Jetzt ist das fast so, als ob du ein Überraschungsei findest, es zuhause aufmachst und dann über den Inhalt enttäuscht bist nachdem du die Verpackung entsorgt hast. Frei nach dem Spruch: „Wenn ich nur wüsst` was drunter ist?" kriegt der Begriff „Blind Date" eine ganz neue Bedeutung. Ich habe in den letzten Monaten schon mehrere Gespräche mitbekommen in denen Menschen darüber gelästert haben, dass er oder sie doch besser die Maske hätte auflassen sollen.

Ich habe sowieso das Gefühl, dass immer weniger Menschen noch besonderen Wert auf ihr Äußeres legen, zumindest weniger als noch vor einem Jahr. Nach meinem persönlichen Empfinden hat sich das während der Corona-Pandemie spürbar verändert, so nach dem Motto: „Warum soll ich mich schminken oder frisieren, wenn die Maske sowieso mein ganzes Outfit versaut". Offensichtlich geht der Trend eindeutig zurück zu mehr Natürlichkeit, wobei diese komische neue Show „The Masked Singer" diese Theorie schon wieder torpediert. Vielleicht ist das ja eine Option für die Zukunft und eine neue Chance für die Chöre in Deutschland?

Wir stecken uns in lustige „Lurchenkostüme", verkleiden uns als „Ninja-Turtles" oder „Aliens" und dann dürfen wir uns alle unter medizinischer Aufsicht von SAT1, Pro7, RTL oder von mir aus auch Tele5 auf einer sterilen Bühne mit überdimensionierten Luftfilteranlagen zum gemeinsamen „Singout" treffen. Wenn die Chöre wieder singen dürfen, könnte von mir aus auch Mark Forster in der Jury sitzen, vorausgesetzt er hat überhaupt Zeit und lässt sich an diesem Abend nicht von den „Voice of Germany" anhusten. Warum singen die dort eigentlich ohne Maske? Gelten für die Jungs und Mädels im Fernsehen etwa die gleichen Sonderrechte wie für die Profifußballer? Ich habe jetzt keine Lust eine Gerechtigkeitsdebatte anzufeuern, aber wenn ich so über alle diese Sonderbehandlungen nachdenke, dann ist das für mich nicht unbedingt nachvollziehbar.

Vielleicht drehen sich die Juroren bei „The Voice of Germany" nur deswegen nicht um, weil sie Angst davor haben, dass sie dann in die direkte Flugbahn der Viren geraten? Egal, es gibt Wichtigeres als sich über ein paar angehende Profisänger oder Prominente in peinlichen Karnevalskostümen aufzuregen. Viel wichtiger wäre es, dass die Millionen Menschen da draußen in ihren Chören wieder singen dürfen und mit ihrer guten Laune dem Corona-Virus in den Arsch treten. Auf geht`s, komm Tina, komm Mark, kommt alle Chöre da draußen und singt zusammen ganz laut:

„Lass' es mich kurz sehen, hab fast vergessen, wie das ist
Du mit Lächeln im Gesicht
und die Chöre singen für dich"

Der „Soundtrack meines Lebens" erinnert an:

„Wir lassen uns das Singen nicht verbieten"
von Tina York aus dem Jahr 1974

Top-Platzierung in den Charts in Deutschland: Platz 19
Platzierung: UK keine / USA keine

„Chöre"
von Mark Forster aus dem Jahr 2016

Top-Platzierung in den Charts in Deutschland: Platz 2
Platzierung: UK keine / USA keine

„St. Tropez am Baggersee"
von Rodgau Monotones aus dem Jahr 1984

Schade, war leider nichts mit einer Chart-Platzierung...

Somebody that I used to know

„Manchmal denke ich daran wie es war,
als wir noch zusammen waren
Als du damals sagtest, du wärst so glücklich,
dass du daran sterben könntest
Ich habe mir eingeredet,
du wärst die Richtige für mich
und doch fühlte ich mich so einsam,
wenn ich bei dir war
Aber das war Liebe und es ist der Schmerz,
den ich immer noch gut im Gedächtnis habe

Aber du hättest mich nicht gleich ganz wegschieben
müssen, es verdrängen, als wäre nie etwas passiert
Manchmal denke ich an all die Situationen
in denen du mich fertig gemacht hast
und du hast mich jedes Mal glauben lassen,
dass ich daran selbst Schuld gehabt hätte
Ich will so nicht leben, aus jedem deiner Worte
irgendetwas herauslesen zu müssen

Du hättest nicht gleich so tief sinken müssen, dass du
deine Platten von deinen Freunden abholen lässt
und dann deine Telefonnummer änderst
Ich glaub, so etwas brauche ich nicht
Jetzt bist du nur noch jemand, den ich mal kannte
Jemand, den ich mal kannte"

Gotje

Treffender hätte ich es Paula nicht sagen können als wir uns letztens wieder mal im Supermarkt getroffen haben, aber mir ist nichts dergleichen eingefallen. Wenn ich Paula anschaue, dann fällt mein ganzer Körper in eine Art Trancezustand und mein Kopf ist wie leergefegt. In diesen Momenten braucht mein Herz jeden Blutstropfen damit es nicht aufhört zu schlagen. Mir fehlt dann jegliche Konzentration und die Kraft, mir die passenden Worte in meinem Kopf zurecht zu legen. In ihrer Nähe bin ich nicht mehr der selbstbewusste Kerl, der in seinem Freundeskreis oder von seinen Kollegen gerne als „Macher" oder starker Charakter bezeichnet wird. Paula saugt mir sozusagen den letzten Tropfen Benzin aus meinem Tank und wenn sie mich nur ansieht, hört mein Motor auf zu laufen. Mich überfällt jedes Mal so eine Ohnmacht, eine ganz üble Mischung aus Traurigkeit, Wut, Verletzung, Sehnsucht und Liebe. Ja, das kommt tatsächlich alles zusammen, wenn ich Paula begegne.

Ich hatte die Hoffnung, ich wäre nach zwei Jahren über die Trennung hinweg, aber auch wenn es mir mein Verstand immer wieder versucht zu erklären, so fühlt sich mein Herz dabei doch vollkommen anders. Ich dachte, wir dachten, es ist die Liebe unseres Lebens. Wie schön war diese Zeit, denn Paula und ich konnten nicht genug voneinander kriegen und wir haben uns gegenseitig regelrecht aufgefressen. Es hat aber nicht lange gedauert, da kamen mir schon die ersten Zweifel. Ich habe damals nicht an mir gezweifelt, sondern an Paula und ob ihre Gefühle mir gegenüber auch weiterhin so stark bleiben würden wie in den ersten

Wochen unserer Beziehung. Irgendwann beschlich mich das Gefühl sie wäre nicht mehr so hungrig wie in der Anfangszeit. Wir haben uns gegenseitig eingeredet, dass dieses „Abkühlen" normal ist, denn dieses anfänglich intensive Gefühl des Verliebtseins hält bekanntlich nicht ewig. Davor hatten uns einige Freunde schon ganz am Anfang unserer Beziehung gewarnt und seitdem hing das wie eine Drohung über uns. Wenn du so etwas erst einmal im Kopf hast, dann frisst sich das durch und durch. Psychologen nennen das „Selbsterfüllende Prophezeiung", also musste es wohl so kommen und wir haben es als normal akzeptiert. Vielleicht sollte ich klarstellen, dass es lediglich für Paula normal war, denn ich kann das bis heute nicht akzeptieren.

Ab einem gewissen Zeitpunkt habe ich mich dann ziemlich einsam gefühlt, obwohl wir jedes Wochenende gemeinsam verbracht haben. Es war so wie immer, aber es fühlte sich nicht mehr gut an. Ich kann das bis heute nicht beschreiben an was es lag oder ob sich Paula so viel anders verhalten hat. Dieses Gefühl wurde mit der Zeit immer stärker und ich konnte mich nicht dagegen wehren. In mir stieg die Angst auf ich könnte sie verlieren und mit jedem Tag spürte sie meine Verunsicherung mehr und mehr. Wahrscheinlich habe ich Paula damit Schritt für Schritt von mir weggetrieben. Ich werde es wohl nie erfahren, denn wir haben bei keiner sich bietenden Gelegenheit darüber gesprochen. Wir sprachen oder besser stritten über ganz andere Dinge, fast nur über belanglose Kleinigkeiten. Egal wie es am Ende ausging, aber ich fühlte mich dabei immer wie der Verlierer oder wie der Schuldige.

Ich weiß nicht welches dieser beiden Gefühle schlimmer ist, aber ich denke, dass beide eine Liebe zerstören können. Ich habe beide Gefühle zugelassen.

Paula redete unentwegt auf mich ein und ich wusste irgendwann nicht mehr, was sie überhaupt genau von mir wollte. Da wurde ich mit jedem Tag unsicherer und zog mich mehr und mehr zurück. Sie gab mir keine Chance mich wieder zu finden, zur Ruhe zu kommen. Als die Grenze erreicht war musste ich handeln, schon allein deswegen, weil ich mich schützen wollte nicht den Respekt mir selbst gegenüber zu verlieren. Paula hatte wohl nur darauf gewartet, dass ich ihr einen Anlass bot unsere Beziehung in Frage zu stellen. Sie meinte wir sollten uns besser für ein paar Wochen nicht sehen, sie bräuchte Zeit zum Nachdenken und es würde uns beiden sicherlich guttun. Damals dachte ich das auch, aber heute weiß ich, dass ich mich getäuscht habe.

Jetzt steht Paula vor mir an der Kasse im Supermarkt und ich habe nicht einmal die Kraft meinen Einkaufswagen zu schnappen und aus dem Kassenbereich zu flüchten. Ich schaue sie nur an und versuche mir nicht vorzustellen wie es wäre sie jetzt im Arm zu halten. Ich kann nicht anders, obwohl sie mich nach der Trennung verhältnismäßig kühl abserviert und verletzt hat. Ich kann jetzt nicht so tun, als wäre Paula einfach nur *„jemand, den ich einmal kannte".* Sie kann es ganz offensichtlich und das tut mir sehr weh. Ich muss langsam lernen diesen Schmerz zu kontrollieren, denn ich kann die Vergangenheit nicht wieder zurückholen.

Die Sängerin Pe Werner hat in ihrem Lied *„Das Lebkuchenherz"* diese bedrückende Stimmung in zärtlich, schmerzhaften Worten eingefangen:

„Das Lebkuchenherz hängt noch immer
an ein und demselben Platz
In Zuckerguss steht da: FÜR IMMER
UND EWIG - dein lieber Schatz
Doch es weiß nichts von Liebe
und vom Glücklichsein
und irgendwann beißt einer einfach hinein
Das Lebkuchenherz hängt noch immer
und die Folie drum' rum staubt ein
Es weiß nichts von Liebe und vom ersten Kuss
doch irgendwann bröselt der schönste Zuckerguss
Manchmal kann ein FÜR IMMER,
doch nicht ewig sein"

Verdammt, ich will nicht so enden wie dieses Lebkuchenherz und irgendwann *„hart wie Stein"* werden. Bis vor ein paar Jahren dachte ich, dass mich eine Frau niemals dermaßen aus der Bahn werfen könnte. Lange bevor ich Paula kennenlernte, habe ich mit meinen Freunden bei einem Bier zusammengesessen und wir haben über das Thema Frauen und Trennungen philosophiert. Ich behauptete damals: „Wie blöd muss man eigentlich sein um sich so zu benehmen, wie Sting in seinem Song *„Every breath you take"*?

„Seit du gegangen bist, bin ich spurlos verschwunden.
Nachts, wenn ich träume, sehe ich nur dein Gesicht
Ich sehe mich um, aber ich kann dich nicht ersetzen.

Mir ist kalt und ich sehne mich so sehr nach deiner Umarmung, merkst du denn nicht, du gehörst zu mir"

Niemals hätte ich gedacht, dass es mir mal genauso ergeht. Jetzt stehe ich an der Kasse und beobachte jeden Atemzug und jede Bewegung dieser Frau die mir mein Herz gebrochen hat. Vielleicht sollte ich Sting bei Gelegenheit einmal anrufen und ihn fragen, wie er mit dieser Trennung letztendlich klargekommen ist? Es kann doch sein, dass er kurz nach seiner Trennung wieder direkt in die Arme seiner *„Roxanne"* aus dem Rotlichtviertel geflüchtet ist und die hat ihm dann auf ihre Art seinen „Schmerz" genommen.

Als ob das so leicht wäre, einfach nur zur nächstbesten Frau unter die Decke zu schlüpfen und schon ist die große Liebe meines Lebens vergessen.

Für mich wird Paula wohl immer mehr sein als nur „jemand den ich mal kannte"…

Der „Soundtrack meines Lebens" erinnert an:

„Somebody that I used to know"
von Gotje aus dem Jahr 2011

Top-Platzierung in den Charts in Deutschland: Platz 1
Platzierung: UK Platz 1 / USA Platz 1

„Das Lebkuchenherz"
von Pe Werner aus dem Jahr 1993

Top-Platzierung in den Charts in Deutschland: Platz 73
Platzierung: UK keine / USA keine

„Every breath you take"
von Police aus dem Jahr 1983

Top-Platzierung in den Charts in Deutschland: Platz 8
Platzierung: UK Platz 1 / USA Platz 1

„Roxanne"
von Police aus dem Jahr 1978

Top-Platzierung in den Charts in Deutschland: Keine

Dass es „Roxanne", als eines der bekanntesten Lieder von Police niemals in die deutschen Singlecharts geschafft hat, hat mich doch sehr überrascht (zumindest habe ich keinerlei Einträge gefunden...)

Platzierung: UK Platz 12 / USA Platz 32

Do they know it`s christmas time?

*„Die Weihnachtszeit ist herangebrochen
es gibt keinen Grund Angst zu haben
Zur Weihnachtszeit lassen wir das Licht herein
und verbannen die Schatten
In unserer Welt des Überflusses
können wir ein freudiges Lächeln verbreiten
Umarme die Welt zur Weihnachtszeit"*

Band Aid

Ich bin echt gespannt, ob die „Do they know it`s christmas time?" von Band Aid auch an diesem Weihnachtsfest so oft im Radio spielen? Auch wenn es ein sehr beliebtes Weihnachtslied ist, so könnte es in der momentanen Situation viel zu viel schlechte Gefühle auslösen und damit meine ich nicht unser chronisch schlechtes Gewissen als reiche Mitteleuropäer gegenüber einigen armen Regionen auf dem afrikanischen Kontinent. Ich glaube kaum, dass Bob Geldof und Midge Ure vor über 35 Jahren ahnen konnten, dass dem Text ihres Liedes im Jahr 2020 eine ganz andere Bedeutung zukommen könnte.

Von wegen es gibt keinen Grund Angst zu haben. Angela Merkel hat uns bereits im Oktober darauf eingestimmt, dass es an Weihnachten ganz, ganz schlimm werden wird und die wird es ja wohl wissen, immerhin sitzt sie als Kanzlerin im Chefsessel des Bundestages und kennt sich berufsbedingt mit Seuchen und Plagen aus.

Wie sollen wir an Weihnachten das Licht hereinlassen, wenn wir noch nicht einmal mehr die Tür aufmachen dürfen und drinnen bleiben sollen? Wie sollen wir denn ein freudiges Lächeln verbreiten, wenn es hinter einer Maske versteckt bleibt und es sowieso keiner sieht? In Corona-Zeiten versuchen die Welt zu umarmen, dürfte vielerorts auch nur Panikreaktionen auslösen. Im Grunde genommen sticht dieses Lied in jede „offene Wunde" die derzeit in uns klafft.

Das Lied *„Last christmas"* von Wham schlägt in die gleiche Kerbe wie Band Aid. George Michael hat uns dort eine Grußbotschaft hinterlassen, die zeitgemäßer nicht sein könnte. Die Jungs von Wham kommentieren die aktuellen Hygiene- und Abstandsregeln wie folgt:

„Ich halte Abstand,
doch du ziehst meine Blicke immer noch an
Sag mir Baby,
erkennst du mich überhaupt wieder?"

Ich glaube George Michael war damals weltweit der begehrteste Frauenschwarm und ich frage mich gerade, ob er das mit einer hellblauen Viskosemaske im Gesicht auch geworden wäre? Da hätte ihn wahrscheinlich keines seiner „Babys" wiedererkannt und selbst wenn, hätten die Frauen Abstand halten müssen. George Michael braucht sich darüber aber keine Gedanken mehr machen, denn er ist bereits 2016 mit 53 Jahren gestorben, ausgerechnet an Weihnachten. Immer wenn ich an George Michael zurückdenke, muss ich ein wenig schmunzeln, auch wenn das jetzt ein bisschen fies ist.

Ich kann mich noch gut daran erinnern als er 1998 sein medienwirksames „Homosexuellen-Coming-out" auf einer Herrentoilette in Los Angeles hatte. Zur Blütezeit von Wham waren wohl fast alle Männer neidisch auf George Michael, denn ein Großteil der geschlechtsreifen Frauen konnte nicht aufhören immer wieder von diesen beiden Schönlingen zu schwärmen. Da war dieses überraschende Coming-Out von George Michael für uns ein gefundenes Fressen und wir Männer konnten oder besser wollten fortan nicht müde werden, unseren Frauen ganz „eigene" Grußbotschaften zu schicken. Ich habe den Verdacht, dass er mit diesem Coming-Out mehr Frauenherzen gebrochen hat als mit „Careless whispers", „I want your sex", „Wake me up before you go go" oder „I`m your man".

Aber so ist das eben mit uns Menschen, manchmal täuschen wir uns, wenn wir uns nur auf das Äußere konzentrieren. So gesehen ist das mit der Maskenpflicht keine so schlechte Angelegenheit. Vielleicht achten wir zukünftig mehr darauf, was für ein Mensch sich hinter der Maske verbirgt.

Es ist ja nicht so, dass die Menschen vor Corona nicht auch schon „Masken" getragen hätten, man hat sie nur nicht so offensichtlich wahrgenommen. Menschen haben sich schon immer hinter Masken versteckt und das war für die anderen sicherlich nicht immer leicht. Wie willst du dein Gegenüber heutzutage einigermaßen einschätzen, wenn du den Großteil seiner Mimik nicht wahrnehmen kannst? Im Gesicht spiegeln sich doch sämtliche Gefühle wider und im Moment spiegeln wir eben auf „Sparflamme". Wir können das jetzt drehen und wenden wie wir wollen, aber ich persönlich sehe diese Maskenpflicht und die Abstandsregeln als riesige Chance, dass wir Menschen zukünftig wieder „richtige" Nähe zulassen können. Wir sind in den letzten Jahren doch auch ohne diese Abstandsregeln immer häufiger auf Distanz zu unseren Mitmenschen gegangen und dafür hat es kein Robert-Koch-Institut gebraucht.

Jetzt, da sie uns das Umarmen verboten haben, wird es uns auf einmal wichtig. Da sind wir Erwachsene genauso „gestrickt" wie die kleinen Kinder: Je mehr man es uns verbietet, desto mehr wollen wir es haben! Vielleicht sollten uns „die da oben" noch viel mehr verbieten, damit wir endlich mal wieder zurück in die richtige Spur kommen und merken was im Leben wirklich wichtig ist? Wenn man mir verbietet meinen Opa in der „Seniorenresidenz" zu besuchen, dann kriege ich doch erst wieder so richtig Lust hinzufahren.

Die Prinzen hatten 1992 mit ihrem Lied *„Küssen verboten"* auch schon so eine Vorahnung. Natürlich hat mir die erste Strophe am besten gefallen:

„Du willst mich haben,
denn du findest mich schön
Ich muss sagen,
das kann ich gut verstehen"

... aber dann kam das mit dem Refrain und ihrer Vorsehung:

„Doch da gibt es eine Sache
die ich gar nicht leiden kann,
kommen deine feuchten Lippen
zu nah an mich ran
Küssen verboten (küssen verboten)
Küssen verboten (streng verboten)
Keiner, der mich je gesehen hat, hätte das geglaubt
Küssen ist bei mir nicht erlaubt"

Da beschweren sich unsere Familienministerin und die Aktuare der Deutschen Rentenversicherung unentwegt über die zurückgehenden Geburtenraten in unserem Land und dann verbieten sie dir Umarmungen und Küssen. Wie soll ich bitteschön für Nachwuchs sorgen, wenn ich 1,50 Meter Abstand halten soll?

Alle reden nur davon, dass wegen Corona Menschen sterben können, aber keiner denkt daran, dass wegen Corona viel weniger Menschen geboren werden. Wenn du den ganzen Tag unter deiner Maske deinen Mundgeruch in der Nase hattest, willst du abends auch deine Frau nicht mehr küssen. Wenn sie dir rund um die Uhr im Radio und Fernsehen die Angst vor dem morgigen Tag schüren, dann gehst du vielleicht an den Barschrank um dich zu betäuben, aber ganz sicher nicht ins Bett um neue Kinder in diese Welt zu setzen.

Ich muss jetzt aufhören, sonst rege ich mich wieder viel zu sehr auf und ich sterbe an einem Herzinfarkt. Wenn die mich dann in der Leichenhalle nachträglich auf Corona testen und ein „Milligramm" von diesem „Covid-19-Zeugs" in mir finden, zählen die mich dann bestimmt auch in ihre Statistik und dann kriegen noch mehr Menschen Angst. Ich will aber nicht, dass andere Menschen wegen mir Angst haben. Das macht doch alles keinen Sinn, da bleibe ich lieber ruhig.

Außerdem sollten wir uns in Deutschland sowieso nicht so aufregen, denn wie Band Aid schon vor über 35 Jahren ganz sachlich und nüchtern festgestellt hat gibt es Regionen auf dieser Welt, denen geht es noch viel schlechter als uns. Im Grunde genommen finden wir aber an jeder Ecke einen Menschen dem es schlechter geht als uns, da brauchen wir noch nicht einmal über unsere Grenzen zu schauen. Allerdings wurden an unseren Grenzen im Zuge der Flüchtlingspolitik immer mehr Zäune und Mauern gebaut, sodass es uns in letzter Zeit immer schwerer fällt darüber hinaus zu sehen, aber das ist ein anderes trauriges Thema.

Wenn Band Aid vom Elend in Afrika singen, dann gibt es aktuell bestimmt auch eine Menge Briten die sich darüber beschweren, dass es nicht auch für sie Hilfsaktionen gibt. Wenn die mit ihrem Brexit so weitermachen, dann müssen die Kontinentaleuropäer zum nächsten Weihnachtsfest auch eine Kollekte für Großbritannien organisieren oder ein paar Millionen „Kehrpakete" rüberschicken. Irgendwie scheinen wir so alle unsere Probleme zu haben und natürlich ist jedem „sein" Problem gerade am wichtigsten.

Während wir uns in Deutschland darüber aufregen, dass unser Bundesministerium für Verbraucherschutz es bis Weihnachten wieder nicht schaffen wird, den eingeschweißten Weihnachtsgänsen ein einheitliches „Verbraucherschutz-Ökosiegel" oder die passende „Stallhaltungs-Kategorie" zu verpassen, haben andere eben Hunger.

So hat jeder sein Leid zu tragen in unserer *„Welt des Überflusses"* wie Band Aid es so schön beschreibt. Aber nur weil mehr als genug da ist heißt das noch lange nicht, dass es gerecht verteilt ist und auch jeder was davon abkriegt.

Vielleicht sollten uns „die da oben" das Spenden in der Weihnachtszeit verbieten, dann kriegen wir erst wieder so richtig Lust drauf...

Der „Soundtrack meines Lebens" erinnert an:

„Do they know it`s Christmas time?"
von Band Aid aus dem Jahr 1984

Top-Platzierung in den Charts in Deutschland: Platz 1
Platzierung: UK Platz 1 / USA Platz 13

„Last christmas"
von Wham aus dem Jahr 1984

Top-Platzierung in den Charts in Deutschland: Platz 2
Platzierung: UK Platz 2 / USA Platz 11

„Küssen verboten"
von Die Prinzen aus dem Jahr 1992

Top-Platzierung in den Charts in Deutschland: Platz 17
Platzierung: UK keine / USA keine

Born to be wild

„Männer nehmen in den Arm
Männer geben Geborgenheit
Männer weinen heimlich
Männer brauchen viel Zärtlichkeit"

Es gibt solche Männer und solche Männer hat meine Mutter immer gesagt, aber ich frage mich ernsthaft warum ich immer an „solche" gerate. Als ich zum ersten Mal *„Männer"* von Herbert Grönemeyer gehört habe dachte ich am Anfang so einen will ich auch, aber gleich in der zweiten Strophe hat er mir dann die Vorfreude auf ein solches Exemplar gleich wieder genommen:

„Männer kaufen Frauen
Männer stehn`ständig unter Strom
Männer baggern wie blöde
Männer lügen am Telefon"

Von diesen „Sorte" Mann hatte ich schon ein paar, aber solange die Kerle immer nur an mir rumbaggern und ihren Strom aus meiner Dose ziehen, kann ich mit dem Rest einigermaßen umgehen, aber leider kam noch mehr dazu, wovon der Herbert da sang:

„Männer führen Kriege
Männer sind schon als Baby blau"

Es ist ja nicht so, dass ich selbst eine Kandidatin für den Friedensnobelpreis wäre, aber meine Männer waren bisher dermaßen streitsüchtig und auf Krawall gebürstet, dass ich ihnen manchmal freiwillig die zweite oder dritte Flasche Bier hingestellt habe, nur damit sie im Laufe des Abends ein wenig ruhiger und friedlicher wurden. Das waren sicherlich keine Männer die heimlich geweint, sondern eher offen und ehrlich rumgeschrien haben.

Irgendwie bin ich schon mein ganzes Leben lang an „Rocker" geraten, also nicht solche Rocker wie ich sie gerne mit langen Haaren auf der Bühne sehe, sondern eher so „Rocker im Geiste". Solche Männer wie die beiden Jungs in dem Film Easy Rider, die sich einfach auf ihre Motorräder setzen und aus ihrem normalen Leben mit all seinen Verpflichtungen flüchten. Ich habe den Verdacht, dass *„Born to be wild"* von Steppenwolf bei fast allen Männern so etwas wie einen zwanghaften Freiheitsdrang auslöst, selbst bei den jüngeren Jahrgängen die dieses Lied eigentlich kaum kennen dürften. Vermutlich steigt bei so einem Lied der Testosteronspiegel in den roten Bereich und es werden irgendwelche steinzeitlichen Urinstinkte geweckt.

Wenn ich als Frau *„Born to be wild"* höre, habe ich immer dieses verstörende Bild von einem leichtbeschürzten, breitschultrigen Kerl mit einer riesigen Keule vor Augen, der gerade von der Mammutjagd zurückkommt, mich mit einem lüsternen Grummeln an den Haaren packt und mich schnurstracks in seine Höhle zerrt. Wenn ich ehrlich bin, mag ich diese Vorstellung. Ich wollte schon immer einen starken Mann an meiner Seite, aber deswegen muss er mich ja nicht gleich an den Haaren hinter sich herziehen.

Mir würde das grundsätzlich aber schon gefallen, wenn mein Partner vorangeht und für mich sorgt. Der würde auch in Sachen Familienplanung nicht lange „rumeiern", sondern anständig für Familiennachwuchs sorgen, nicht so wie die Männer bei Herbert:

„Männer kriegen keine Kinder
Männer kriegen dünnes Haar"

Meine bisherigen Männer wollten keine Kinder, selbst dann nicht, wenn ich sie für uns beide gekriegt hätte. Zur Strafe bewahrheitete sich dann allerdings die zweite Zeile und das fand ich dann doppelt blöd. Ich spüre deutlich, dass ich mit zunehmendem Alter langsam unruhig werde. Es ist nicht so, dass ich die allseits gefürchtete „biologische Uhr" ticken höre, aber der Gedanke an eine Familie mit dem passenden Partner an meiner Seite, beschäftigt mich mehr als es mir lieb ist.

Ich gehöre zu den Frauen die gerne gefragt werden und nicht übergangen werden wollen, aber wenn dann nur ständig rumdiskutiert wird und am Ende kommt man weder zu einem Ergebnis noch ans Ziel, dann ist das auf Dauer ziemlich frustrierend. Oftmals haben wir uns so lange in unsere Themen vertieft, bis wir uns in diesem „Höhlensystem" verlaufen und den Ausgang nicht mehr gefunden haben. Manchmal gab es dermaßen heftige Diskussionen in denen wir uns stundenlang gegenseitig Vorwürfe an den Kopf geworfen haben, dass wir irgendwann selbst nicht mehr wussten, welche Position wir eigentlich vertreten wollten.

Wenn am Ende dann nur noch der Zweifel zurückbleibt, ob es überhaupt eine gemeinsame Zukunft gibt, rückt der Familienwunsch verständlicherweise wieder in die zweite Reihe. Deswegen fand ich den Gedanken an den Haaren in die Höhle gezerrt zu werden ganz nett. Das gibt mir das Gefühl, der Mann weiß was er will. *„Born to be wild"* klingt im ersten Moment auch irgendwie nach purem Egoismus und Abenteuer. Diese Jungs wollen offensichtlich nur spielen und keine Verantwortung. Wenn Steppenwolf singen:

„Bring' deinen Motor zum Laufen,
raus auf die Autobahn
auf der Suche nach Abenteuer,
was auch immer unseren Weg kreuzt"

dann muss das doch das Thema Familie grundsätzlich nicht ausschließen oder? *„Was auch immer unseren Weg kreuzt",* da zähle ich doch auch dazu, oder? Ich habe schon oft den Weg solcher „Rocker" gekreuzt, aber die sind mir beim Thema Familie entweder ausgewichen, an der nächsten Wegkreuzung schnell abgebogen oder sind gleich mit Vollgas an mir vorbei gerauscht.

Wann begreifen diese Jungs endlich, dass Kinder das größte Abenteuer überhaupt sind? Da fahren die ihr Leben lang auf ihren „Mopeds" durch die Welt und suchen in der Wildnis nach dem großen Kick und zuhause verpassen sie die spannendsten Abenteuer mit ihren Kleinen. Irgendwann kommen die auf ihrer Reise durch`s „Abenteuerland" an den Punkt über den die Climax Blues Band in *„Couldn`t get it right"* singt:

„Die Zeit ging vorbei,
aber dieser Rocker muss rollen
Also machte ich mich auf den Weg
und plante meine Flucht
Ich fing an, nach einem besseren Weg zu suchen
und ich suchte weiter nach einem Zeichen
Ich suchte nach einem Zeichen mitten in der Nacht
Aber ich konnte das Licht nicht sehen
Nein, ich konnte das Licht nicht sehen
Ich konnte es nicht richtig machen,
Nein, ich konnte es nicht richtig machen"

Immer wenn ich diesen Song höre denke ich darüber nach, ob ich in diesen Lebenssituationen alles richtig gemacht habe? Die Jungs an meiner Seite waren weiß Gott keine schlechten Typen. Wir haben uns meistens gut verstanden, hatten eine Menge Spaß und ich fühlte mich in ihrer Gegenwart grundsätzlich wohl, aber wenn ich mit dem Thema Familienplanung kam kippte die Stimmung. Ich habe mich dann wie eine Schnecke in ihr Haus zurückgezogen und nicht einmal mehr meine Fühler draußen gelassen um ggf. nachzuspüren, ob sich mein Rocker nicht vielleicht doch auf dieses ultimative Abenteuer einlassen würde. Die hätten bei mir mit der Taschenlampe in mein Schneckenhaus leuchten können und ich hätte das Licht nicht gesehen, so sehr habe ich mich jedes Mal verkrümelt. Eine falsche Reaktion und sie hatten ihre einmalige Chance verspielt. Hätten sie mich doch besser gleich in ihre Höhle gezerrt, bevor ich mir mein Schneckenhaus gebaut habe.

Meine Mutter ist übrigens der Überzeugung, dass ich mich jetzt mit Anfang 40 so langsam mit den Männern beschäftigen sollte, von denen Herbert Grönemeyer singt. Neben diesen Männern die schon als Babys blau sind oder Kriege führen wollen, gibt es offensichtlich auch noch andere, wie z. B. in *„Halt mich".*

„Fühl' mich bei dir geborgen,
setz' mein Herz auf dich
Will jeden Moment genießen,
Dauer ewiglich
Bei dir ist gut anlehnen,
Glück im Überfluss
Kopflos, sorglos,
schwerelos in dir verlieren
Deck mich zu mit Zärtlichkeiten
Friedvoll, liebestoll, überwältigt von dir
Schön, dass es dich gibt
Betanke mich mit Leben
Lass mich in deinem Arm
Halt mich, nur ein bisschen
Bis ich schlafen kann"

Wenn ich meiner Mutter dann erklären will, dass mich „so einer" niemals an den Haaren packen und in die Höhle zerren würde, schüttelt sie nur den Kopf und meint, sie würde die Jugend von heute nicht mehr verstehen. Da kann ich ihr dann noch so oft erklären, dass wenn mich ein Mann auffordert, ich solle ihn „mit Leben betanken" und ich ihn dann auch noch „halten und mit meinen Zärtlichkeiten zudecken soll", mir vielleicht besser gleich ein Kind adoptieren sollte.

Dann hätte ich mir nämlich die ganze Arbeit mit den Männern und der Familienplanung gespart. Ist doch wahr, was soll ich denn mit so einem Mann, wenn ich mir dann mein ganzes Leben um seinen Gefühlszustand Sorgen machen und unentwegt mit Zärtlichkeiten zudecken muss, nur damit er dann friedvoll in meinem Arm einschlafen kann? Na toll!

Vielleicht täusche ich mich auch und die Kerle die ich unter der Kategorie „Rocker" verbuche sind gar nicht so willensstark und bodenständig wie ich denke und sie sind genauso pflegebedürftig wie die „Weicheier", wie ich die Jungs der etwas sanfteren Art bisher spöttisch genannt habe? Meine Mutter hat immer mit mir geschimpft, wenn ich in ihrer Gegenwart von „Weicheiern" gesprochen habe. Sie sagte mir mal, dass „ihr Weichei" - sie meint damit meinen Vater - durchaus seine Qualitäten hat und ganz genau weiß worauf es im Leben ankommt. Außerdem hätte ihr mein Vater die vielen Jahre ganz viel Halt gegeben und sie sei gerne in seinen Armen eingeschlafen.

Da ich meinen Vater echt liebhabe, konnte oder besser wollte ich ihr natürlich nicht widersprechen, aber der eigene Vater hat sowieso immer eine Sonderstellung. Alles was ich an den Macken meiner Kerle auszusetzen habe, kann ich meinem Vater verzeihen. Alles, was ich an meinem Vater sehr mag, habe ich meinen jeweiligen Partnern als Schwäche angelastet. Ist das nicht verrückt? Manchmal frage ich mich, ob nicht die Kerle, sondern ich das Problem bin?

Freddie Mercury singt mir aus dem Herzen *„I want it all and I want it now!"*, denn so komme ich mir auch manchmal vor. Auf der einen Seite hätte ich gerne so ein verständnisvolles und liebevolles „Weichei" wie meinen Vater, natürlich viel jünger, mit weniger Bauch und gerne auch mit dichterem Haar. So einen Fürsorglichen, der mit Begeisterung eine Familie gründen will. Auf der anderen Seite bleibt die stille Sehnsucht nach einem „Rocker", was immer das auch sein mag. Ich bin mir inzwischen selbst nicht mehr sicher was ich überhaupt suche oder ob ich jemals das finden werde, was ich glaube zu wollen. Es ist kompliziert! Nur eins ist klar: Ich werde nicht alles haben können, da muss ich Freddie leider widersprechen. Okay, der wollte ja auch keine Familie gründen und konnte sich ganz ohne Entscheidungsstress seinen Rockern und den gemeinsamen Hobbys widmen. Für eine Heterosexuelle mit Kinderwunsch ist das aber nicht ganz so einfach.

Was hat sich Gott denn nur dabei gedacht, als er sich dieses „Befruchtungssystem" zwischen Mann und Frau ausgedacht hat? Vielleicht war er zu diesem Zeitpunkt der Schöpfungsgeschichte schon etwas müde und unkonzentriert, weil er gerade ein Universum nach dem anderen erschaffen hat und sich nicht weiter darüber Gedanken gemacht hat, welche Probleme er damit bei uns Menschen auslöst. Bei den Tieren war er nicht ganz so pingelig, denn da gibt es eine Menge Arten die sich selbst befruchten können und damit eigenverantwortlich für den eigenen Nachwuchs sorgen Die müssen sich nicht zwischen einem „Rocker" oder einem „Weichei" entscheiden, sondern nur für sich selbst.

Lustigerweise nennt man diese Fähigkeit der paarlosen Befruchtung „Autogamie". Ich glaube, dass viele Männer dabei eher an Autos oder an eine neue Playstation denken. Vielleicht sollte ich aufhören davon zu träumen, dass ich eines Tages genau die perfekte Kombination zwischen einem „Rocker" und einem „Weichei" finde, die ich mir über all die Jahre zurechtgelegt habe.

Roger Hodgson von der Band Supertramp singt in *„Dreamer":*

„Träumer, du weißt, du bist ein Träumer.
Kannst du deine Hände in deinen Kopf stecken?
Oh nein!"

Ganz ehrlich? Mir ist es lieber was in der Hand zu haben als nur davon zu träumen. Vielleicht sollte ich auf Herbert und meine Mutter hören:

„Männer nehmen in den Arm
Männer geben Geborgenheit"

Bei so einer Gelegenheit könnte ich auch einfach mal „den Spieß rumdrehen" und meinem Mann zärtlich ins Ohr flüstern:

„Betanke mich mit Leben
Lass mich in deinem Arm"

... dann klappts vielleicht auch mit der Familie!

Der „Soundtrack meines Lebens" erinnert an:

„Männer"
von Herbert Grönemeyer aus dem Jahr 1984

Top-Platzierung in den Charts in Deutschland: Platz 7
Platzierung: UK keine / USA keine

„Born to be wild"
von Steppenwolf aus dem Jahr 1968

Top-Platzierung in den Charts in Deutschland: Platz 20
Platzierung: UK Platz 2 / USA Platz 18

„Couldn`t get it right"
von Climax Blues Band aus dem Jahr 1976

Top-Platzierung in den Charts in Deutschland: Keine
Platzierung: UK Platz 10 / USA Platz 3

„Halt mich"
von Herbert Grönemeyer aus dem Jahr 1988

Top-Platzierung in den Charts in Deutschland: Platz 33
Platzierung: UK keine / USA keine

„Dreamer"
von Supertramp aus dem Jahr 1975

Top-Platzierung in den Charts in Deutschland: Keine
Platzierung: UK Platz 13 / USA Platz 15

... und schon wieder Queen, diesmal mit „I want it all"

Blaue Augen

Es gibt Katzenaugen, Schlitz-Augen, Manga-Augen, Bambi-Augen, traurige Augen, lachende Augen, angeblich sogar Mocca-Augen, aber vor allem gibt es blaue Augen. Ich vermute mal es gibt keine andere Augenfarbe die so oft in Liedern besungen wurde, allen voran *„Blue Eyes"* von Elton John, *„Behind blue eyes"* von The Who und natürlich *„Blaue Augen"* von Ideal. Als ich 1980 dieses Lied von Ideal zum ersten Mal im Radio hörte dachte ich nur: „Was ist das denn für ein verrückter Text?". Bisher war ich der Überzeugung, dass wenn jemand über blaue Augen singt, dann ist das eindeutig ein Liebeslied, nicht mehr und nicht weniger. 30 Jahre Nachkriegsschlager meiner Eltern hatten bei mir Spuren hinterlassen. Wenn Annette Humpe sang:

„Deine blauen Augen machen mich so sentimental
Wenn du mich so anschaust
wird mir alles andere egal, total egal"

konnte man im ersten Moment auch meinen, dass es um Liebe und die Beziehung zweier Menschen geht, aber weit gefehlt, denn dann kam ziemlich „rotzig" hinterher:

„Der ganze Hassel um die Knete,
macht mich taub und stumm
Für den halben Luxus
leg ich mich nicht krumm
Nur der Scheich
ist wirklich reich"

...und dann wieder die thematische Kehrtwende zu:

„Deine blauen Augen
sind phänomenal, kaum zu glauben
Was ich dann so fühle ist nicht mehr normal
Das ist gefährlich, lebensgefährlich
zu viel Gefühl"

Bei Elton John wusste ich genau wovon er sang, aber bei Ideal wurde ich ganz „wuschelig". Vielleicht waren Ideal damals bereits die ersten Vorboten der Globalisierungsgegner und sie leiteten mit diesem Lied im „musikalischen Untergrund" die Ära der bis heute noch aktiven Kapitalismus-Kritikern ein? Was sich in den 40 Jahren zwischen 1980 und heute allerdings nicht grundlegend geändert hat ist die Tatsache, dass *„nur der Scheich wirklich reich ist"*. Oligarchen und Internet-Milliardäre gab es damals noch nicht. Erst im Jahr 1998 konnte Google mit einem 100.000 US-Dollar Scheck von dem deutschen Unternehmer Andreas von Bechtolsheim wirtschaftlich an den Start gehen und noch im gleichen Jahr vermeldete Russland seinen Staatsbankrott. Erst danach kamen die heutigen „Superreichen" so richtig in Schwung. Viele dieser Oligarchen haben sich für ihren Luxus wahrscheinlich nicht krummgelegt, sondern höchstens hin und wieder einen anderen umgelegt, aber das gehört in ein seriöses Enthüllungsbuch und nicht in eine Wuscheltiergeschichte. Auf jeden Fall gab es in den frühen 80er Jahren in der Musikwelt nicht unbedingt viele Bands oder Interpreten, die sich mit Themen wie Systemkritik oder Kapitalismus auseinandergesetzt haben.

Natürlich gab es auch Jahre zuvor schon andere Protestsongs über den Kapitalismus. Nehmen wir zum Beispiel Gunter Gabriel mit seinem *„Hey Boss, ich brauch` mehr Geld"*, der damals vielen Menschen aus der Seele gesungen hat. Vielleicht schafft es dieses Lied im Jahr 2021 wieder in die deutschen Charts, denn der Text könnte im Zuge der wirtschaftlichen Corona-Auswirkungen wieder aktueller werden als uns lieb ist:

„Ich will ja keine Schlösser bauen,
nur eben, dass es reicht
Denn gerade so ein Mann wie ich,
der hat's nicht immer leicht
Der will auch mal in Urlaub fahren,
mit Kindern, Frau und Hund
Denn viel zu lange leben wir schon
von der Hand in Mund"

Aber vielleicht war der Gunter am Ende des Tages auch glücklich, wenn er seiner Frau nach Feierabend in ihre blauen Augen schauen durfte und ihn *„der ganze Hassel um die Knete"* für einen kurzen Moment *„taub und stumm"* machte. Einfach mal die finanziellen Probleme ausblenden und sich glücklich und dankbar fühlen, wenn einem das „kleine Glück" anschaut und zulächelt.

Annette Humpe stand damals im Jahr 1980 ganz am Anfang ihrer Karriere, da konnte sie ja nicht ahnen, dass sie *„der ganze Hassel um die Knete"* weder taub, noch stumm machen würde. Ganz im Gegenteil. Mein Gott, was wurde diese Frau kreativ und erfolgreich.

Im Internet steht, dass sich bisher 34 „ihrer" Songs in den deutschen Charts getummelt haben. Warum sie irgendwann aufgehört hat selbst zu singen muss man sie persönlich fragen, aber geschadet hat es ihr nicht. Nach Ideal kamen u. a. DÖF (mit dem legendären Nr. 1 Hit „Codo"), Ich & ich (mit Adel Tawil als Sänger) und bei den Prinzen hatte sie damals als Produzentin auch heftig mitgemischt. Mich würde interessieren wie sie sich damals im Studio gefühlt hat, als die Prinzen ihre ganz eigene „Turbo-Kapitalismushymne" sangen:

„Es gibt so viele reiche Witwen,
die begehren mich sehr
Sie sind so scharf auf meinen Körper,
doch den gebe ich nicht her
Ich glaub', das würd' ich nicht verkraften,
um keinen Preis der Welt
Deswegen werd' ich lieber Popstar
und schwimm' in meinem Geld
Ich wär' so gerne Millionär,
dann wär' mein Konto niemals leer
Ich wär' so gerne Millionär,
millionenschwer"

Da war er wieder, *„der ganze Hassel um die Knete"*! Annette Humpe konnte anpacken was sie wollte, aber dieses Thema holte sie immer wieder ein. Vielleicht ist sie auch nur deswegen *„taub und stumm"* geworden, weil sie es nicht mehr ertragen kann, dass so viele begnadete junge Musiker heutzutage kaum noch eine Chance haben, mit ihrer Kreativität so viel Geld zu verdienen, dass sie halbwegs davon leben können.

Wenn dieses Buch hier jemals ein Chef eines Musiklabels oder ein verantwortlicher Leiter eines Radiosenders in die Hände bekommen sollte, dann denkt doch mal darüber nach wie ihr diese „unerschöpfliche Kreativader deutschen Musikguts" am Leben erhalten könnt, denn ansonsten wird diese Quelle immer mehr versiegen. Wie wäre es mit einer Mindestquote für „Newcomer" in den Playlists? Wenn jeder zehnte Song im Radio nicht in die Kategorie „Die größten Hits der …" fällt und die jeweiligen Künstler damit eine Minimalchance erhalten von einem großen Publikum „erhört" zu werden, wäre das schon mal ein guter Anfang. Wenn ihr liebe Radiosender, schon in den 60er Jahren damit angefangen hättet immer nur die größten Hits zu senden, dann würden wir auch heute noch nur die Beatles und die Rolling Stones zu hören kriegen. Es geht doch auch anders, also warum nicht mit dieser „Mindestquote"? Ich gehöre zu denen die regelmäßig ihren Rundfunkbeitrag zahlen und dafür darf ich bitteschön auch erwarten, dass die „Öffentlich-Rechtlichen" ihrem satzungsgemäßen Kulturauftrag nachkommen und der besteht nicht darin, sich seine Playlist von der internationalen „Musikmafia" oder von gut zahlenden Werbekunden vorschreiben zu lassen.

Vielleicht sollte ich jetzt besser aufhören mich über diese Ungerechtigkeiten aufzuregen, denn das ist *„gefährlich, lebensgefährlich, zu viel Gefühl".* Bevor mir jetzt wieder der Blutdruck steigt und es mich vielleicht sogar noch krank macht, werde ich besser ganz schnell in die blauen Augen meiner Frau blicken. Das beruhigt mich und dann wird mir „alles andere egal"…

Nachschlag:

Da ich selbst auch blaue Augen habe war ich damals sehr glücklich darüber, dass Annette Humpe nicht von braunen, grünen, grauen oder schwarzen Augen gesungen hat, aber aus eigener Erfahrung weiß ich ganz genau, dass diese wunderbar beruhigende Wirkung eines tiefen Blickes auch bei anderen Augenfarben ausgezeichnet funktioniert.

... und jetzt noch schnell eine Grußbotschaft zum Thema *„Nur der Scheich ist wirklich reich!"*

Liebe Scheichs,

spätestens dann, wenn eure Öl- und Gasquellen versiegen und sich die ganze Welt freudestrahlend von euch abwendet, um sich an „grünen" Energiequellen zu laben, solltet ihr euren Frauen den Schleier lüften und in deren wunderbaren schwarzen Augen Trost finden.

„Wenn du mich so anschaust,
wird mir alles andere egal"

Der „Soundtrack meines Lebens" erinnert an:

„Blaue Augen"
von Ideal aus dem Jahr 1982

Top-Platzierung in den Charts in Deutschland: Platz 48
Platzierung: UK keine / USA keine

„Hey Boss, ich brauch mehr Geld"
von Gunter Gabriel aus dem Jahr 1974

Top-Platzierung in den Charts in Deutschland: Platz 6
Platzierung: UK keine / USA keine

„Millionär"
von Die Prinzen aus dem Jahr 1991

Top-Platzierung in den Charts in Deutschland: Platz 36
Platzierung: UK keine / USA keine

The winner takes it all

*„Ich spielte alle meine Karten aus
und das hast du auch getan
Es gibt nichts mehr zu sagen,
kein Ass mehr auszuspielen*

*Der Gewinner bekommt alles,
der Verlierer steht klein und unbedeutend
neben dem Sieg
Das ist sein Schicksal"*

Abba

So, das hat er jetzt davon der Donald Trump. Manchmal kann das Leben auch gerecht sein. Allerdings kommt das leider nicht ganz so oft vor. Gerechtigkeit empfindet sowieso jeder anders, denn es kommt immer darauf an ob man sich als Gewinner oder Verlierer fühlt. Es soll sogar vorkommen, dass man sich als Gewinner fühlt obwohl man verloren hat. Das ist ganz sicher nicht das Privileg eines US-Präsidenten, das hatten wir in Deutschland auch schon. Wer erinnert sich nicht mit einem Schmunzeln an die „Berliner-Elefantenrunde" bei der Bundestagswahl im Jahr 2005, als sich Gerhard Schröder im Fernsehen als Gewinner präsentierte, obwohl ihn das offizielle Wahlergebnis zu diesem Zeitpunkt als Verlierer der Wahl brandmarkte. Einem Machtbesessenen fällt es sicher nicht leicht loszulassen. Bis eben noch im strahlenden Licht auf den Bühnen der Weltpolitik und ab morgen nur noch mit „Mutti" auf der Couch im schummrigen Eigenheim. Das ist echt hart.

Gegen diese Vorstellung darf man sich durchaus wehren, das würden wir wahrscheinlich auch so machen. Als Abba 1980 *„The winner takes it all"* geschrieben haben dachten die bestimmt nicht an das amerikanische Wahlsystem, aber sie beschreiben es mit diesen Worten absolut treffend. Dieses US-Wahlsystem mit den Wahlmännern muss man als mitteleuropäischer Demokrat nicht unbedingt verstehen, geschweige denn gutheißen, aber es kann tatsächlich dazu führen, dass am Ende jemand Präsident wird der nicht die meisten Stimmen von den Wählern bekommen hat. Der Vollständigkeit halber muss man sich den letzten Satz auch in einer weiblichen Variante denken, aber da sich die USA bisher erfolgreich gegen eine Frauenquote im Präsidentenamt gewehrt haben, fällt das nicht weiter auf. Für mich persönlich ist die Tatsache, dass eine farbige Frau in dieser von machtbesessenen Cowboys und „alten weißen Männern" beherrschten Politik Vizepräsidentin wird, schon mal ein guter Anfang.

Bei den US-Wahlen 2020 haben sich, wie auch vier Jahre zuvor, viele Musiker zu Wort gemeldet oder haben zumindest versucht sich medienwirksam in Szene zu setzen, allen voran „Der Boss" Bruce Springsteen. Bruce geht zwischenzeitlich stramm auf Mitte 70 zu und kommt daher ganz langsam ins richtige Alter für ein politisches Amt. Manchmal frage ich mich allerdings warum das immer so eine „Altherrenriege" sein muss, denn wenn ich mir die sehr ansehnlichen jungen Spitzenpolitikerinnen in Finnland, Dänemark und Neuseeland anschaue, kriege ich selbst als „alter weißer Mann" doch viel mehr Lust auf Politik.

Wenn die Amerikaner hätten frei wählen dürfen, wäre Bruce Springsteen vermutlich der neue US-Präsident und Taylor Swift die neue Vizepräsidentin geworden. Es kann natürlich sein, dass der eine oder andere goldkettenbehängte Rapper sein fettes Ego in den „Goldring" geworfen und Bruce zum TV-Battle herausgefordert hätte. Das hätte den Amerikanern sicherlich gut gefallen und in den Werbepausen hätten die selbsternannten Präsidentschaftskandidaten dann ihre neuesten Musikalben präsentieren können.

Ich habe das ungute Gefühl, dass es den meisten Wählern sowieso kaum noch um politische Inhalte geht, sondern viel mehr um Sympathie und vielleicht noch um die Glaubwürdigkeit eines Kandidaten. Bekanntlich kann es auch für einen Wahlsieg reichen, wenn den Gegenkandidaten keiner so richtig leiden mag, also so einen „Unsympathicus" oder eine „Unsympathicusissin", wie der Lateiner sagt. Liebe Lateinlehrer: Hätten Sie oder ihre Kollegen damals an meiner Schule unterrichtet, hätten es diese grammatikalischen „Entgleisungen" niemals in dieses Buch geschafft.

Ich kenne Menschen die behaupten, sie hätten in der Politik sowieso nur die Wahl zwischen der Pest und der Cholera und dann würden sie eben das geringere Übel wählen. Manchmal erinnern mich Bundestagswahlen so ein bisschen an den Eurovision Song Contest. Da sollst du dich am Ende auch für die Beste oder den Besten entscheiden, obwohl dich kein einziger von diesen Songs wirklich überzeugt hat.

Dann bekommt irgendeiner die meisten Stimmen und die ganze Welt ist davon überzeugt, dass das ein ganz toller Song sein muss, nur weil ihn so viele Menschen gewählt haben. Manchmal muss man nicht alles verstehen und außerdem geht es bekanntlich nicht immer gerecht zu. Obwohl es beim Eurovision Song Contest schon einige Fälle gibt, bei denen sich Gerechtigkeit durchgesetzt hat.

Kann sich zum Beispiel noch irgendeiner an den Song von Conchita Wurst erinnern? Ich meine nicht das Outfit, den Bart, das Abendkleid, den lustigen Namen oder die vielen Schlagzeilen in den Zeitungen, nein ich meine den Song. Hatte Conchita nach ihrem / seinem Sieg im Jahr 2014 später nochmals auch nur einen einzigen Hit in den Charts? Die fünf Jahre danach gewannen den ESC Mans Zelmerlöw, Jamala, Salvador Sobral, Netta und Ducan Laurence. Hand auf's Herz, kennt die noch einer? Vielleicht können sich noch ein paar Menschen in den jeweiligen Heimatländern daran erinnern, aber das war`s dann auch schon.

Auch wenn David Bowie nie beim ESC teilgenommen hat, so trifft sein Song *„Heroes"* den ganzen Hype um die Gewinner sehr treffend:

„Ich, ich werde König sein
und du, du wirst Königin sein
Wir können sie schlagen, nur für einen Tag
Wir können Helden sein, nur für einen Tag"

Okay, Donald Trump war nicht nur für einen Tag, sondern für ganze vier Jahre König, aber er wird ganz bestimmt nicht als „Hero" in die Geschichte eingehen, genauso wie Conchita Wurst.

Als Abba 1974 mit *„Waterloo"* den Eurovision Song Contest gewannen, gab es noch keine Europäische Union und die Veranstaltung hieß damals „Grand Prix Eurovision de la Chanson". Ich will jetzt keine allgemeingültige Wertung vornehmen oder ohne einen demokratischen Wahlprozess irgendwelche Sieger ausrufen, aber es gibt für mich nur wenige Künstler die sich in all den Jahren als wahre Sieger fühlen dürfen. Vielleicht erinnern sich ein paar von Ihnen noch an die Handvoll international bekannter Stars die der ESC hervorgebracht hat:

Bonnie Tyler
Katrina and the Waves
Udo Jürgens
Olivia Newton-John
Toto Cotugno
Celine Dion
Cliff Richard
Johnny Logan

... und aus deutschem Blickwinkel darf man durchaus auch Lena Meyer-Landrut dazuzählen. Das waren keine Helden für einen Tag, sondern durchaus ein wenig mehr, manche sind es sogar für die Ewigkeit.

Bevor es jetzt Ärger mit Ralph Siegel gibt und der sich in einem Boulevardblatt mit vier großen Buchstaben offiziell über seine „Nichtnennung" an dieser Stelle beschwert, werde ich hier zumindest erwähnen, dass er mit seinen Liedern sage und schreibe 24 Mal am ESC teilgenommen hat. Seinem Nr. 1 Hit *„Ein bisschen Frieden"* mit Nicole habe ich bereits in einer anderen Geschichte Beachtung zukommen lassen, das muss jetzt aber auch reichen. Ich glaube schon, dass sich Ralph Siegel mit seinen Bewertungen beim ESC auch öfters mal ungerecht behandelt gefühlt hat, aber er hatte wenigstens den Anstand das Ergebnis anzuerkennen.

Man stelle sich nur mal vor, Donald Trump wäre kein Präsident, sondern Schlagersänger geworden und hätte mit den Amigos zusammen beim ESC teilgenommen. Aufgrund seines Stammbaums ist er ja über zwanzig Ecken „Deutscher", zumindest hat er das mehrmals getwittert. Donald hätte einen zweiten Platz mit Sicherheit nicht einfach so hingenommen. Der hätte sich wie ein kleiner trotziger Junge auf die Bühne gestellt und der ganzen Welt zugerufen, dass sämtliche Abstimmungsergebnisse gefälscht seien und er jetzt so lange stehen bleibt, bis dieser „Fake" ein Ende nimmt. Gerechtigkeit ist eben immer Ansichtssache. Natürlich würde ich den Amigos einen Sieg beim ESC gönnen, aber dann bitte nicht so. Auch wenn Donald altersmäßig und frisurentechnisch ganz gut zu den Amigos passen würde, so hätten die beiden Brüder ihn ganz bestimmt nicht mitgenommen. Wenn sich allerdings seine Melania angeboten hätte, wären die beiden vermutlich schwach geworden. Egal, wir wissen, dass es anders kam.

Wenn man den Medien glauben darf und es sich ausnahmsweise nicht um „Fake-News" handelt, warten auf Donald Trump zwei Dutzend Strafprozessverfahren gegen seine Person, die aufgrund seiner politischen Anonymität als Präsident bisher geruht haben. Das verheißt nichts Gutes für seinen zwangsverordneten Ruhestand. Da geht es um Steuerhinterziehung, Bilanzfälschung, Betrug und in einigen Fällen sogar um Missbrauchs- und Vergewaltigungsvorwürfe. Da braucht man sich nicht zu wundern, dass er das Weiße Haus nicht verlassen will. Tja Donald, manchmal kommt es anders als man denkt und das Leben ist nicht immer ungerecht, auch wenn du es selbst anders empfindest.

The Clash haben deine aktuelle Situation mit ihrem Song „*I fought the law*" schon im Jahr 1979 sehr treffend beschrieben:

„Ich spalte Steine in der heißen Sonne
Ich bekämpfte das Gesetz und das Gesetz siegte
Ich brauchte Geld, denn ich hatte keins
Ich bekämpfte das Gesetz und das Gesetz siegte
Ich glaube, mein Rennen ist gelaufen
Ich bekämpfte das Gesetz und das Gesetz siegte"

oder wie Abba es formuliert:

„Es gibt nichts mehr zu sagen,
kein Ass mehr auszuspielen"

Game over...

Der „Soundtrack meines Lebens" erinnert an:

„The winner takes it all"
von Abba aus dem Jahr 1980

Top-Platzierung in den Charts in Deutschland: Platz 4
Platzierung: UK Platz 1 / USA Platz 8

„Heroes"
von David Bowie aus dem Jahr 1977

Top-Platzierung in den Charts in Deutschland: Keine
Platzierung: UK Platz 12 / USA keine

„I fought the law"
von The Clash aus dem Jahr 1979
(das Original stammt von „The Crickets" aus dem Jahr 1960; von diesem Song gibt`s übrigens zahlreiche Cover-Versionen u. a. von den „Toten Hosen, Status Quo, Green Day u. v. m.)

Top-Platzierung in den Charts in Deutschland: Keine
Platzierung: UK Platz 22 / USA keine

… und natürlich an die vielen Erfolge der „Amigos"

(auch wenn man mit der Musik der Amigos vielleicht nicht so viel anfangen kann, so haben die Amigos über 100 Gold und Platin Auszeichnungen für über 5 Millionen verkaufte Tonträger erhalten; da darf man gerne mal drüber nachdenken…)

Here I go again

*„Manchmal fühle ich mich
als würde ich zusammenbrechen und weinen
Nirgends kann ich hingehen,
nichts kann ich mit meiner Zeit anfangen
Ich werde einsam, so einsam"*

Freddie Mercury

Wenn Manuela glaubt ich würde jetzt traurig in der Ecke hocken und wegen ihr rumflennen, dann hat sie sich aber sowas von getäuscht. Mein Gott, es waren lediglich fünf Jahre, fünf vergeudete Jahre, wie sie nicht müde wird es mir unter die Nase zu reiben. Wenn all die Jahre tatsächlich so schlimm waren wie sie sagt, dann hätte sie doch auch schon früher abhauen können. Manuela soll nicht so tun als ob es ihr bei mir nicht auch gefallen hätte. Okay, die letzten drei Monate sicher nicht, aber davor war es doch gar nicht so übel? Warum stellt sie sich auch immer so an, nur weil ich hin und wieder meine Freiheiten eingefordert habe?

Es waren nicht die üblichen Freiheiten die man uns Männern gerne unterstellt, also keine heimlichen Affären oder „Saufexzesse mit den besten Kumpels im Rotlichtviertel" oder sowas in der Art. Ich wollte einfach hin und wieder gerne Zeit nur mit mir selbst und ohne sie verbringen. Ich brauche diese Auszeiten, denn nur so komme ich zur Ruhe, da räume ich mein Hirn auf, da bin ich bei mir.

Wenn Manuela in meiner Nähe ist klappt das einfach nicht. Sie verbreitet immer so eine latente Unruhe und ich habe dann das Bedürfnis, mich um sie kümmern zu müssen. In Manuelas Leben gibt es immer etwas, das gerade sehr wichtig ist oder aber skandalös, ganz schlimm, herzerweichend romantisch oder so dringend, dass sie es mir unbedingt sofort erzählen muss. Wie soll ich da zur Ruhe kommen? Ich brauche aber meine Ruhe und da bleibt mir keine andere Wahl, einen Teil meines Lebens Manuela einfach mal außen vor zu lassen.

Manuela versteht das nicht, sie denkt ich würde sie „aussperren". Sie denkt ich würde sie nicht mehr lieben, nur weil ich mal alleine durch den Wald laufen oder einen Abend nur mit mir auf meiner Couch sitzen und ein gutes Buch lesen will. Das passt nicht in ihre Vorstellung von einer „guten" Beziehung.

Sie kommt aus einem Elternhaus in dem ihre Eltern immer alles zusammen gemacht haben und dieses „immer" war offensichtlich keine Floskel, sondern absolut ernst gemeint. Ihr Vater hat sich während seiner Ehe mit ihrer Mutter nicht einmal getraut mit seinen Kumpels einen Tagesausflug zu machen, noch nicht einmal für ein paar Stunden am Vatertag. Ihre Mutter hatte die totale Panik, als ihr Mann einmal abends nicht nach Hause kam, nur weil er aus beruflichen Gründen einmal in seinem Leben auswärts übernachten musste. Der konnte doch nun wirklich nichts dafür und trotzdem musste er sich wochenlang Vorwürfe anhören, warum er sie alleine gelassen hat.

Manuela hat damals wohl gut aufgepasst und auch, wenn sie vom DNA-Strang ihrer Mutter sonst nicht viel mitbekommen hat, so ist dieses Verhalten auch ganz tief in ihr verwurzelt. Wenn sie an solchen Tagen an denen ich meine Freiheiten einforderte wenigstens nur schmollend zuhause gesessen hätte, dann wäre das nicht so „aus dem Ruder gelaufen", aber nein, Manuela hatte auch noch eine andere besondere Art an sich, die sich mehr und mehr zu einem großen Problem zwischen und beiden entwickelte.

Wenn Manuela über die Eskapaden ihrer Eltern erzählt, dann habe ich immer den Eindruck, dass ihre Mutter ganz schön mit der Eifersucht zu kämpfen hat. Es gibt Geschichten von den Beiden, da klang das sogar nach „krankhafter" Eifersucht. Auch das hat Manuela offensichtlich von ihrer Mutter geerbt und immer dann, wenn ich mal nicht bei ihr war, schwelte in ihr wohl der Verdacht ich wäre in dieser Zeit mit einer anderen Frau zusammen. Anfänglich habe ich mich über ihre Eifersucht amüsiert und dachte mir, es ist doch schön, dass sie dich so sehr vermisst. Es machte mich sogar richtig stolz, dass sie mir tatsächlich eine Affäre zutraute, denn das bedeutete ja, dass mich andere Frauen attraktiv finden mussten.

Rückblickend betrachtet hätte ich ihre Eifersucht etwas ernster nehmen sollen. So richtig schlimm wurde es, als sie mit ihren Freundinnen darüber sprach, denn die hatten nichts Besseres zu tun als „Öl ins Feuer zu gießen" und ihre Eifersucht noch mehr zu schüren.

Ihre Freundinnen hatten in letzter Zeit allesamt keine Kerle im Bett und waren „männertechnisch" spürbar frustriert. Somit lag es nah, dass Manuela auch nicht glücklich aus den gemeinsamen Gesprächen gehen durfte. Wer solche „Freunde" hat, braucht keine Feinde, denn was haben mir ihre Freundinnen nicht alles angedichtet. Nachdem diese „Weiber" Manuela einen Floh nach dem anderen ins Ohr gesetzt hatten, wurde es für mich ziemlich ungemütlich. Am liebsten hätte ich Manuela in dieser Situation das Lied *„Ich will frei sein"* von Sabrina Setlur vorgespielt:

„Glaubst du, was alle erzählen?
Glaubst du, was alle behaupten?
Wenn du das glaubst, dann wirst du nie sehen
und verstehen, was ich mein'
wenn ich sag' ich will frei sein"

Das war jetzt vor drei Monaten. Manuela hatte sich damals dermaßen reingesteigert, dass ich keine Chance hatte mich ihr zu erklären. Sie sagte sie hätte es schon immer geahnt, ihre Freundinnen hätten auch schon lange den Verdacht, ich sollte nicht immer so geheimnisvoll tun und endlich alles zugeben und so weiter. Was sollte ich denn zugeben? Dass ich mit Jussi Adler-Olsen gemütlich auf meiner Couch „gekuschelt" habe, während ich seinen neuen Kriminalroman verschlang oder dass ich von Penelope Cruz in einem String-Tanga geträumt habe, während ich alleine durch den Herbstwald gelaufen bin? Wenn Manuela eifersüchtig und misstrauisch sein will, dann kann sie keiner davon abbringen.

Ich frage mich nur, woher das in dieser schlimmen Ausprägung kommt? Selbst ihre Mutter war in dieser Hinsicht nicht so „kriegerisch". Ich habe Manuela nun wirklich keinen Anlass gegeben eifersüchtig zu sein und daher war ihr Verhalten für mich einfach nur „krank". Leider finden sich noch nicht einmal in der Apotheken-Rundschau verwertbare Hinweise, wie man diese Krankheit erfolgreich therapieren könnte.

Mein bester Freund gab mir den Rat es würde helfen, wenn man bei anfänglichen Anzeichen von Eifersucht mit dem Partner häufiger offen und vertrauensvoll spricht. Genau das habe ich die letzten drei Monate getan und es wurde Tag für Tag schlimmer. Manuela kann sich offensichtlich nicht vorstellen, dass ich sie liebe oder sollte ich jetzt besser sagen, geliebt habe, ihr treu bin und sie mir vertrauen kann, weil es überhaupt keine Gründe gibt sie anzulügen oder zu hintergehen. In ihr steckt so viel Misstrauen, dass es fast schon wehtut. Manchmal frage ich mich was Manuela in ihren Leben erlebt haben muss, damit sich so viel Misstrauen in ihr aufbauen konnte? So wie es aussieht, traut sie sich selbst nicht, denn sie hält sich ausschließlich nur noch an den Verdächtigungen ihrer Freundinnen fest und nach drei Monaten „Gehirnwäsche" ist das zwischenzeitlich zu ihrer eigenen Wahrheit geworden.

Anfänglich hatte ich einen ganz schönen Hass auf ihre Freundinnen, denn sie hatten wohl den größtmöglichen Anteil am Bruch unserer Beziehung, aber zwischenzeitlich bin ich zur Ruhe gekommen.

Nachdem ich die letzten Tage deutlich weniger Zeit mit Manuela verbracht habe, bin ich die Ruhe selbst und das tut mir gut. Vielleicht ist das die beste Therapie gegen die Eifersucht, sich einfach mal rausnehmen und zur Ruhe kommen. Wenn ich „bei mir" bin, dann kann ich ungestört über mich selbst nachdenken und in mich hineinhorchen was ich im Leben überhaupt will.

Vielleicht will Manuela mit ihrer krankhaften Eifersucht nur die Kontrolle über ihr Leben erzwingen und da sie damit nicht allein zurechtkommt, musste ich all die Jahre dafür herhalten. Wie soll das auch gehen, Eifersucht ohne einen Partner, auf den man eifersüchtig sein kann? Da braucht es zwanghaft einen „Täter", damit man sich als „Opfer" fühlen kann. Allerdings habe ich keine Lust als „Täter" herzuhalten und noch weniger habe ich Lust, meine wertvolle Lebenszeit mit einem Menschen zu verbringen, der sich ständig als „Opfer" fühlt. Ich hatte in diesem Zusammenhang ein wenig im Internet recherchiert was dort über Eifersucht steht und bin über eine Stelle gestolpert, die mir letztendlich die Augen geöffnet hat:

„Ein zu geringes Selbstwertgefühl ist die häufigste Ursache für Eifersucht. Wenn wir nicht besonders viel von uns selbst halten, dann scheint es nur logisch, dass unser Partner früher oder später etwas Besseres finden wird."

Vielleicht hätte Manuela ein wenig mehr Zeit im Internet anstatt mit ihren Freundinnen verbringen sollen, aber so gesehen sollte ich ihren Freundinnen wirklich dankbar sein, denn ohne ihre hartnäckigen Intrigen wäre es vielleicht noch viele Jahre so weitergegangen. Am Ende hätten Manuela und ich womöglich nur die Geschichte ihrer Eltern fortgeschrieben. Eine schlimme Vorstellung.

Vorhin habe ich meine restlichen Sachen aus ihrer Wohnung geholt und die Tür zum letzten Mal hinter mir ins Schloss geworfen. Was soll ich sagen, es war ein wirklich befreiendes Gefühl. Ich wollte schon immer auf meine bescheidene Art „frei sein" und hatte gehofft, dass ich eine Partnerin finde, die mir diese kleinen Freiheiten zugesteht. Manuela war es auf jeden Fall nicht, so viel steht fest. Damit man sich in einer Beziehung wirklich frei fühlen kann, braucht es eine Menge Vertrauen und Liebe zueinander, sonst stößt man ganz schnell an seine Grenzen. Für mich persönlich sind Vertrauen und Liebe die wichtigsten Voraussetzungen für eine gute Beziehung und damit meine ich auch ganz besonders die Beziehung zu mir selbst.

Während ich mit der kleinen Kiste mit meinen Habseligkeiten die Treppe runtergehe und ein tiefes Vertrauen spüre, dass diese Entscheidung genau die richtige für mich ist, klingen mir noch Manuelas letzte Worte in meinen Ohren:

„Du wirst niemals eine Frau finden, die das mitmacht!"

Wenn sie sich da mal nicht täuscht!

„Nein, ich weiß nicht, wohin ich gehe
Aber ich weiß genau, wo ich gewesen bin
Ich habe mich heute entschieden
keine Zeit mehr zu verschwenden

Hier gehe ich wieder
Hier gehe ich wieder"

Whitesnake

Der „Soundtrack meines Lebens" erinnert an:

„Here I go again"
von Whitesnake aus dem Jahr 1987

Top-Platzierung in den Charts in Deutschland: Platz 51
Platzierung: UK Platz 9 / USA Platz 1

„Living on my own"
von Freddie Mercury aus dem Jahr 1993

Top-Platzierung in den Charts in Deutschland: Platz 2
Platzierung: UK Platz 1 / USA keine

„Freisein"
von Sabrina Setlur aus dem Jahr 1997

Top-Platzierung in den Charts in Deutschland: Platz 23
Platzierung: UK keine / USA keine

Bat out of hell

*„So wie eine Fledermaus aus der Hölle
werde ich fort sein, wenn der Morgen kommt"*

Als ich Meat Loaf zum ersten Mal in der Rocky Horror Picture Show auf seinem Motorrad in das Schloss von Dr. Frank N. Furter hineinfahren sah, schwante mir schon, dass der nicht über Blümchensex und Kaffeetrinken mit der Schwiegermutter singen wird. Den Text von *„Hot patootie bless my soul"* werde ich hier nicht übersetzen, sonst dürften sie dieses Buch ihren Kindern nicht zum Lesen überlassen und das fände ich sehr schade. Meat Loaf hatte schon immer eine Vorliebe für außergewöhnliche Texte. Übrigens hat er uns bereits 1977 mit seinem *„Bat out of hell"* die Ursache der Corona-Pandemie vorausgesagt, da wussten selbst noch nicht mal die Chinesen oder das CIA, was es mit so einer Fledermaus virustechnisch auf sich hat. Natürlich wäre es besser gewesen, wenn sich diese Fledermaus gleich wieder verpisst hätte wie Meat Loaf in seinem Song, aber wir wissen alle, dass es anders kam.

Das mit der Fledermaus auf dem Markt in Wuhan war natürlich die perfekte Steilvorlage für die Fraktion der Vegetarier in Deutschland. Dass wir insgesamt weniger Fleisch essen sollten, wird von großen Teilen der Bevölkerung zwischenzeitlich anerkannt oder zumindest nicht mehr lautstark zurückgewiesen. Die Deutsche Gesellschaft für Ernährung warnt immer wieder davor nicht mehr als 300 – 600 Gramm Fleisch pro Woche zu essen.

An diese Empfehlung wollten sich auch die Menschen in Wuhan halten und haben sich gedacht: „Na, da hol ich mir vom Markt eben keinen fetten Schweinebraten, sondern sind wir eben mal vernünftig und begnügen uns mit einer mageren Fledermaus". An so einer Fledermaus ist ja nichts dran, also höchstens 100 Gramm Fleisch. Eigentlich eine vernünftige Entscheidung, aber nur weil etwas auf den ersten Blick vernünftig aussieht, muss es das nicht immer auch sein.

Es gibt so viele Dinge im Leben, die gelten als vernünftig. Nehmen wir nur mal den VW Golf, der gilt in Autofahrerkreisen als vernünftige Kaufentscheidung. Macht der Golf deswegen auch Spaß? Okay, das kommt auf den Motor an. Ich weiß, dass es da Unterschiede gibt, aber dann müsste man sich auch wieder rechtfertigen, wenn man einen Golf mit 200 PS fährt und das würde dann auch wieder als unvernünftig gelten. Oder nehmen wir das Thema Altersvorsorge. Es gilt allgemein als vernünftig für sein Alter vorzusorgen und wenn ich all den netten Anzugträgern in der Werbung glauben darf, dann gibt es dafür nichts Besseres als eine steuerlich geförderte Rentenversicherung. Macht so eine Rentenversicherung wirklich Freude? Spätestens beim Blick auf die jährliche Wertmitteilung vergeht einem doch der Spaß und dann fragt man sich irgendwann, warum man bitteschön vernünftig sein soll.

Wie passt das überhaupt zusammen, vernünftig zu sein und trotzdem Spaß haben zu können? Ist das nicht der absolute Widerspruch?

Wenn der Besitz einer Lebens- oder Renten-Versicherung in Deutschland der Indikator für Vernunft wäre, dann wären die Deutschen mit aktuell über 90 Millionen laufenden Lebens- und Rentenversicherungsverträgen zwar ein sehr vernünftiges, aber dafür auch ein vollkommen spaßbefreites Volk. Ich will das hier nicht weiter ausführen, denn sonst kriege ich Ärger mit meiner Sparkasse oder Herrn Kaiser. Die Älteren unter uns kennen Herrn Kaiser sicherlich noch, das war dieser super sympathische Schlipsträger von der Hamburg Mannheimer Versicherung. Übrigens gibt es beide nicht mehr. Vielleicht hat Herr Kaiser gekündigt, weil ihm sein Vertreterjob einfach keinen Spaß mehr gemacht hat.

„Will nicht sparen, nicht vernünftig sein!"

singt unser altbekannter „NDW-Markus". Das ist aus meiner Sicht aber auch nicht ganz richtig, denn wer ständig immer nur seine „Kohle" raushaut, kommt in seinem Leben irgendwann an den Punkt, an dem man sich seinen Spaß dann auch nicht mehr leisten kann. Vielleicht sind viele Menschen bei diesem Thema deswegen so „wuschelig", weil sie mit diesem Spagat zwischen Vernunft und Spaß so ihre Probleme haben.

Meine Tochter kann übrigens ganz wunderbar Spagat machen, ich dafür umso weniger. Vielleicht liegt das am Alter, dass man mit den Jahren immer weniger für einen Spagat geeignet ist. Den jungen Menschen sagt man bekanntlich gerne nach sie wären eine Spaßgesellschaft und deswegen ziemlich unvernünftig. Angeblich hätten sie hätten den Ernst des Lebens noch nicht erkannt.

Ich glaube, dass diese Einstellung nur deswegen in den Köpfen von uns „Alten" drinsteckt, weil wir uns einfach nicht mehr zugestehen können, dass man Spaß haben kann und trotzdem halbwegs vernünftig mit sich und dem Leben umgeht. Die jungen Leute sind da anders, zumindest nehme ich das so wahr. Ich finde, die sind heute sogar viel ernster und vernünftiger als wir das damals waren. Jetzt könnte der eine oder andere Ältere vielleicht anmerken das würde nicht stimmen, denn wie oft sehe man Jugendliche angetrunken und pöbelnd in der Öffentlichkeit. Ja glaubt ihr denn wir hätten in unserer Jugend weniger gesoffen? Wir mussten dafür nur nicht das Haus verlassen, weil der „Alte" im selbstgebauten Partykeller den prallgefüllten Barschrank immer offengelassen hat.

Manchmal habe ich sogar den Eindruck, dass die jungen Leute sich den Spaß regelrecht verbieten. Das fällt im Moment nur deswegen nicht so auf, weil man uns wegen Corona sowieso fast alles verbietet was irgendwie spaßig sein könnte, aber schauen Sie ruhig mal genauer hin. Ich habe als Jugendlicher nicht jeden Tag rund 10 Stunden hinter den Büchern gesessen und gelernt oder mich bereits mit 16 Jahren damit beschäftigt, wo ich später mal studieren will. Ganz besonders fällt mir das beim Thema Sexualität und Partnerschaft auf. Wir Jungs haben früher alles mitgenommen, was bei „Drei" nicht auf den Bäumen war und ganz ehrlich, es gab sogar Mädchen, die haben schon bei „Zwei" ihren Pulli ausgezogen. Ja, so war das damals und genau diese Generation will den jungen Leuten heutzutage was über Sitte und Moral erzählen.

Wir hatten damals unseren Spaß und sollten ihn unseren Kindern heute nicht verbieten. Früher hat Tony Marschall *„Schöne Maid hast du heut für mich Zeit?"* gesungen und heute singen die Kings of Leon eben *„My sex is on fire"*. Das ist im Grunde genommen die gleiche Botschaft, nur eben etwas zeitgemäßer verpackt.

Die Jungen schaffen diesen Spagat zwischen Vernunft und Spaß deutlich besser als die Alten. Manchmal glaube ich, dass es uns Alten mit den Jahren immer schwerer fällt, sich seinen Anteil Spaß vom Leben einzufordern. Meine Kinder behaupten oft, ich wäre viel zu kritisch und würde immer alles hinterfragen, manchmal auch alles zerreden und dabei würde man doch jeden Spaß im Keim ersticken. Neutral betrachtet haben sie Recht, wir Alten reden zu viel. Ich will jetzt nicht behaupten, dass diejenigen mehr Spaß haben die gar nicht oder nur ganz wenig reden, aber so ganz abwegig ist diese Theorie nicht, ganz besonders dann, wenn es um Sexualität geht.

Als Jugendlicher habe ich gerne dieses Lied *„Let`s talk about sex"* von Salt`n Pepa gehört:

„Reden wir mal über Sex, Baby
Reden wir mal über uns beide
Reden wir mal über all das Gute und das Schlechte
was passieren könnte
Reden wir mal über Sex"

… und genau dann hört der Spaß auf und die Probleme fangen an.

„Reden wir mal über das Gute und das Schlechte was passieren könnte"! Was ist das denn für eine bescheuerte Botschaft? Regel Nr. 1 für guten Sex: Rede im Bett niemals über Probleme oder irgendetwas Schlechtes, was passieren könnte.

Es ist nicht überliefert, ob die beiden hübschen jungen Damen von Salt`n Pepa mit ihrer „Dirty-Talk-Strategie" wirklich Spaß hatten, aber ich hege da so meine Zweifel. Früher haben wir nicht so viel gequatscht, sondern einfach nur bis Drei gezählt. Natürlich war das ziemlich unvernünftig, aber Spaß gemacht hat es trotzdem oder besser deswegen. Zu viel nachdenken ist auf jeden Fall ein Spaßkiller.

Die Band Juli hat diese Stimmung in ihrem Lied *„Die perfekte Welle"* ganz gut eingefangen

„Das ist die perfekte Welle,
das ist der perfekte Tag
Lass dich einfach von ihr tragen,
denk am besten gar nicht nach
Das ist die perfekte Welle,
das ist der perfekte Tag
Es gibt mehr als du weißt,
es gibt mehr als du sagst"

Jetzt wird es bestimmt Menschen geben die sagen: Wie kann man in Zeiten von Corona nur über eine „perfekte Welle" schreiben, wo doch jeder weiß, dass wir genau das vermeiden müssen. Das ist doch total unvernünftig!

Außerdem ist dieser Text eine Steilvorlage für alle Verschwörungstheoretiker in diesem Land und die können jetzt behaupten es wäre genau so, denn die „da oben" wissen mehr als sie sagen und wir sollen bloß nicht darüber nachdenken.

Ich bin mir ganz sicher, dass Juli im Jahr 2004 mit ihrer perfekten Welle ganz andere Absichten verfolgt haben und viele junge Menschen die dieses Lied gehört haben, hatten dabei einfach nur ihren Spaß.

Aber so ist das nun mal in unserer Gesellschaft. Vielleicht sind wir Alten tatsächlich schon zu alt für diesen Spagat...

Der „Soundtrack meines Lebens" erinnert an:

„Bat out of hell"
von Meat Loaf aus dem Jahr 1979

Top-Platzierung in den Charts in Deutschland: Keine
Platzierung: UK Platz 8 / USA keine
... dafür kam das Album überall in die Charts
(„**Hot patootie blessed my soul"** findet ihr übrigens auf dem Soundtrack der „Rocky Horror Picture Show)

„Schöne Maid"
von Tony Marschall aus dem Jahr 1971

Top-Platzierung in den Charts in Deutschland: Platz 3
Platzierung: UK keine / USA keine

„Sex on fire"
von Kings of Leon aus dem Jahr 2008

Top-Platzierung in den Charts in Deutschland: Platz 33
Platzierung: UK Platz 1 / USA Platz 56

„Let`s talk about sex"
von Salt`n Pepa aus dem Jahr 1991

Top-Platzierung in den Charts in Deutschland: Platz 13
Platzierung: UK Platz 1 / USA Platz 2

„Perfekte Welle"
von Juli aus dem Jahr 2004

Top-Platzierung in den Charts in Deutschland: Platz 2
Platzierung: UK keine / USA keine

Applaus, Applaus

„Du bist anders als die andern,
an dir führt kein Weg vorbei
Wenn das Leben etwas bietet,
bist du immer mit dabei

Was morgen kommt
ist dir heut` erst mal egal
Du siehst das Gute in der Welt,
überall

Du hast so viel Energie,
das reicht für zwei
Nimm mich mit auf deinem Weg
ich bin dabei

Du bist so wunderbar, so wunderbar verrückt
Du bist so wunderbar verrückt
Hast ein großes Herz und einen kleinen Stich
Du bist so wunderbar verrückt
und darum lieb` ich dich"

Marsecco

Ich frage mich jeden Tag warum ich diese Frau liebe und jeden Tag fallen mir ein paar neue Antworten ein. Es sind aber nie die gleichen, denn es gibt jeden Tag irgendetwas Neues was mich an ihr begeistert und ich wundere mich jedes Mal, warum mir das vorher noch nicht aufgefallen ist. Die Liebe ist verrückt, diese Frau ist verrückt, diese Frau ist anders als die andern.

Vielleicht waren die Frauen denen ich bisher mein Herz schenken wollte einfach zu normal? Kann man das „Normale" überhaupt lieben? Ist es nicht meistens das Außergewöhnliche oder das Besondere das uns anzieht und so starke Gefühle auslöst? „Normal" klingt irgendwie nach Vernunft, Alltag oder Langeweile und dafür kann ich mich nicht sonderlich begeistern. Natürlich hatte ich auch schon Frauen mit einem „Stich", aber das war in der Regel kein liebenswerter kleiner Stich der mein Herz berührt, sondern eher einer von der Sorte Stich, der irgendwann zum Herzinfarkt führt.

Manchmal frage ich mich wo die Grenze verläuft, zwischen verrückt und verrückt? Ich gebe zu das klingt jetzt auch etwas verrückt, aber ich meine damit, ab wann ist diese „Verrücktheit" nicht mehr liebenswert, sondern fängt an peinlich oder bedrohlich zu werden? In der Liebe sollte nichts bedrohlich oder peinlich sein, aber wie kann man diese ganz spezielle Art so liebenswert verrückt zu sein von der anderen unterscheiden? Es kann doch sein, dass ich am Anfang einer Beziehung diese kleinen Verrücktheiten bei meinem Partner total spannend und toll finde und ein halbes Jahr später nerven sie mich so sehr, dass ich nur noch flüchten will.

Jeder hat bekanntlich so seine eigenen Vorlieben, wenn es um die Liebe geht. Wenn man sich so umhört, teilen sich die Menschen mit ihren Überzeugungen in zwei unterschiedliche Lager. Die einen behaupten: „Gegensätze ziehen sich an" und die anderen behaupten: „Gleich und gleich gesellt sich gern".

Ich persönlich habe mit beiden Theorien sowohl gute als auch schlechte Erfahrungen gemacht und denke, dass man die idealen Paarbeziehungen nicht so einfach zuordnen kann. Es müssen also andere „Dinge" sein, die uns am anderen begeistern. Die Jungs von den Sportfreunde Stiller haben auch eine Favoritin, aber die ist offensichtlich eine ganz andere als meine, denn sie scheint einfach nur eine ganz liebe, fröhliche und vor allem eine friedfertige Frau zu sein:

„Ist meine Hand eine Faust, machst du sie wieder auf
und legst die deine in meine
Du flüsterst Sätze mit Bedacht durch all den Lärm
als ob sie mein Sextant und Kompass wären

Ist meine Erde eine Scheibe, machst du sie wieder rund
Zeigst mir auf leise Art und Weise, was Weitsicht heißt
Will ich mal wieder mit dem Kopf, durch die Wand
legst du mir Helm und Hammer in die Hand

Applaus, Applaus, für deine Worte
Mein Herz geht auf, wenn du lachst
Applaus, Applaus, für deine Art mich zu begeistern
Hör niemals damit auf"

Bei diesen beiden Menschen könnte man den Eindruck gewinnen, dass sich da zwei Gegensätzliche gefunden haben und es scheint gut zu passen. Man stelle sich nur mal vor, seine Freundin wollte auch immer mit dem Kopf durch die Wand oder würde mit der Faust in der Tasche rumlaufen, da kann sich doch jeder denken wie das endet.

Somit steht es zwei zu null für die Theorie „Gegensätze ziehen sich an", aber das sollten wir jetzt nicht überbewerten. Es gibt Menschen die behaupten es würde an ein Wunder grenzen, genau den oder die Richtige zu finden, aber wie das mit den Wundern nun mal so ist, muss man auch an sie glauben damit sie einem begegnen. Judith Holofernes von der Band Wir sind Helden hat zum Thema „Wunder" ein wunderbares Lied geschrieben, das mich sehr berührt:

„Du kommst auf die Welt
um mir den Kopf zu verdrehen
Du lachst über Hunde
und deine eigenen Zehen
Du bleibst, kaum kannst du laufen
alle zwei Meter stehen
und fällst auf die Knie
um noch ein Wunder zu sehen

Am nächsten Wunder ziehen sie dich vorbei
und der, der dich am Arm hält, zählt bis drei
und es geht vorbei, es geht vorbei

Wann wirst du endlich lernen
dir nicht den Kopf zu verdrehen?
Du fällst über Hunde
und deine eigenen Zehen
Du kannst kaum grade laufen
bleibst alle zwei Meter stehen
und fällst auf die Knie
damit die Wunder dich sehen

Das zehnte Wunder zieht an dir vorbei
Du betest, dass es stehen bleibt, zählst bis drei
und es geht vorbei, es geht vorbei"

Kann man dieses Thema besser in Worte fassen? Ich denke nicht. Applaus, Applaus, für deine Worte! Das ist aber nun wirklich kein Grund die Hoffnung zu verlieren, denn das Besondere an Wundern ist, dass sie meistens dann geschehen, wenn man gerade nicht daran denkt oder sie nicht erwartet. Wichtig ist es, dass man die Tür auflässt, damit die Wunder auch reinkommen können, das hat auch Marsecco schon gewusst:

„Du bist anders als die andern
deine Tür bleibt immer auf
Du schreibst dir deine Träume
in deinen Lebenslauf"

Ich kenne vernunftgesteuerte Menschen, die hetzen ihr ganzes Leben von einem ehrgeizigen Ziel zum nächsten und sind dabei dermaßen fokussiert, dass sie nicht einmal merken würden, wenn die Wunder heftig an die Tür klopfen. Da kann ich nur sagen, selbst dran schuld. Es gibt Menschen die sind total stolz darauf, dass sie im Gegensatz zu vielen anderen in der Lage sind „vernünftige" Entscheidungen zu treffen. Allerdings merken sie dabei nicht, wie sehr sie sich in ihrer Entscheidungsfindung von all diesen freilaufenden Nörglern, Besserwissern und Pessimisten um sie herum beeinflussen lassen. Wenn das Herz bei alledem nicht mitentscheiden darf und sich die Vernunft mit Pessimismus paart, dann ist die Angst nicht weit.

Wer Angst hat, will sich natürlich schützen und wer sich schützen will, der lässt bestimmt nicht seine Tür auf. Dann können noch so viele Wunder an der Tür vorbeikommen, aber die ziehen dann eben weiter. Ich bin Optimist und glaube fest daran, dass jeder Mensch sein persönliches Wunder erleben kann, wenn er sich seinem Herzen gegenüber nicht verschließt.

Lotte und Max Giesinger sehen das übrigens genauso:

„Will der größte Optimist sein,
wenn's tagelang nur regnet
Will Stunden verschwenden
und nicht so viel planen
Mich in Träumen verlieren
und von vorne anfangen
Ich will nie mehr Pessimist sein,
wenn wir uns mal begegnen
Wenn ich so an all das denk'
will ich, dass es jetzt beginnt

Auf das, was da noch kommt
auf jedes Stolpern, jedes Scheitern
es bringt uns alles ein Stück weiter zu uns
Auf das, was da noch kommt"

Gottseidank gibt es noch mehr „wunderbar Verrückte" auf dieser Welt. Dann will ich hoffen, dass mir in meinem Leben noch ganz viele dieser Menschen begegnen werden.

Auf das, was da noch kommt ...

Der „Soundtrack meines Lebens" erinnert an:

„Du bist so wunderbar verrückt"
von Marsecco aus dem Jahr 2016

Top-Platzierung in den Charts in Deutschland: Platz ?
(denn „Meine Tür bleibt immer auf" ...)

„Applaus, Applaus"
von Sportfreunde Stiller aus dem Jahr 2013

Top-Platzierung in den Charts in Deutschland: Platz 4

„Die Zeit heilt alle Wunder"
von Wir sind Helden aus dem Jahr 2003

(es gab leider keine Single-Auskoppelung, aber das Album verkaufte sich prächtig...)

„Auf das was da noch kommt"
von Lotte & Max Giesinger aus dem Jahr 2019

Top-Platzierung in den Charts in Deutschland: Platz 40

A matter of trust

Ist es nicht immer eine Frage des Vertrauens? Hoffentlich denkt Manfred ähnlich verständnisvoll darüber wie Billy Joel. Wir sind jetzt schon über drei Monate zusammen und wie sehr wünsche ich mir, dass auch aus seinem Mund solche Worte kämen wie diese:

„*Ich weiß, Du bist ein gefühlvolles Mädchen*
Es war nicht leicht für Dich,
nicht den Glauben an diese Welt zu verlieren
Ich kann dir keine Beweise liefern,
aber du musst dich irgendwann der Wahrheit stellen.
Es ist schwer, wenn Du immer Angst hast
Du erholst dich gerade davon,
weil man dir das Vertrauen genommen hat
und du wieder mal betrogen wurdest
So zerreiß' mir mein Herz, wenn Du musst
Es ist eine Frage des Vertrauens"

Ich habe Manfred damals schon am zweiten Abend ganz offen erzählt, warum ich noch so sehr unter meiner letzten Beziehung leide und dass er sich bitte nicht wundern soll, warum ich mich manchmal so scheu und ängstlich zurückziehe. Ich habe mich ihm geöffnet und ihm so viel Vertrauen geschenkt, wie ich dazu in der Lage war. Er hat sich von Anfang an sehr liebevoll um mich bemüht und deswegen habe ich jetzt Angst davor, dass ich ihm oder mir das Herz zerreißen könnte. Es ist eine Frage des Vertrauens. Im Moment fällt es mir noch sehr schwer Manfred vollends zu vertrauen.

Er selbst kann nichts für diesen Zustand, kriegt aber dennoch alles ab und darüber bin ich sehr wütend. Ich bin wütend auf Harald, meinen Ex, der mich nach ein paar Wochen leidenschaftlichem Sex von einem auf den anderen Tag gegen ein neues, jüngeres „Betthäschen" ausgetauscht hat. Ich bin aber noch viel wütender auf mich selbst, weil ich es nicht habe kommen sehen, obwohl es doch so offensichtlich war. Alle meine Freundinnen haben mir gesagt, lass die Finger von dem, der liebt dich nicht, der will nur spielen. Ich war für ihn nur eine fortlaufende Nummer auf seiner „Just-for-fun-Liste" und doch redete ich mir ein, er wäre die große Liebe auf die ich schon so lange gewartet habe.

Als meiner Freundin Clarissa vor Jahren so etwas Ähnliches passierte, habe ich noch gelästert und ihr vorgehalten, dass sie wieder mal Sex mit Liebe verwechselt hat. Jetzt bin ich selbst die „dumme Kuh" und kann mir nicht verzeihen, dass mir genau der gleiche Fehler unterlaufen ist.

Am schlimmsten ist es, dass ich dabei mein Vertrauen zu mir selbst verloren habe. Ich war immer der Meinung, dass mir so etwas nicht passieren würde, weil ich genügend Menschenkenntnis besitze „solche" Männer auf 100 Meter zu erkennen. Jetzt war ich wochenlang mit Harald auf Tuchfühlung und habe seine sexuelle Härte und Wollust mit Leidenschaft und Liebe verwechselt. Es ging ihm immer nur um sich und das hätte ich spüren müssen, habe ich aber nicht.

Jetzt sitzt Manfred neben mir und muss die Scherben auflesen, die Harald liegen gelassen hat. Ich fühle mich selbst wie ein einziger Scherbenhaufen und würde mir so sehr wünschen, dass mir Manfred hilft mich wieder zusammenzusetzen, aber ist das nicht zu viel verlangt? Ist das nicht total unfair, wie kann ich so etwas von Manfred nur erwarten? Es ist doch ganz realistisch betrachtet mein Problem und nicht seins. Wie soll es Manfred denn gelingen mir mein Vertrauen wieder zusammenzuflicken, wenn ich mir selbst nicht mal mehr trauen kann. Das kann doch gar nicht klappen.

Ich will Manfred nicht verlieren. Ich will uns eine echte Chance geben. Ich will mich dabei sicher fühlen. Ich will mir vertrauen können. Ich will offen und empfänglich sein für die Gefühle, die mir Manfred entgegenbringt. Ich will es nicht vermasseln. Ich will nicht, dass es mir so ergeht wie Blondie in *„Heart of glass":*

„Ich hatte einmal eine große Liebe,
das war der Hammer
Aber bald stellte sich heraus,
dass mein Herz zerbrechlich wie Glas war
Anfangs fühlte sich alles super an,
aber dann erwachte das Misstrauen
und die Liebe blieb auf der Strecke"

Manfred hat mein Misstrauen nicht verdient und doch steht es wie eine hohe Mauer zwischen uns. Ich kann nur hoffen, dass er spürt was in mir vorgeht, jetzt, da wir zusammen auf der Couch sitzen und *„Matter of trust"* von Billy Joel hören.

Manfred braucht mir nichts zu sagen, er würde wahrscheinlich sowieso nicht die richtigen Worte finden. Mir reicht sein entschlossener Blick und der lässt mich spüren, dass er nicht so schnell aufgeben wird.

Mein Ex hatte immer die richtigen Worte parat. In jeder Situation hat mir Harald den „süßen Honig um's Maul geschmiert" und mich „auf Rosen gebettet". Ich war so ausgehungert nach Aufmerksamkeit und Liebe, dass ich jedes Wort von ihm regelrecht aufgesaugt habe und dabei vollkommen ignorierte, dass es jedes Mal nur die Ouvertüre für Sex war.

Während Manfred und ich aneinander gelehnt der CD lauschen, ertönen gerade die ersten Beats *von „Tainted love".* Normalerweise würde ich jetzt aufspringen und ausgelassen durch's Wohnzimmer tanzen, aber mir ist gerade nicht danach. Wir sitzen einfach nur da und ich nehme zum ersten Mal richtig wahr, was Marc Almond von Soft Cell da überhaupt singt:

„Berühr' mich bitte nicht
Ich ertrage die Art nicht, wie du mich quälst
Ich liebe dich, obwohl du mich derart verletzt
Jetzt packe ich meine Sachen zusammen und gehe"

Das ist ein ganz schönes Gefühlschaos, was er da beschreibt. Im Gegensatz zu mir hat Marc es aber irgendwann selbst gemerkt und hat seine Sachen gepackt. Er hat sich nicht von seinen romantischen Gefühlen einlullen oder hinhalten lassen, sondern er hat tief in seinem Herzen gespürt, was für ihn gut oder schlecht ist und er hat die Konsequenzen daraus gezogen. Er hat es selbst entschieden und wurde nicht von jemand anderen vor die Tür gesetzt und abserviert, so wie Harald es mit mir gemacht hat.

Marc Allmond ist diese Entscheidung ganz sicher nicht leichtgefallen, aber er hat sich vertraut und es ist ihm danach sicherlich besser ergangen, zumindest glaube ich das. Irgendwie finde ich das echt blöd, dass es keine „Fortsetzungslieder" gibt, in denen man uns erzählt wie diese Geschichte weitergeht. Jedes Mal handelt es in einem Song entweder von dem Moment wo man vor Liebe fast zu platzen droht oder von dem tieftraurigen Gefühlschaos, wenn es wieder mal vorbei ist. Vielleicht ist es ja genau das was die Musik ausmacht, denn es geht fast immer nur um den Moment. Das lässt dem Hörer die Freiheit sich selbst auszumalen, ob sie oder er beim nächsten Mal mehr Glück hat oder ob nach diesem Fehlgriff nicht vielleicht doch die große Liebe an der Tür klopft.

Ob Manfred wirklich meine große Liebe ist? Zumindest habe ich ihm die Tür aufgemacht. Manfred scheint gerade auch über den Text nachzudenken. Manfred ist kein Freund großer Worte und vielleicht ist es das, was mich nach den Erlebnissen mit dem „Dampfplauderer" Harald so sehr angezogen hat. Manfred wirkt so souverän und strahlt so eine innere Ruhe aus, wenn er manchmal minutenlang neben mir sitzt und nichts sagt. Wenn es um solche Männer geht behaupten meine Freundinnen gerne: „Diese Typen sind nur deswegen so still, weil sie langweilig sind und nichts zu sagen haben!"

Ja, es mag vorkommen, dass man Langeweile mit innerer Ruhe verwechselt und was man gerne als Gelassenheit wahrnimmt, ist in Wahrheit nur die Distanz und Unsicherheit sich in Dinge einzumischen und sich zu positionieren.

Vielleicht spürt Manfred intuitiv, dass er im Moment nicht viel ausrichten kann und ist deswegen so still. So lange mein Misstrauen noch so viel Platz einnimmt, wird es fast unmöglich sein sich selbst wieder vertrauen zu können. Es ist aber echt nicht leicht, der Welt und sich selbst Vertrauen zu schenken, wenn man ein *„Herz aus Glas"* hat und sich Manfred an den Scherben nur verletzen kann. Mein Misstrauen kommt in letzter Zeit immer so schubweise und gerade jetzt fühle ich wieder einen dieser Schübe und ich kann nichts dagegen tun. Ist Manfred vielleicht nur deswegen so still und in sich gekehrt, weil er diese Textzeilen von *„Tainted love"* auf uns beide bezieht?

„Berühr' mich bitte nicht
Ich ertrage die Art nicht, wie du mich quälst
Ich liebe dich, obwohl du mich derart verletzt
Jetzt packe ich meine Sachen zusammen und gehe"

Was, wenn Manfred mich wirklich von Herzen liebt, ich ihn aber emotional nicht an mich ranlasse? Damit sage ich ihm doch: *„Berühr mich bitte nicht!"* Was, wenn ihn mein Misstrauen so sehr quält, dass ich ihn damit verletze? Vielleicht denkt Manfred in diesem Moment darüber nach, dass er besser auch seine Sachen zusammenpacken und gehen sollte?

Verdammt, ich hasse es, wenn mein Misstrauen das Ruder übernimmt. Wie soll ich nur mein Vertrauen zurückbekommen, wenn all diese Zweifel und Ängste meinem Misstrauen so viel Kraft geben? Ich bin offensichtlich noch nicht einmal mehr in der Lage halbwegs neutral zu sein.

Billy, ich brauche dich. Sing deinen Song *„A matter of trust"* noch einmal für uns und wenn Manfred aufmerksam zuhört, sagt er mir vielleicht auch solche Worte wie du:

„Du kannst die Distanz nicht überwinden
mit zu viel Zurückhaltung
Ich weiß du hast Zweifel,
aber um Gottes Willen, schließ mich nicht aus
So zerreiß' mir mein Herz, wenn Du musst
Es ist eine Frage des Vertrauens"

Der „Soundtrack meines Lebens" erinnert an:

„A matter of trust"
von Billy Joel aus dem Jahr 1986

Top-Platzierung in den Charts in Deutschland: Keine
Platzierung: UK Platz 52 / USA Platz 10

„Heart of glass"
von Blondie aus dem Jahr 1979

Top-Platzierung in den Charts in Deutschland: Platz 1
Platzierung: UK Platz 1 / USA Platz 1

„Tainted love"
von Soft Cell aus dem Jahr 1981

Top-Platzierung in den Charts in Deutschland: Platz 1
Platzierung: UK Platz 1 / USA Platz 8

Waka waka

Als ich zum ersten Mal das Video zu *„Waka waka"* sah, dachte ich nur: „Ja Shakira, komm her und lass uns *waka-waka* machen!" Das waren die erotischsten Hüftschwünge seit der Erfindung von Videoclips. Dass in dem Video zwischendurch ein paar berühmte Fußballer eingeblendet wurden hat mich nicht sonderlich gestört, denn für Fußball kann ich mich auch begeistern. Dieser Videoclip war eine Mischung, bei der jeder Mann schwach wurde, so eine Symbiose aus der Sportschau im Ersten und „Tutti Frutti" auf RTL. „Tutti Frutti" kennen sicherlich nur noch die Älteren unter uns. Mein Gott ist das schon lange her, ich glaube das war in den Anfängen der neunziger Jahre, als sich Männer auch ohne Ernährungsratgeber für Obst interessiert haben. Spätestens, nachdem sich die Zitrone, die Kirsche oder die Erdbeere „entblättert" hatten, bekam man unweigerlich einen „Vitaminschub" und wäre am liebsten sofort in den ganzen Obstkorb gesprungen. Mein Tipp für alle unwissenden Neugierigen: Einfach mal „Tutti Frutti" bei Youtube eingeben...

Wieso erzähle ich Ihnen das überhaupt? Egal. Auf jeden Fall habe ich erst ein paar Jahre später erfahren, bei was es in *„Waka waka"* überhaupt geht und was soll ich sagen, ich lag mit meiner ersten Einschätzung völlig daneben. Dort geht es um Kampf für Gerechtigkeit und Freiheit für Südafrika, also eindeutig nicht um das *„waka-waka"* das mir in meinem Kopf und in meinen Hüften rumspukte.

Vielleicht sollte man ernsthaft darüber nachdenken, ob man politische Botschaften nicht öfter so sexy verpackt, denn dann würden sich ganz bestimmt viel mehr Menschen für Politik begeistern. Aber nicht, dass jetzt jemand auf die Idee kommt, Ursula von der Leyen, Angela Merkel oder Annalena Baerbock in einen Lendenschurz zu stecken, nur damit sich die Menschen mehr für Europapolitik interessieren.

Sexualität und erotische Anspielungen haben in der Musik eine lange Tradition. Wer erinnert sich nicht an das Gestöhne in *„Je t`aime"* von Jane Birkin und Serge Gainsbourg, das im Jahr 1969 für helle Aufregung sorgte oder an Donna Summer, die uns 1975 mit ihren orgiastisch anmutenden Ausatmungen minutenlang in den Ohren lag und uns immer wieder dazu aufforderte: *„Love to love you, Baby".* Und wer hat`s produziert? Der alte Südtiroler Giorgio Moroder. Ich vermute mal, dass er damit auch die eine oder andere Steilvorlage für die Softsex-Filmindustrie gegeben hat, von wegen *„Auf der Alm da gibt`s koa Sünd".* Spätestens nachdem Donna Summer mit diesem Lied alle Dämme der Moral und Zurückhaltung niedergerissen hatte, trauten sich auch andere Sänger und Sängerinnen mit ihrer Verbalerotik und ihren „Stöhnattacken" an die Öffentlichkeit.

Damit dieses Buch allerdings nicht auf dem Sittenindex der Deutschen Buchverlage landet, verzichte ich an dieser Stelle auf die teils doch sehr aussagekräftigen Texte, die nicht nur die Phantasie beflügeln könnten.

Mit den Jahren wurde es immer „doller" und der „kleine Prince" krönte sich 1992 mit seinem *„Sexy motherfucker"* endgültig selbst zum Sexgott. Da soll jemand nochmal behaupten, kleine Männer wären unsexy.
(Kleine Randnotiz: James Brown mit „Sex machine" ist allerdings auch ein Anwärter auf den Thron...)

Madonna wollte in all den Jahren gerne das weibliche Pendant zu Prince sein, aber ich persönlich finde, dass zwischen den beiden doch eine riesige Lücke klaffte. Gerade in ihrer unbekümmerten und frechen *„Like a virgin"*-Frühphase wirkte sie in ihren Bemühungen den Thron der Sexgöttin zu besteigen doch etwas unglücklich und alles was die Jahre danach kam, wirkte auf mich noch affektierter. Wenn ich nur an all ihre Bühnenoutfits zurückdenke, diese „Trichter-BH`s", ihre durchsichtigen „Fummel" und die ganzen Strapse, da kam ich mir manchmal vor, als ob Beate Uhse ihre Ü40 Kunden zur Dessous-Party geladen hätte. Nur damit wir uns richtig verstehen, ich selbst gehe stramm auf die 60 zu und finde diese weibliche Zielgruppe daher ausgesprochen anregend, aber wenn Madonna selbst mit Mitte 50 noch versucht den 30 Jahre jüngeren „Chicks" den Schneid abzukaufen, dann gibt mir das doch sehr zu denken. Es kommt eine Phase im Leben, da darf man gerne auch mal in die zweite Reihe treten.

Als Lady Gaga zum ersten Mal die Musikbühne betrat habe ich geträumt, dass es jetzt zum Showdown zwischen diesen beiden Frauen kommen würde. Wie in diesem alten Westernklassiker „12 Uhr mittags" standen sich die beiden Sexgöttinnen Madonna und Lady Gaga zum Duell gegenüber, die Mikrofone in die Strapsbänder gesteckt und den Mikrofonständer als Phallussymbol an die offenen Lippen gepresst. Dann kommt die Stimme aus dem „Off" und spricht mit leicht osteuropäisch angehauchtem Akzent, so erotisch wie es nur geht, diese vertrauten Worte, die wir aus dutzenden, tschechischen Märchenfilmen kennen:

„Spieglein, Spieglein an der Wand, wer ist schönste hier im Gaga-Land?"

Doch bevor Madonna Lady Gaga mit einem gezielten Schuss einfach aus ihrem Sichtfeld pustet, springt Rod Stewart in einem „Netzhemd" und einem Tigertanga dazwischen, wuschelt sich noch kurz durch die Haare und röhrt die beiden abwechselnd an:

*„If you want my body and you think I'm sexy
come on sugar, tell me so
If you really need me, just reach out and touch me
come on honey, tell me so"*

Soviel Schulenglisch sollte jeder noch draufhaben um zu wissen, was der gute alte „Roddy" da rausgehauen hat. Manchmal geht meine Phantasie aber auch ganz schön mit mir durch. Ach so, Sie wollen wissen, wie mein Traum weiterging?

Naja, natürlich konnte keiner der beiden Mädels Rod Stewart widerstehen, also haben sie sich, die eine links, die andere rechts, bei ihm eingehakt und sind als „Strapsen-Dreier" mit lockerem Hüftschwung die Straße runter zum Saloon gelaufen, um sich dort im Obergeschoss ein gemeinsames Zimmer zu nehmen. Aber da hat der gute alte „Roddy" die Rechnung ohne den selbsternannten „Sexgott" gemacht, denn als die drei Turteltauben lässig am Tresen standen um noch etwas „vorzuglühen", sprang Prince durch die Schwingtür und forderte „Roddy" zum Duell. Dann bin ich aufgewacht. Ja, ich fand das auch blöd, denn ich wollte unbedingt wissen, wer die beiden Mädels am Ende bekommen hat. Vielleicht haben sich Prince und Rod Stewart auch gegenseitig abgeknallt und Madonna und Lady Gaga sind mit ihren High-Heels über die blutigen Buben drübergestiegen und haben sich anschließend im Hotelbett eben zu zweit vergnügt. Oh Mann, erst Shakira und jetzt diese Fantasien. Vielleicht sollte ich mal zum Therapeuten gehen.

Es ist für einen Mann aber auch nicht einfach bei so viel „Fleischbeschau" in diesen Musikvideos ruhig zu bleiben. Wenn Madonna in ihrem skandalträchtigen *„Like a prayer"* - Video in ihrer sexy Reizwäsche mitten durch den Gospelchor in der Kirche tanzt, dann polarisiert das natürlich, da guckt „mann" auch schon mal genauer hin, man will ja nix verpassen. Aber genau das meine ich mit dem Vergleich zwischen Shakira und Madonna. Die eine tanzt in einem folkloristisch passenden Outfit mit afrikanischen Kindern und die andere versucht mit allen Mitteln ihren Körper sexy in Szene zu setzen. Die eine hat es und die andere will es. Ist aber auch nicht so wichtig, denn ich glaube schon, dass hier jeder Leser so seine eigenen Vorlieben hat.

Den Leserinnen wird diese Geschichte vermutlich sowieso auf den Nerv gehen, weil es die ganze Zeit immer nur um den weiblichen Körper und das Äußere geht. Ich habe versucht das Ganze etwas aufzulockern und die Rollen der beiden Sexgötter Rod Stewart und Prince in das Drehbuch meiner wirren Traumsequenz geschrieben, aber es stimmt schon, es geht hier hauptsächlich um Frauen und ja, nennen wir es ruhig beim Namen, es geht in dieser Geschichte um Sex.

Nur damit wir uns richtig verstehen, ich bin nicht so ein Macho, ich kann auch anders. Okay, also da gibt es zum Beispiel noch Allison Moyet, Adele und Beth Ditto, die sind alle ziemlich dick, aber die finde ich trotzdem ganz toll. So, können wir jetzt weitermachen?

Ich könnte jetzt noch zwanzig Seiten über solche „Sexy-Pop-Sternchen" wie Rihanna, Jennifer Lopez, Britney Spears, Christina Aguilera oder von mir aus auch Lena Meyer-Landrut schreiben, aber wenn ich in dieser Aufzählung auch nur eine einzige vergessen würde, hätte ich eine Klage am Hals. Wenn es um die Schönheit und das Äußere geht, kennen diese „Stars" kein Erbarmen. Ich muss sowieso aufpassen, dass mich Madonna nicht verklagt, nur weil ich sie beim Duell mit Lady Gaga nicht habe gewinnen lassen.

Madonna ist zwischenzeitlich über 60 Jahre alt und die versteht da keinen Spaß. Ich weiß wovon ich rede, ich bin selbst in diesem Alter...

Der „Soundtrack meines Lebens" erinnert an:

„Waka waka"
von Shakira aus dem Jahr 2002

Top-Platzierung in den Charts in Deutschland: Platz 1
Platzierung: UK Platz 1 / USA Platz 1

„Je t`aime"
von Jane Birkin & Serge Gainsbourg aus dem Jahr 1969

Top-Platzierung in den Charts in Deutschland: Platz 3
Platzierung: UK Platz 1 / USA Platz 58

„Love to love you Baby"
von Donna Summer aus dem Jahr 1976

Top-Platzierung in den Charts in Deutschland: Platz 6
Platzierung: UK Platz 4 / USA Platz 2

„Do you think I `m sexy?"
von Rod Stewart aus dem Jahr 1979

Top-Platzierung in den Charts in Deutschland: Platz 9
Platzierung: UK Platz 1 / USA Platz 1

„Like a prayer"
von Madonna aus dem Jahr 1989

Top-Platzierung in den Charts in Deutschland: Platz 2
Platzierung: UK Platz 1 / USA Platz 1

… und natürlich der „kleine Prince"
mit „Sexy motherfucker" (der läuft außer Konkurrenz)

Kreise

*"Halt nicht fest was du liebst, sondern lass es los
und wenn es wiederkommt, dann gehört es zu dir"*

Johannes Oerding

Clarissa und ich sind totale Johannes Oerding Fans. Clarissa findet den Typ total süß und ich mag seine Lieder. So unterschiedlich unsere Motivationen auch sind, so sehr sind wir uns einig, wenn es um sein Lied *"Kreise"* geht, denn da singt er:

*"Wenn sich alles in Kreisen bewegt,
dann gehst du links, dann geh ich rechts
und irgendwann kreuzt sich der Weg,
wenn wir uns wieder sehn
Wenn sich alles in Kreisen bewegt
dann gehst du links, dann geh ich rechts,
doch wir beide bleiben nicht stehn`
bis wir uns wieder sehn"*

Clarissa und ich haben sehr ähnliche Erfahrungen mit unseren letzten Lebensabschnittspartnern gemacht. Von denen hört zwar keiner Johannes Oerding, aber man könnte meinen, die hätten seinen Text als „Blaupause" für unsere Beziehungen genommen. Die Jungs waren beide nicht unbedingt einfach, jeder auf eine andere Art. Nehmen wir beispielsweise meinen, den Sebastian. Der hat sich so oft in Kreisen bewegt, dass er am Ende überhaupt nicht mehr wusste, wo er überhaupt hinwill.

Jede Diskussion endete immer genau da, wo wir angefangen hatten. Wir haben uns so oft im Kreis gedreht, dass mir nicht nur schwindelig, sondern regelrecht schlecht wurde. Irgendwann musste ich dann kotzen und bin ausgestiegen. Natürlich meine ich das nur symbolisch, aber wenn man in seiner Beziehung keinen Schritt vorankommt, dann bleibt man entweder auf der Strecke oder man vergeudet seine ganze Energie dafür den „Brummkreisel" zu spielen.

Sebastian beherrschte dieses Spiel perfekt. Er wusste ganz genau, auf welchen Knopf er bei mir drücken musste. Er hat von oben herab auf mich Druck ausgeübt und ich bin dann abgegangen wie dieser Brummkreisel, den ich von meinen Opa mal als Kind geschenkt bekommen habe. Ich habe mich jedes Mal von Sebastian provozieren lassen und konnte in diesem Zustand eines emotionalen Schleudertraumas nicht mehr klarsehen, an welcher Stelle ich aussteigen sollte. Sebastian wollte irgendwann nicht mal mehr mit anderen Sachen spielen, sondern hat bei jeder passenden Gelegenheit nur immer wieder wie ein ADHS-geplagter Fünfjähriger „Brummkreisel" mit mir spielen wollen. Ich habe es verpasst, ihm dieses Spielzeug rechtzeitig wegzunehmen, den Rest der Geschichte kennen sie. Nach diesem Erlebnis habe ich mich an den Tipp von Johannes Oerding gehalten und Sebastian losgelassen. Sebastian kam nicht wieder und dafür bin ich echt dankbar.

Bei Clarissa war das nicht ganz so schlimm, aber gegen Ende hin wurde es für sie komplizierter.

Ihr Freund Luca hat sich auch in Kreisen bewegt und zwar ganz oft im Kreis seiner Familie. Man kann über italienische Männer sagen was man will, aber diese „Mama-Klischees" und der Einfluss auf ihre Söhne lassen sich erfahrungsgemäß nicht wirklich wegdiskutieren. Eigentlich hätte das mit Clarissa und Luca echt was werden können, aber was willst du als Frau machen, wenn die „Mama" mit seiner „Amore" nicht einverstanden ist. Da hast du keine Chance, da kannst du dich noch so oft im Kreis drehen, davon wird es nicht besser. Clarissa hat diesen Kampf gegen die „Mama" nach ein paar Monaten aufgegeben, denn ihr Luca hat sich all die Zeit nie getraut sich klar zu ihr zu bekennen und sich entsprechend zu positionieren. Es gibt Kreise, aus denen kann man offensichtlich nicht so leicht ausbrechen.

Das Dumme ist nur, dass Clarissa ihren Luca immer noch liebt und ihre Gedanken fast ununterbrochen nur um ihn kreisen. Sie hat ihn losgelassen obwohl sie ihn liebt, wohl in der Hoffnung, dass er wiederkommt und dann zu ihr gehört. Lucas Mama hört allerdings immer nur die „ollen Kamellen" von Adriano Celentano und wird daher die „Kreis-Theorien" der Liebe von Johannes Oerding nicht kennen.

In seinem Welthit „Azzuro" singt Adriano Celentano:

„Hellblau, der Nachmittag ist viel zu hellblau
und er ist zu lang für mich
Mir wird bewusst,
dass ich keine Kraft mehr habe ohne dich

Daher nehme ich jetzt fast den Zug,
denn ich wäre so gerne bei dir
Doch der Zug der Wünsche
fährt umgekehrt in meinen Gedanken"

(Anmerkung: „Scusate Ragazzi," aber mein Italienisch ist echt beschissen und ich muss mich hier auf die Übersetzung im Internet verlassen.)

Irgendwie kommt der Typ in dem Lied auch nicht richtig vom Fleck und landet am Ende wieder dort, wo es angefangen hat. Sozusagen eine italienische Früh-Version von *„Kreise".* Wahrscheinlich hat ihm seine Mama verboten eine andere zu lieben. Ich kann mir das bildhaft vorstellen, wie sie ihrem Sohn einen Teller lecker Spaghetti Bolognese mit Bergen von frischem Parmesan auf den großen Küchentisch stellt und ihm in unmissverständlichen Worten erklärt, wie wichtig „La Famiglia" ist. Warum kriege ich jetzt auf einmal nur so einen Appetit auf Pasta? Egal, ich war noch nicht fertig mit der Geschichte von Clarissa und Luca.

Clarissa wohnt dummerweise im gleichen Wohnviertel wie Luca und da bleibt es nicht aus, dass man sich hin und wieder über den Weg läuft oder wie Johannes singt:

„Wenn sich alles in Kreisen bewegt,
dann gehst du links, dann geh ich rechts
und irgendwann kreuzt sich der Weg,
wenn wir uns wieder sehn"

Blöd ist nur, dass die beiden eben nicht stehen bleiben, sondern Luca geht nach links und Clarissa nach rechts, bis sich dieses Ritual ein paar Tage später wiederholt. Das ist doch ein echt beschissenes Spiel, fast noch schlimmer als mein „Brummkreisel-Spiel". Ich muss aufpassen, dass ich meinem nächsten Freund nicht von diesem „Brummkreisel" erzähle, ansonsten geht das bei mir auch wieder von vorne los und der Kreis schließt sich.

Auf jeden Fall hat Clarissa ihren Luca losgelassen und trotz dieser Begegnungen und ihrer starken Gefühle gehört er immer noch nicht zu ihr. Auch wenn man sich alleine besser im Kreis drehen kann, so gehören für eine Beziehung immer noch zwei dazu. Luca hat sich offensichtlich für den Kreis der Familie entschieden. Pasta! Ach Quatsch, ich meine natürlich Basta! Meine Gedanken kreisen offensichtlich immer noch um die lecker duftende Spaghetti Bolognese. Wahrscheinlich wird Clarissa ihr ganzes Leben lang immer dann an Luca denken, wenn sie am Esszimmertisch die Spaghetti um die Gabel dreht. Auch da kommen wir an den Kreisbewegungen nicht vorbei. Ich habe mich auf jeden Fall an den Rat von Johannes Oerding gehalten und bin nicht stehen geblieben.

Van Halen singen in ihrem „*Why can`t this be love*":

„Es hat, was es braucht,
also sag mir, warum kann das nicht Liebe sein?
Direkt aus meinem Herzen
Oh, sag mir, warum kann das nicht Liebe sein?"

Hätte Lucas Mutter doch nur mehr von dieser Rockmusik gehört, dann hätte sie ihrem Sohn vielleicht erlaubt den Kreis zu verlassen. Als ihre Freundin denke ich schon, dass Clarissa und Luca zusammengehören, aber was willst du machen, wenn es keine „Schnittmenge" zwischen Clarissa und der „Mama" gibt? Bei Schnittmenge muss ich unweigerlich an meine Schulzeit denken. Das mit der Mengenlehre im Mathematikunterricht habe ich damals genauso wenig verstanden wie das Verhalten von Luca und wieder schließt sich der Kreis.

So wie es jetzt aussieht, werden Clarissa und ich weitersuchen, frei nach dem Motto von U2:

„I still haven`t found what I`m looking for!"

Bono hat auch Berge erklommen, ist über Felder gelaufen, hat wohl lange Wege auf sich genommen, immer wieder nach dem Ziel gefragt und ist genau wie Clarissa und ich noch nicht wirklich angekommen und das, obwohl Bono deutlich älter ist als wir. Er hat sich wahrscheinlich auch verlaufen und ist wieder dort angekommen, wo er losgelaufen ist.

Das mit der „Suche" ist sowieso ziemlich kompliziert. Da rennst du dein Leben lang durch die Gegend, fällst vor lauter suchen jeden Abend müde und erschöpft in dein Bett, wachst am nächsten Morgen frustriert auf und gehst sofort wieder auf die Suche nach etwas, von dem du meistens noch nicht einmal weißt ob es dich am Ende wirklich glücklich macht, wenn du es denn mal gefunden hast. Wow, das war ein ganz schön langer Satz, aber der war wichtig. Vielleicht lesen Sie ihn gleich nochmal.

Die meisten Menschen wissen ja noch nicht einmal wonach sie überhaupt suchen sollen. Mir geht das übrigens genauso. Mir fällt es meistens viel leichter zu entscheiden, wonach ich auf keinen Fall mehr suchen werde und zwar nach unreifen Jungs die gerne „Brummkreisel" spielen wollen. Die Liste ist natürlich noch viel länger, aber ich muss hier ja nicht ungefragt mein ganzes Leben ausbreiten, das geht keinen was an.

Nicht, dass es noch meine Verflossenen lesen. Von denen wusste im Grunde genommen auch keiner, was er wirklich sucht und dann ist es natürlich ganz logisch, dass die bei mir auch nichts gefunden haben. Mir geht das umgekehrt übrigens ganz genauso, aber nach jeder Beziehung wird mir klarer, wonach ich zukünftig nicht mehr suchen werde. Mit diesem fortlaufenden Ausschlussverfahren wird der Kreis und somit auch die Schnittmenge möglicher „Traumprinzen" natürlich immer kleiner. Allerdings habe ich keine Lust auch noch mit Fünfzig zu singen: *„I still haven`t found what I`m lookig for!"*

Was es mit dem „Kreis des Lebens" auf sich hat, wussten Clarissa und ich auch schon vor Johannes Oerding. Wir waren gerade mal volljährig, da fuhren wir mit dem ICE zusammen nach Hamburg ins Musical *„König der Löwen"*.

Da wir von den schönen Kostümen und der prächtigen Bühnendekoration vollkommen überwältigt waren, haben wir nicht so sehr auf die Texte geachtet. Erst Monate später hatten wir auf der Couch zusammen Gelegenheit, den *„Circle of life"* auf einer Elton-John-CD in Ruhe zu hören:

„Vom Tag unserer Geburt an,
wenn wir blinzelnd hinaus ins Sonnenlicht treten,
gibt es mehr zu sehen, als man je sehen kann,
mehr zu tun, als man je tun kann.
Manche sagen "fressen oder gefressen werden",
manche sagen "leben und leben lassen",
aber alle sind sich einig
wenn sie sich der donnernden Herde anschließen
Du solltest niemals mehr nehmen, als du gibst,
im Kreislauf des Lebens
Es ist ein Glücksrad,
es ist ein Sprung ins Ungewisse,
es ist das Band der Hoffnung
bis wir unseren Platz finden
Auf dem Pfad, der sich vor uns ausrollt,
im Kreislauf, im Kreislauf des Lebens
Einige von uns bleiben auf der Strecke
und einige von uns steigen auf zu den Sternen
Einige von uns kommen leicht mit allen Problemen klar
und einige müssen mit den Narben leben
Es gibt hier zu viel, um alles zu erfassen,
mehr zu finden, als jemals gefunden werden könnte,
aber die Sonne steht oben am saphirblauen Himmel,
hält Groß und Klein auf der endlosen Runde
im Kreislauf des Lebens"

Eigentlich hatte uns Elton mit diesem Lied auf das Leben gut vorbereitet, aber was willst du machen, wenn sich das Leben manchmal in Kreisen bewegt und du selbst nach so vielen Jahren nicht wirklich richtig vom Fleck gekommen bist? Ja, wir haben unsere Kreise gezogen und ja, wir haben uns öfter mal verlaufen, aber wir haben auch verdammt viele schöne Dinge erlebt und hatten viel Spaß auf unseren Irrwegen.

Solange wir in Bewegung bleiben, werden wir unser „Glück" am Wegesrand ganz sicher finden, gerade dann, wenn wir nicht danach gesucht haben...

Der „Soundtrack meines Lebens" erinnert an:

„Kreise"
von Johannes Oerding aus dem Jahr 2017

Top-Platzierung in den Charts in Deutschland: Platz 91
Platzierung: UK keine / USA keine

„Azzuro"
von Adriano Celentano aus dem Jahr 1968

Top-Platzierung in den Charts in Deutschland: Platz 6
Platzierung: UK keine / USA keine

„Why can`t this be love"
von Van Halen aus dem Jahr 1986

Top-Platzierung in den Charts in Deutschland: Platz 8
Platzierung: UK Platz 8 / USA Platz 3

„I still haven`t found what I`m lookig for"
von U2 aus dem Jahr 1987

Top-Platzierung in den Charts in Deutschland: Platz 13
Platzierung: UK Platz 6 / USA Platz 1

„Circle of life"
von Elton John aus dem Jahr 1994

Top-Platzierung in den Charts in Deutschland: Platz 10
Platzierung: UK Platz 11 / USA Platz 18

„Der Soundtrack meines Lebens" ist bereits das zweite **„Wuscheltierbuch"** der Kurzgeschichten-Reihe, die der Autor Markus Zang in den nächsten Jahren noch weiterühren wird. Das nächste Buchprojekt ist bereits in Arbeit und kommt 2021 in den Handel. Sofern Sie das erste Buch dieser Reihe noch nicht gelesen haben, würden wir Ihnen hier gerne eine nicht ganz uneigennützige Kaufempfehlung geben:

Markus Zang

WUSCHELTIERE
Kurzgeschichten für Fortgeschrittene

Wuscheltiere
Kurzgeschichten für Fortgeschrittene

„Wuscheltiere" sind ganz besondere Wesen, so wie du und ich. Mal zu laut, mal zu leise, mal besonnen, mal chaotisch, mal ängstlich, mal euphorisch, mal tieftraurig, mal wie ein Kind jauchzend, aber alle sind wir ständig auf der Suche nach dem Glück.

Wir sagen nicht immer was wir denken und wir tun nicht immer was wir sagen. Wir „Wuscheltiere" sind aber auch irgendwie Kuscheltiere. Wir hätten gerne, dass man uns liebhat und wollen immer mit ins Bett. Was tun „Wuscheltiere" nicht alles, um geliebt, beachtet und respektiert zu werden. Davon handeln unsere dreißig bewegenden Kurzgeschichten.

Für die einen ist dieses Buch ein tiefsinniger und schonungsloser Blick in die Abgründe der Gesellschaft, für andere ein pfiffiger „Überlebensratgeber" und für andere einfach nur ein sehr unterhaltsames, kurzweiliges und oftmals humorvolles Buch über den alltäglichen Wahnsinn.

Auf jeden Fall verursacht dieses Buch „Kopfkino". Unsere Protagonisten könnten Ihnen allerdings näherstehen, als es Ihnen lieb ist. Sie leben in Ihrer Nachbarschaft, sitzen Ihnen am Schreibtisch gegenüber oder liegen vielleicht sogar neben Ihnen im Bett. Es soll vereinzelt vorkommen, dass man sie auch im Spiegel sieht. Wer weiß? Finden Sie es heraus!

Es erwarten Sie **30 Film-Blockbuster**, die allesamt als Ideengeber für die Geschichten herhalten mussten und Sie auf eine Reise durch Ihre Vergangenheit mitnehmen.

Vorhang auf für:

Krieg der Sterne
Pretty Woman
Einer flog über das Kuckucksnest
Der Jäger des verlorenen Schatzes
Fluch der Karibik
Das Schweigen der Lämmer
Stirb Langsam
Blues Brothers
Rambo
Dirty Dancing

und, und, und ...

Wer Lust auf einen ganzen Roman hat, dem sei das Erstlingswerk **„Der Tod ist kein Arschloch"** von Markus Zang empfohlen. Hier geht`s mit Vollgas durch jede Wand, egal ob im Diesseits oder auch im Jenseits. Emotional, tiefsinnig, teils philosophisch, mal provozierend, mal verrückt, aber immer unterhaltsam und öfter auch zum Brüllen komisch.

Der Tod ist kein Arschloch

Wenn einen der Pfarrer bei der Beerdigung mit „Ruhe in Frieden" verabschiedet, dann klingt das eher nach Stille, Langeweile und Endgültigkeit. Von wegen. Da hat Heinz die Rechnung aber ohne den Tod gemacht. Ausgerecht jetzt muss sich Heinz all diesen unbequemen Fragen stellen, denen er im Leben erfolgreich aus dem Weg gegangen ist. Der Tod nervt gewaltig. Es folgen 24 turbulente Stunden in denen Heinz lernen soll was das Leben ausmacht und worauf es wirklich ankommt. Dass ihm der Tod dabei unentwegt vorhält was er in seinem Leben alles verbockt hat, macht es für ihn nicht leichter. Doch Heinz wehrt sich mit allen fairen und unfairen Mitteln. Nur gut, dass er so eine große Klappe hat. Auf dem Weg ins Jenseits stehen Heinz und dem Tod eine Menge verbale Duelle und äußerst turbulente Abenteuer bevor...

Wer glaubt, alles über die Liebe, Beziehungen, Gleichberechtigung, Parship, Erfolg, Wirtschaft, Politik, Medien, Religionen, Evolution, Tierwelt, Pubertierende, Anwälte, Vegetarier, Musiker oder die verrückten 80er Jahre zu wissen, der wird hier aus dem Staunen und dem Lachen nicht mehr rauskommen.

Ach ja. Nach diesem Buch werden Sie nie wieder darüber sprechen, dass Sie gerne Ihre Seele baumeln lassen wollen...

Wem dieses Buch gefallen hat, der wird vielleicht auch an der Musik von Markus Zang Freude haben. Sein **Bandprojekt** heißt „**Marsecco**" und Sie finden seine Lieder im Internet auf allen bekannten Portalen zu kaufen oder zum streamen.

Wer Lust auf „mehr" hat und gerne eine richtige CD mit einem tollen Booklet in seinen Händen halten will, der darf uns gerne schreiben:

kontakt@goldader-musik.de

Einfach das „Zauberwort" WUSCHELTIERE mit angeben und schon sparen Sie bares Geld. Für unsere treuen Leser trennen wir uns von CD`s für jeweils 10 € inklusive Versandkosten.

Normalerweise wäre an dieser Stelle Schluss und die nächsten Seiten wären einfach nur weiß. Da dachte ich mir, warum nicht noch ein wenig Werbung für meine Band „**Marsecco**" machen? Ein paar von den Texten haben Sie ja schon auszugsweise lesen dürfen, aber zwei besondere Liedtexte will ich unbedingt noch loswerden.

„Der Schuldenreggae" ist deswegen besonders, weil ich ihn bereits vor über 10 Jahren geschrieben habe, er aber erst jetzt so richtig aktuell wird. Mit einem schönen Gruß an die EZB und unser Finanzministerium:

Marsecco – Der Schuldenreggae

„Immer weiter, immer höher,
immer mehr die Taschen voll
Geiz ist geil und sei nicht blöde,
alles nur in XXL
Jeder schaut zum Nachbarn rüber,
guck doch mal was der so hat
Wir stopfen alles in uns rein,
doch keiner wird so richtig satt

Immer weiter, immer höher,
steigt der ganze Schuldenstand
Doch wir fahren uns`re Daimler
fröhlich gegen jede Wand
Staatskredite, Rettungspläne,
wie sich doch die Lage gleicht
Keine Grenzen, keine Pflichten
ist doch alles kinderleicht

Was schert mich morgen, ich leb heute,
das Geld kommt aus dem Automat
Mein Konto zeigt ein dickes Minus,
doch selbst dran schuld, wer heut` was spart
Alle Freunde und Kollegen
sollen sehn` wie gut`s mir geht
Die Bank kann mir den Hahn ruhig zudrehn`,
weil mir das Wasser schon am Halse steht

Die Großen stopft man mit Millionen,
den Kleinen zieht`s man wieder raus
Keine Ahnung wie das ausgeht,
denn dieses Lied das ist nun aus"

Den Abschluss macht meine ganz persönliche NDW-Hymne *„Wann kommt die nächste Welle",* die ich bereits im Jahr 2018 geschrieben habe. Normalerweise lasse ich andere Sänger und Sängerinnen ran, aber dieses Lied wollte ich unbedingt selbst singen.

Damals konnte ich allerdings nicht ahnen, dass alleine der Songtitel *„Wann kommt die nächste Welle?"* dafür sorgen wird, dass er im „Corona-Jahr" 2020 von allen Radiostationen gemieden wird wie die Pest. Wenn der Song schon nicht im Radio gespielt wird, dann soll er wenigstens in diesem Buch zu Ehren kommen.

Für alle Freunde und Kenner der NDW:

Versucht doch mal herauszufinden, wie viele NDW Hits in diesem Lied „verwurschtelt" wurden? Ihr findet den Song auf allen Musikportalen zum streamen und zum Download...

Marsecco – Wann kommt die nächste Welle?

Keine Atempause, Geschichte wird gemacht
doch Markus will nur seinen Spaß
Der goldene Reiter singt mit Major Tom
Volle Lotte, Da Da da
Hurra hurra die Schule brennt
und die kleine Taschenlampe auch
Vom Leuchtturm sieht man hohe Berge
und dem Eisbär kribbelt es im Bauch

Wir steigern das Bruttosozialprodukt
und drehn` alle Knöpfe auf zehn
Karl der Käfer tanzt den Gummitwist
und kann dabei den Sternenhimmel sehn`
Der Kommissar hat nur geträumt
von der Sennerin vom Königsee
Ja neue Männer braucht das Land
mit einem Knutschfleck von der NDW

Refrain
Wann kommt die nächste Welle
ich kann`s kaum erwarten
Markus gib mal wieder richtig Gas
Jeder durfte singen was er will
Scheiß egal, wir hatten einfach Spaß

Codo der Dritte ist ja so verschossen
in blaue Augen und Sommersprossen
Fred vom Jupiter baut dir ein Schloss
aus 99 Luftballons

Verdammt ich lieb dich heute Nacht
denn dein ist mein ganzes Herz
Ein Rendezvous mit dem Zauberstab
und es hat wieder mal Zoom gemacht

Refrain
Wann kommt die nächste Welle
ich kann's kaum erwarten
Markus gib mal wieder richtig Gas
Jeder durfte singen was er will
Scheiß egal, wir hatten einfach Spaß

Zum Abschluss ganz liebe Grüße an das Marsecco-Team:

Antje Gotzmann
Nadine Behrens
Miriam Heer
Stanja
Markus Bayer
Peter Franke
Jan Masuhr
Janis Heftrich
Markus Schölch
Frank-Willi Schmidt

... und an alle, die seit Jahren an unsere Musik glauben!